樓炤集

永康文獻叢書

【宋】樓炤 著

錢偉彊 編校

圖書在版編目(CIP)數據

樓炤集 /(宋)樓炤著;錢偉彊編校. —上海:
上海古籍出版社,2022.11
(永康文獻叢書)
ISBN 978-7-5732-0509-4

Ⅰ.①樓… Ⅱ.①樓… ②錢… Ⅲ.①中國文學—古
典文學—作品綜合集—宋代 Ⅳ.①I214.42

中國版本圖書館 CIP 數據核字(2022)第 200600 號

永康文獻叢書

樓炤集

[宋]樓 炤 著

錢偉彊 編校

上海古籍出版社出版發行

(上海市閔行區號景路 159 弄 1-5 號 A 座 5F 郵政編碼 201101)

(1) 網址:www.guji.com.cn

(2) E-mail:guji1@guji.com.cn

(3) 易文網網址:www.ewen.co

浙江新華數碼印務有限公司印刷

開本 710×1000 1/16 印張 14.5 插頁 8 字數 182,000

2022 年 11 月第 1 版 2022 年 11 月第 1 次印刷

印數:1—2,500

ISBN 978-7-5732-0509-4

I·3676 定價:98.00 元

如有質量問題,請與承印公司聯繫

永康文獻叢書編纂成員名單

指導委員會

主　任　　　　　　章旭升　　胡勇春

副主任　　　　　　施禮幹　　章錦水　　俞　蘭　　盧　軼

委　員　　　　　　吕振堯　　施一軍　　杜奕銘　　王洪偉　　徐啟波　　肖先振

　　　　辦公室主任　　　　施一軍

　　　　副主任　　　　　　朱俊鋒

　　　　成　員　　　　　　徐關元　　陳有福　　應　蕾　　童奕楠

顧問委員會

主　任　　　　　　胡德偉

委　員　　　　　　魯　光　　盧敦基　　盧禮陽　　朱有抗　　徐小飛　　應寶容

編輯委員會

主　編　　　　　　李世揚

委　員　　　　　　朱維安　　章竟成　　林　毅　　麻建成　　徐立斌

樓炤墓，位於浙江武義太平鄉（今東皋）

驚秋塘村，樓炤在家鄉永康的居住地

青溪得客舟以行愿憂挽而卒

樓炤字仲暉婺州永康人登政和五年進士第調大

名府戶曹改西京國子博士辟雍錄淮寧府司儀曹

事改尚書考功員外郎帝在建康炤謂今日之計當

思古人量力之言察兵家知已之計力可以保淮南

則以淮南為屏蔽權都建康漸圖恢復力未可以保

淮南則因長江為險阻權都吳會以養國力於是移

蹕臨安擢右司郎中時銓曹患員多闕以自侵貳以

下多添差炤言光武併省吏員令縱未能損其所素

有安可置其兩本無手紹興二年秦檜罷相炤亦以

《宋史 · 樓炤傳》（明成化刊本）

樓炤除翰林學士

勅自昔有道之世建立規模必有能言之臣發揮德意
非特功名之會亦惟聲氣之求用能訓誥誓命之敷不
區厥指庶幾虞夏商周之盛復見於今念方疇咨莫如
試可具官某養光大之氣好深湛之思强識博聞足以
華國被文相德可用為儀繼東臺批敕之風擅西掖演
綸之譽嶷自朕志焦直禁林當二國玉帛之往來正一

故官俾從叙格服我明訓勵爾後圖可

七

《樓炤除翰林學士》敕（出宋劉一止《苕溪集》，文淵閣四庫全書本）

總　序

永康歷史悠久，人文薈萃。

據南朝宋鄭緝之《東陽記》載，永康於三國赤烏八年（245）置縣。建縣近 1800 年來，雖經朝代更替，然縣名、治所及區域，庶無大變，風俗名物，班班可考，辭章文獻，卷帙頗豐。

魏晉南北朝至隋唐，是中國經濟重心由北向南轉移的準備階段，永康的風土人情漸次載入各類典籍。北宋以降，永康即以名賢輩出、群星璀璨而著稱婺州。名臣高士，時聞朝野；文采風流，廣播海內。本邑由宋至清，載正史列傳 20 餘人，科舉進士 200 餘名。北宋胡則首開進士科名，爲官一任，造福一方；徐無黨受業於歐陽修，深得良史筆意，嘗注《新五代史》，沾漑後學。南宋狀元陳亮創立永康學派，宣導事功，名播四海；樓炤、章服、林大中、應孟明位高權重，憂國憂民，道德文章，著稱南北。元代胡長孺安貧守志，文采斐然，名列“中南八士”。明代榜眼程文德與應典、盧可久，先後講學五峰書院，傳播陽明之學，盛極一時；朱方長期任職府縣，清廉自守，史稱一代廉吏；王崇投筆從戎，巡撫南疆，功勳卓著；徐文通宦游期間與當時文壇鉅子交往密切，吟咏多有佳作。清初才女吳絳雪保境安民，壯烈殉身，名標青史；潘樹棠博聞強記，飽讀詩書，人稱“八婺書櫥”；晚清應寶時主政上海，對申城拓展、繁榮卓有貢獻；胡鳳丹、胡宗楙父子畢生搜羅鄉邦文獻，刊刻《金華叢書》，嘉惠士林。民國呂公望，早年投身辛亥革命，曾任浙江督軍兼省長，公暇與程士毅、盧士希、應均等人結社唱酬，引領一代文風。抗戰期間,方巖成爲浙江省政府臨時駐地,四方賢俊,匯聚於此,文人墨客,以筆代口,爲抗日救亡而吶喊,在永康文化史上留下濃重一筆。

據粗略統計,本邑往哲先賢自北宋到民國時期,所撰經史子集各類著作及裒輯成集者,360餘家,近千種。惜年代久遠,迭經兵燹蟲蠹、水火厄害,相當部分已灰飛烟滅,蕩然無存。現國内外公私圖書館藏有本邑歷代著作僅百餘部,其中收入《四庫全書》及存目、《續修四庫全書》者20餘部。這是歷代先賢留給我們的寶貴精神財富,也是我們傳承文化基因、汲取歷史智慧的重要載體,更是一座有待開發的文化寶藏。

爲整理出版《永康文獻叢書》,多年以來,我市有識之士不懈呼籲,社會各界紛紛提議,希望開展此項工作。新時代政治清明,百業興盛,重教崇文。爲弘揚優秀傳統文化,拓展我市文化内涵,提升城市文化品位,推進永康文化建設,永康市委市政府因勢利導,決定由市委宣傳部牽頭,文廣旅體局組織實施,啓動《永康文獻叢書》出版工程。歷經一年籌備,具體工作於2021年3月正式展開。

整理出版《永康文獻叢書》,以新時代中國特色社會主義思想爲指導,以中共中央《關於整理我國古籍的指示》爲指針,認真貫徹國務院《關於進一步加強古籍保護工作的意見》,繼承與發揚永康學派的優良傳統,着眼永康文化品位、學術氛圍的營造與提升,系統梳理傳統文化資源,讓沉寂在古籍裏的文字鮮活起來,努力展示本邑傳統文化的獨特魅力,積極推進永康文化建設。現擬用八至十年時間,動員組織市内外專業人士和社會各界力量,將永康文學、歷史、哲學、法學、經濟學、社會學、教育學諸方面的重要古籍資料,分批整理完稿;遵循"精選、精編、精印"的原則,總量在50部左右,每年五至六部,分期公開出版,並向全國發行。

《永康文獻叢書》原則上只收錄永康現有行政區域内,自建縣以來至中華人民共和國成立之前的文獻遺存。注重近代檔案及其他文史資料的收集整理。在永康生活時間較長，或產生過較大影響的外邑人士的著作，酌情收入。叢書的採編，以搶救挖掘地方文獻中的刻本以及流傳稀少的稿本、抄本爲重點；優先安排影響較大、學術價值較高、原創性較強的著作；對在永康歷史上產生過重大影響的家族譜牒，也適當篩選吸收。

本次叢書整理，在注重現存古籍點校的同時，突出新編功能。一些重要歷史人物的著述已經完全散逸，但尚有大量詩文見諸他人著作或志牒之中，又屢屢被時人和後人提及，則予以輯佚新編。一些歷史人物知名度不高，但留存的詩文較多，以前從未結集，酌情編輯出版。宋元以來，我邑不少先賢，雖無著述單行，但大多有零散詩文傳世，爲免遺珠之憾，也擬彙總結集。

歷史因文化而精彩，文化因歷史而厚重。把永康發展的歷史記錄下來，把永康的文獻典籍整理出來，把優秀傳統文化傳承下去，關乎永康歷史文脉的延續，關乎永康精神的傳承，關乎五金文化名城軟實力的提升。因此，整理出版工作必須堅持政府主導、社會支援、專家負責的工作方針，遂分別建立指導委員會、顧問委員會、編輯委員會，各司其職，相互配合，以確保叢書整理出版計劃的全面落實與高品質實施。

《永康文獻叢書》整理出版的品質，在很大程度上取決於編纂人員的學識、眼光、格局，也取決於編纂人員的工作態度和敬業精神。爲此，編纂團隊將懷敬畏之心、精品意識、服務觀念、奉獻精神，抱着“爲古人行役”的理念，以“功成不必在我”的境界和“功成必定有我”的歷史擔當，甘於寂寞，堅守初心，知難而進，任勞任怨，將《永康文獻叢書》整理好、編輯好、出版好。

《永康文獻叢書》是永康建縣 1800 年來，首次對本邑古籍文獻進行系統整理，是一套“千年未曾見，百年難再有”的大型歷史文獻，是對永康蘊藏豐富的文化資源的深入挖掘、科學梳理和集中展示，是構築全國有影響的文化高地的有效途徑，對於推進永康文化的研究、開發和傳播，有着不可估量的可持續發展潛力。它是一項永康傳統文化的探源工程、搶救工程，是一項功在當代、惠及千秋的傳承工程、鑄魂工程，是一項永康優秀傳統文化的建設工程、形象工程。我們要在傳承經典中守好文化根脈，在扎根本土中豐富精神内涵，在相容並濟中打響文化品牌，爲實現永康經濟社會發展新跨越，爲打造"世界五金之都，品質活力永康"，提供强大的精神動力和文化支撑。

《永康文獻叢書》編委會

2021 年 10 月

前　　言

　　本書輯録南宋初年重臣樓炤之遺文與相關史料,并收入其所編刊之《善慧大士録》。

　　樓炤(1088—1160),字仲暉,一字仲晦,婺州永康(今屬浙江金華)人。他出生於中下層仕宦家庭,自幼岐嶷不凡,肆力於經史之學,旁通諸子百家。徽宗政和五年(1115),登何㮚榜進士第。北宋末年,歷任大名府户曹、西京國子博士、辟雍録、淮寧府司儀曹事等職。建炎初年,召爲尚書考功員外郎。高宗駐蹕建康時,他上奏論建都事宜,勸帝量力而爲。紹興元年(1131),改兵部員外郎。二年,遷右司員外郎,尋爲吕頤浩所斥。五年,復召爲右司員外郎。六年,守左司員外郎,兼權中書舍人,書行户房文字。七年,權太常少卿,守起居郎。以封還張滉特賜進士出身與郡詔,出知温州。八年召還,試給事中,尋兼權直學士院。九年,擢翰林學士兼侍讀,以簽書樞密院事使陝西宣諭德意。期間佈置川陝屯守,並招降名將李顯忠。十年,丁父憂去職。十二年,服闋,以資政殿學士知紹興府。十四年,改知建康府,過闕入見,除簽書樞密院事兼權參知政事。尋被劾罷,提舉江州太平觀。二十六年,起知宣州。二十九年,改知廣州。三十年三月,卒于赴任途中,年七十三歲。生平事跡詳見《宋史》卷三八〇本傳、陳俊卿《宋資政殿學士簽書樞密院事兼參知政事襄靖公傳》、李心傳《建炎以來繫年要録》等。

　　樓炤官至簽書樞密院事兼權參知政事,是紹興年間的朝廷重臣,對南宋初年政局的穩定與變動產生過重要影響。其影響突出表現爲以下四點：一、上書論建都事宜，推動了建都臨安的決策，奠定了南宋此後戰守的基本格局。建炎三年（1129）閏八月，宋高宗駐蹕建康，商議定都問題，樓炤上書稱："今日之計，當思古人量力之言，察兵家知己之計。力可以保淮南，則以淮南爲屏蔽，權都建康，漸圖恢復；力未可以保淮南，則因長江爲險阻，權都吳會，以養國力。"①最終促成了高宗移蹕臨安政治方略的論定。二、宣諭陝西期間，樓炤聽取了吳璘的建議，合理佈置了川陝軍隊屯守問題，保障了西北邊疆長期穩定的局面。紹興七年（1137）十一月，金國廢黜劉豫帝位後，經過高層的反復爭論，最後決定"以河南、陝西地與宋"②，並且派張通古作爲詔諭江南使，與南宋進行和議。九年初和議談成後，樓炤即以簽書樞密院事的身份赴陝西宣諭德意。此行的目的包括"審擇將帥，屯隸軍馬，經畫用度，詢訪疾苦，振恤隱孤，表揚忠義"③六點，其中安排新復地區的人事及屯守事宜則是重中之重。樓炤至陝後，"以便宜欲命三帥分陝而守，以郭浩帥鄜延，楊政帥熙河，（吳）璘帥秦鳳"，並且"欲盡移川口諸軍於陝西"。這時候吳璘認爲："金人反覆難信，懼有他變，今我移軍陝右，蜀口空虛，敵若自南山要我陝右軍，直搗蜀口，我不戰自屈矣。當且依山爲屯，控其要害，遲其情見力疲，漸圖進據。"④樓炤聽從了他的建議，命吳璘與楊政兩軍屯內地以保蜀，郭浩一軍屯延安以守陝，這樣的佈置無疑有力地保障了南宋西北邊防的安全。三、在使陝期間，樓炤招降了名將李顯忠，成爲此後紹興、隆興間抗金的重要力量。李顯忠（1109—1177），本名世輔，綏德軍青澗（今陝西清澗）人。宋高宗初年，因延安失守，輾轉南下，全家老幼不幸被金人殺害，於是他投奔西夏，希望借兵攻金。當時金、夏不和，夏主即派出二十萬騎

---

① 〔元〕脱脱等：《宋史》卷三八〇《樓炤傳》，中華書局一九七七年版，第一一七一五頁。又見明薛應旂《宋元資治通鑑》卷六三，明陳邦瞻《宋史紀事本末》卷六三等。

② 〔元〕脱脱等：《金史》卷六九《宗雋傳》，中華書局一九七五年版，第一六〇四頁。

③ 〔宋〕鄭剛中：《西征道里記》，《北山集》卷十三，清康熙三十六年鄭世成刻本。

④ 〔元〕脱脱等：《宋史》卷三六六《吳璘傳》，第一一四一五頁。

兵,以文臣王樞、武將哪訛爲陝西招撫使,顯忠爲延安招撫使,出兵攻金,結果大獲全勝。紹興九年(1139)二月,夏人因顯忠心向宋朝,產生矛盾,就以鐵鷂子軍進攻其軍,復爲顯忠所敗,於是他決意投宋。正當其由於投歸無路而徘徊不前之際,樓炤聽聞此訊,當即"以書招世輔歸朝",見面之後又"具揚天子德意,勉世輔速歸朝廷"①,"且命行府備差遣王晞韓護樞赴行在"②。樓炤在緊要時刻爲朝廷爭取到一員名將,爲此後的抗金事業積蓄了力量,可謂功不可没。四、紹興八年(1138)十月,張通古、蕭哲等金國使臣攜帶金熙宗的詔書來南宋議和,他們不僅要求沿途州縣守臣以臣子之禮來迎接他們,到了臨安後,甚至要求高宗也要以金國臣子之禮"再拜親受之",這種有辱國格的行爲遭到了南宋廣大愛國臣民的强烈反對。而秦檜生怕得罪金人,要求高宗同意行跪拜禮。消息一出,樓炤立即與晏敦復、李彌遜、張燾、蘇符等人聯名上奏,反對高宗屈己事金。並且舉《尚書》"高宗(武丁)諒陰,三年不言"的掌故,建議由秦檜代理冢宰,接受金朝國書③,這個變通的辦法一定程度上保存了南宋的國格,化解了當時的危機。除以上四點外,樓炤在文化的傳播方面也作出了一定貢獻,如他在知紹興府任内,曾重編刊行傅大士的《善慧大士語録》;而在任宣州知州期間,又編校重刊了謝朓的《謝宣城集》。其中樓本謝集向稱善本,成爲後世各謝朓集的祖本,影響深遠。另外,他在紹興七年初權太常少卿時,曾多次上書反復辯析禮制,這對南宋初年戰後禮制恢復起到了一定作用,讀者可參閲本集"正編"相關奏牘,這裏就不再贅述了。

　　另外,需要補充説明的一點是,由於相關史料的不足,後世對樓炤的政治身份存在着一定誤解。《宋史》等書把樓炤視爲秦檜黨羽,

---

　　①　〔宋〕李心傳:《建炎以來繫年要録》卷一二九小注引趙甡之《遺史》,清文淵閣四庫全書本。

　　②　〔宋〕李心傳:《建炎以來繫年要録》卷一二九。

　　③　事見〔宋〕熊克《宋中興紀事本末》卷四十六、李心傳《建炎以來繫年要録》卷一二四、留正《皇宋中興兩朝聖政》卷二十四、《宋史》卷四七三等。

"既共政,則拱默而已"①,對其頗有疵議。但是細按樓炤一生行跡,我
們認爲這種評價是有失公允的,事實上《宋史》所能提供的證據也僅
是"其後立朝至位二府,皆與秦檜同時"②而已。樓炤與秦檜是政和五
年(1115)進士同年,紹興初也誠然是由秦檜薦爲兵部員外郎入朝爲
官的,這很容易讓人覺得他是秦黨,是主和一派。但考察當時的政治
環境,我們可以發現,秦檜當時正與呂頤浩爭權,其薦引賢才的目的
是"欲傾頤浩",所以"引一時名賢""布列清要"③,從而給自己贏得聲
譽。當時受薦的胡安國、張燾、程瑀等人都是一時清望所繫。樓炤正
是在這一背景下被薦入朝的,而在此後的政治生涯中,他也並没有唯
秦檜馬首是瞻,如前面提及的紹興八年金使要求高宗以金朝臣子之
禮受册書時,樓炤力反秦檜屈己受詔的主張,他上書認爲:"梓宮未
歸,淵聖未還,母后未復,宗族土地未得,何可遽爲卑辱之事?""一屈
之後,將舉國以聽之,臣等恐彼之所許未必可得,而我之爲國,日朘月
削,遂至不可復支矣。"他提醒高宗順應民心,反復强調"衆怒難犯,專
欲難成"④,愛國之心躍然紙上。又如他在鄉丁憂期間,曾作《驚秋塘
記》以抒發"哀痛之際,益深懷國之憂"的情感,他感慨:"觸目激中,寧
無故宮禾黍之思乎? 二聖之在朔漠,寧無宴饗北面之情乎? 王業偏
安,寧無拓清圖大之志乎?"他呼籲:"凡荷戈執戟者同此心焉,百揆庶
司同此心焉。文吏思死其職,武吏思死其兵,追奔逐北,蕩平中原,以
雪祖宗數百年之恥,而大我興圖。"⑤這些言論又豈是屈己事敵的主和
派官員所能發的? 另外,從他封還張浚兄張滉特賜進士出身與郡詔
書等行爲,也可以看出他正直不阿的個性。

---

① 〔元〕脱脱等:《宋史》卷四七三《秦檜傳》,第一三七六五頁。
② 〔元〕脱脱等:《宋史》卷三八〇《樓炤傳》,第一一七一七頁。
③ 〔元〕脱脱等:《宋史》卷四七三《秦檜傳》,第一三七五〇頁。
④ 〔宋〕李心傳:《建炎以來繫年要録》卷一二四。
⑤ 〔清〕李汝爲等:《(光緒)永康縣志》卷一五,又見《永康華溪樓氏宗譜》卷二
十七。

樓炤曾官翰林學士，在當時以能文著稱于世，可惜身後著述散佚，没有完整的文集傳世。所以本集采用輯佚的方法，共輯得樓炤本人所作詩4首、詞4首、各體文44篇（含殘篇），作爲《樓炤集》的"正編"；又彙録與樓炤相關的各種史料文獻作爲"附編"，分樓炤年譜、傳記文獻、詔敕及交遊、諸史雜記、著述及其他五部分，以爲讀者知人論世之一助。本書共徵引了歷代文獻107種，其具體書名及版本情況，附見于書後的"徵引文獻"。

樓炤曾在紹興十三年（1143）重編了唐進士樓穎所輯《善慧大士語録》，並加以刊刻。南宋以後諸多傅大士（即善慧大士）集版本皆以樓炤重編本爲基礎增删而成。如日本伯應泰之《善慧大士語録》，以重編本爲基礎，增入元積《還珠留書記》、宋濂《題善慧大士録後》、别行《傅大士傳》及伯應泰《鐫傅大士録跋》。明正統元年釋茂本清源亦據樓炤本重刊，僅附入自作之《善慧大士傳録後序》。天啓年間龔廷謨主持再刊，乃在正統本上增入龔氏所作《重鐫善慧大士語録序》及貢修齡《遊雙林》詩。光緒六年（1880），雙林寺住僧與傅姓後人據天啓刊本刻《傅大士語録》，内容上僅於天啓本增朱一新《序》。據現存諸本推測樓炤四卷本之原貌，當前爲樓穎《序》，其後依次爲卷一傳録，卷二語録，卷三詩偈，卷四附録，附徐陵碑文，智者大師、嵩頭陀法師、慧集法師、慧和法師傳，最後爲樓炤之跋。因樓炤對該書有修訂重編之功，故以清光緒本爲底本，參照上述四卷本原貌之編次，將《善慧大士録》整理出來，作爲附録。

在本書編輯過程中，牟晉奕、海晰、王博等同學參與了資料收集工作，《永康文獻叢書》編委會以及樓明統先生等樓氏宗親提供了許多珍貴的地方文獻資料，於本編之完善助益不小，在此併致謝忱！本人學識淺陋，加之輯佚工作量巨大，部分地方文獻又真僞雜出，取捨爲難，所以錯漏之處在所難免，誠望海内賢達不吝賜正，用匡不逮！

壬寅四月，錢偉彊于畬經室

目　　録

正　　編

附　編

詔敕及交遊 ………………………………………… 45

附 善慧大士録

正　編

詩　詞

偕范賢良遊天王寺登城晚歸三絕

帝城高堞建朱旗，號召征人厚古陴。

祇是北風關隘重，紛紛策士說匡時。

花柳逢春色自妍，天王宮殿五雲邊。

署郎漫入招提境，不是探玄學慕仙。

日落園林淡蕩風，晚雲參錯若相攻。

分明陣勢天邊列，諸葛神謀一望空。

《永康華溪樓氏宗譜》卷三十《襄靖公遺集》

贈張侍郎 子先

吾家元住君鄰洲，我父當時亦故侯。

中原百年龍戰野，南渡一日鰲吞鈎。

遺黎常恨舊隔絕，異鄉喜遇新交遊。

路上行行望驄馬，不道朝中自懇留。

《金華龍門張氏宗譜》卷十九《藝文下·詩二》

滿庭芳 咏花溪石

水有浮花，松曾化石，地靈疑是仙家。結廬溪上，風景四時佳。

三面珠簾半捲,山光到、綺戶檐牙。堪圖畫、斜陽小艇,歸雁落汀沙。　　支離,空受粟,一身閒散,六換年華。對清樽綠蟻,烏帽欹紗。山水清陰度曲,時時更、月夕聞笳。楊花迓、柳枝爲我,低唱泛流霞。

太常引 咏雪

花溪溪水綽漣漪,吹做六花飛。溪上立多時。見宿鷺,雙雙暮歸。　　移爐自試,煎茶譜舊,清氣逼琴絲。冰硯夜題詩。問春到,疏梅幾枝?

眼兒媚 自壽

花溪溪上又逢冬,重愛小春紅。宦遊倦了,歸耕心在,舊菊新松。　　雪霜侵鬢盡風流,親號歲寒翁。餘年只好,石帆山下,爛醉東風。

臨江仙 集縣十鄉名

孝義義和家必富,子孫承訓文章。太平時節稱賢良。長安科舉動,合德狀元郎。　　滔滔升平雲路,遊仙桂子馨香。一枝折得豈尋常。義豐高品後,共樂武平昌。

《永康華溪樓氏宗譜》卷三十《襄靖公遺集》

制　敕

賜新復河南州軍敕 紹興九年正月五日①

門下：朕以眇躬，嗣承丕緒。明不能燭，德不能綏，爲人子孫不能保其所付，爲人父母不能全其所安。雖窮宵旰之勤，未息邊隅之警。當國難軍興之既久，而師老財匱之是憂。被甲荷戈者，苦暴露之勞；行齎居送者，困徵求之擾。衣冠流離而失所，黎元憔悴而靡堪。由朕一人，昧於治理，禍貽爾衆，罪在朕躬，胡顔以寧？側身思咎，至於宗祧緬隔，陵寢久荒，梓宮未卜於陰山，天屬尚留於遠域，荼苦斯極，振古未聞。賴將相之元臣，盡忠協德；資爪牙之衆士，戮力同心。繕甲治兵，内以訓練於行伍；固軍峻壘，外以保守於封陲。上穹開悔過之期，大金報許和之約。割河南之境土，歸我輿圖；戢宇内之干戈，用全民命。自兹愛養士卒，免罹轉戰之傷；蠲減賦征，漸息編氓之力。俾南北悉臻於綏靖，而國家遂致於敉寧。嘉與群生，格於康乂，肆頒曠蕩之恩，用慰邇遐之俗。於戲！睦鄰修好，既通兩國之歡；和衆安民，以圖萬世之利。尚賴文武之士同寅協恭，疆場之臣慎終如始，共扶興運，永底丕平。咨爾多方，體予至意。

　　　　　　宋徐夢莘《三朝北盟會編》卷一百九十一

----

① 據《建炎以來繫年要錄》卷一二五、《宋史》卷三八〇《樓炤傳》等，知此敕文乃樓炤所草。

奏　疏

論建都奏 建炎三年閏八月二十六日①

今日之計，當思古人量力之言，察兵家知己之計。力可以保淮南，則以淮南爲屏蔽，權都建康，漸圖恢復；力未可以保淮南，則因長江爲險阻，權都吳會，以養國力。

元脱脱等《宋史》卷三百八十《樓炤傳》。又見明薛應旂《宋元資治通鑑》卷六十三、明陳邦瞻《宋史紀事本末》卷六三、明戴日强等《（萬曆）杭州府志》卷四等

選人陞改事奏 紹興二年五月八日

欲乞今後選人陞改，所用舉官內有未了過犯，若係已申朝廷降到指揮許作舉官收使之人，依已降指揮收使陞改。後有違礙，却行改正，庶免申稟重疊，陞改留滯。

清徐松輯《宋會要輯稿》職官一〇之二二

爲徽宗服喪孝服制度奏 紹興七年正月二十五日

今檢照永昌、永熙陵故事，皇帝服布斜巾、四脚、裙、袴、帽、竹杖、腰絰、首絰②、直領大袖布襴衫、白綾衫③。視事日去杖、絰。小祥日改

① 《宋史紀事本末》載上疏時間爲"閏八月壬寅"，是月丁丑朔，壬寅爲二十六日。
② 絰：原書作"經"，據《宋史》卷一二二《禮志》二五改。
③ 綾：原書作"陵"，據《宋史》卷一二二《禮志》二五改。

服布四腳、直領布襴衫、腰経、布袴。大祥日服素紗軟腳折上巾、淺黃衫、黑銀帶。

清徐松輯《中興禮書》卷二百三十六

乞委平江府製造孝服奏 <small>紹興七年正月二十五日</small>

檢會紹興元年故事,製造孝服,係差越州通判一員、曹官一員,同製造孝服官製造給散。今欲乞依上件故事,下平江府委官施行。

清徐松輯《中興禮書》卷二百三十六

合州防禦使孝服事奏 <small>紹興七年正月二十六日</small>

合州防禦使據言年八歲,防禦使係五品,今所定五品官制,緣係總角,欲依五品官孝服內除去布頭冠、襆頭,止服襴、袴、腰経。既未赴朝謁,即無合行禮數。

清徐松輯《中興禮書》卷二百三十六

中書樞密院主事以上及禮官服制奏 <small>紹興七年正月二十六日</small>

檢會明德皇后故事,中書樞密院主事以上及禮官亦服齊衰。昭慈聖獻皇后故事,三省樞密院主事以上並禮直官及引班人並曾製服,今乞依故事施行。

清徐松輯《中興禮書》卷二百三十六

內侍官服制奏 <small>紹興七年正月二十七日</small>

契勘內侍官除龍德舊宮祇應人,自合依今來所定官品服制,其餘內侍官並合服淺淡色,依如青、皂、褐色之類。

清徐松輯《中興禮書》卷二百三十六

百司入局服制奏 <small>紹興七年正月二十八日</small>

按《禮記·曾子問》曰："'三年之喪卒哭,金革之事無辟也者①,禮
與?'孔子曰:'昔者魯公伯禽,有爲爲之也。'"注云:"伯禽封於魯,徐戎作難,喪
卒哭而征之,急王事也。"即無易服之文。唯《春秋》記晉襄公始有墨縗之制。
今來百司成服休務之後,便合入局治事,即未審合從是何禮制。候指
揮侍從官講議到《儀禮》"閔子騫腰絰從事",則古人執喪,未嘗易服
也。國朝以來,遵用此制。今若遵守祖宗舊制,喪制之內入局不易
服,無可疑者。

清徐松輯《中興禮書》卷二百三十六

喪制禁樂事奏 <small>紹興七年正月二十九日</small>

檢會祖宗故事,喪制禁樂,禮例不同,或三日,或七日,或百
日。又有釋服之後勿禁。今雖已降指揮,自發哀至祔廟禁樂。除
內外品官②並合禁樂二十七日外,今參酌,欲乞行在並行宮民庶禁
止音樂七日,在外州縣禁止三日③,沿邊軍中及在內諸軍軍行教閱
不禁。

清徐松輯《中興禮書》卷二百三十七

乞皇帝聽政簾幕用縞素奏 <small>紹興七年二月二日</small>

檢會真宗皇帝故事,乾興元年二月十九日崩,二十一日上表
請聽政,不允。至二十三日上表,二十五日皇帝聽政於崇政殿之
西廡廊下。簾幕皆縞素,宰臣升殿奏事如舊儀。其日宮中祭告大
行皇帝而後聽政焉。本寺今欲乞依典故,俟皇帝聽政日,所有簾

---

① 者:原書作"孝",據《禮記正義》卷九一改。
② 官:原書無,據上下文意補。
③ 日:原書作"月",據前文及上下文意改。

幕用縞素。

清徐松輯《中興禮書》卷二三七

言大小祥禫除祭告事奏　紹興七年二月三日

已降指揮，從百僚所請，服制以日易月，所有初七係小祥，十九日係大祥，二十一日係禫祭除日。契勘大小祥、禫除，依《禮經》合有祭告之禮。今欲乞遇前項日，依倣《禮經》，皇帝親行祭奠之禮並不成服之儀，更合取自朝廷指揮。勘會已降指揮，宮中行三年之喪，將來實及大小祥、禫日，自行依《禮經》致祭。所有今來以日易月，其祥、禫之節，係府同百官亦合致奠，如成服之儀。

清徐松輯《中興禮書》卷二百三十七

乞飭中外司恪守成法奏　紹興七年四月八日

兵火以來，文書闕逸，頻年省記，品式粗周。而因緣申請者至今未已，務爲一切紛亂舊章。甚者至于徇人而變法，用例以破條，甚非法守之義。此而不革，法將廢矣。望飭中外官司，自今恪守成法，無得輕議衝改，及已有明文者不得用例。

清徐松輯《宋會要輯稿》刑法一之三七

請命有司講究屯田鼓鑄市舶常平四事奏　紹興七年五月十二日①

請命有司講究屯田、鼓鑄、市舶、常平四事。一曰募民以耕，而兵無與焉，是以墾闢未廣。今縱未能使甲士從田於其中，擇所謂不入隊者，十取三四，使之因田致穀，以省大費，何不可之有？二曰鑄錢一司，坐費糧食。今銅料不繼，鼓鑄日稀，謂宜廢罷，俟數年之後，銅料稍多，即令逐路運司措置鼓鑄，似亦爲便。三曰蕃舶不至，蓋官吏侵

---

① 《繫年要録》載上疏時間爲“五月癸酉”，是月壬戌朔，癸酉爲十二日。

漁之故。宜擇心計之臣，示遠人之信，明賞以激勸，立法以關防，則所入必豐羨。四曰常平之法，豐則貴取，饑則賤與。今諸道間有豐凶之不齊，宜擇人使之兼總數路，以通其州縣豐凶盈虛而斡旋之，庶有贏貲，以給軍用。

宋李心傳《建炎以來繫年要録》卷一百十一

乞令户部長貳兼領諸路漕權奏 紹興七年七月八日[①]

竊見國家暴兵露師之日久，有財匱之憂，近者妄陳財用四事，雖蒙開納，有司終不能小有損益者，必主計之司未嘗親見其本末也。竊考唐故事，重理財之職[②]，宰相領鹽鐵轉運使，而同時在位者，或判户部，或兼度支。臣愚以謂使宰相兼有司之事則不可，若參倣唐制，使户部長貳兼領諸路漕權，何不可之有？若户部兼領諸路漕權，内則總大計之出入，外則制諸道之盈虛，以時巡行。如劉晏自按租庸，以知州縣錢穀利病，而事之本末皆身親而目觀之，何者可行，何者可罷，斷然無復疑矣[③]。伏望聖慈下臣之說，詔大臣講究之。

宋李心傳《建炎以來繫年要録》卷一百十二。又見
清徐松輯《宋會要輯稿》食貨五六之四三、元脱脱
等《宋史》卷三百八十《樓鑰傳》

乞令行在侍從官各舉可任
監司郡守者保任以聞奏 紹興七年七月八日

比睹詔書，嚴縣令之選，除自授於朝廷，保任責之侍從，甚大惠也。然監司郡守，所繫尤重，乞詔行在侍從官各舉通判資序或曾任監

---

① 《繫年要録》載上疏時間爲"七月戊辰"，是月辛酉朔，戊辰爲八日。
② 重理財之職：原書無，據《宋會要輯稿》補。
③ 矣：原書無，據《宋會要輯稿》補。

察御史以上可以任監司郡守者一二人,皆例①已試之狀,保任以聞。朝廷籍録姓名,遇闕除授。後有不如所舉,明正謬舉之罪。庶幾監司郡守之選益精,而四方萬里皆蒙實惠。

> 清徐松輯《宋會要輯稿》選舉二九之二七。又見宋
> 李心傳《建炎以來繫年要録》卷一百十二、元脱脱
> 等《宋史》卷三八〇《樓炤傳》

乞令進對臣僚具録聖語關報史官奏 紹興七年七月八日

進對臣僚,獨以天語私相傳布,不關史官,在於記注,誠爲闕典。今隱匿聖語,具有明禁,恐群臣或未盡知,乞頒降吏部,遇有進對臣僚,俾具録關報。

> 清徐松輯《宋會要輯稿》職官二之一八

詳議徽宗皇帝祔廟配饗功臣奏② 紹興八年三月十七日

準尚書省劄子,奉聖旨,令侍從官詳議徽宗皇帝祔廟配饗功臣。伏以徽宗皇帝在位二十有六年,席盛大之時,包富有之業。虛中屈體,以來天下之英;聚精會神,以成天下之務。用能上下一心,同底于道。于時輔相有故左光禄大夫、尚書左僕射兼門下侍郎、贈大師、魏國公、諡文定韓忠彥,明允篤誠,公忠亮達。至仕上宰,無愧前人。建中之初,左右厥辟。招徠俊乂,列于庶位。除苛解撓,厥功茂焉。雖居位日淺,而始終無疵,允所謂以道事君者歟!伏請配饗,臣等謹議。

> 清徐松輯《宋會要輯稿》禮一一。
> 又見清徐松輯《中興禮書》卷一百

---

① 例:《建炎以來繫年要録》作"具"。
② 此奏爲樓炤與胡交修、朱震、周秘、梁汝嘉、趙霈、胡世將、張燾、王侯、吳表臣、陳公輔等同上。

諫高宗對金使屈己奏① 紹興八年十二月二十七日②

臣聞聖人與衆同欲，是以濟事。自古人君施設注措，未有不以從衆而成，違衆而敗者。伏見今日屈己之事，陛下以爲可，士大夫不以爲可，民庶不以爲可，軍士不以爲可，如是而求成，臣等竊惑之。仰惟陛下獨以爲可者，謂梓宮可歸也，淵聖可還也，母后可復也，宗族土地可得也。國人不以爲可者，謂敵人素多變詐，今持虛文以來，而梓宮未歸，淵聖未還，母后未復，宗族土地未得，何可遽爲卑辱之事？此公論也，以陛下聖孝，固無所不盡，然天下公論又不可不從。使天誘其衷，敵果悔禍，惟我之從，而梓宮已歸，淵聖已還，母后已復，宗室土地皆已得之，則兩國通好，經久之禮，尚有可議。豈有但信其虛辭，一未有所得，而遂欲屈膝以從之乎？一屈之後，將舉國以聽之，臣等恐彼之所許未必可得，而我之爲國，日朘月削，遂至不可復支矣。臣等竊聞敵使入境，伴使北向再拜，問敵帥起居，此故事也。然軍民見者，或至流涕。夫人心戴宋如此，雖使者一屈，猶爲之不平，況肯使陛下不顧群議斷而行之！萬一衆情不勝其忿，而王雲、劉晏之事或見於今日，陛下始有追悔之心，恐已晚矣！《傳》曰："衆怒難犯，專欲難成。"合二難以安國，危之道也。臣等職在論思，竊聞輿議，不敢緘默，伏望聖慈俯同衆情，毋遂致屈而緩圖之，不勝幸甚！

宋李心傳《建炎以來繫年要錄》卷一百二十四

乞陝西諸路給還不從僞之人
等籍没産業奏 紹興九年七月二十七日

陝西諸路昨陷僞齊州軍③，官吏軍民有結約投歸朝廷，或通報事

---

① 此奏爲樓炤與晏敦復、李彌遜、梁汝嘉、張燾、蘇符、蕭振、薛徽言等同上。

② 《繫年要錄》載上疏時間爲"十二月己卯"，是月癸丑朔，己卯爲二十七日。

③ "僞"：原書作"爲"，據文意改，《宋史》作"陝西諸路陷劉豫章郡縣"。《襄靖公傳》略作："陝西諸路陷劉豫，郡縣有不從僞命之人，所籍貲户，並令勘驗還。"

宜往來之人,因人告發,或緣事彰露,及堅守城寨被害之家籍没過産業,仰州縣並行勘驗給還。如田土屋宇已經請佃轉賣,及給與告人充賞之數,亦仰追改給付。如敢違戾,當職官先次放罷,取旨重行竄責,人吏決配。

清徐松輯《宋會要輯稿》食貨六一之六四。又見元脱脱等
《宋史》卷三百八十《樓炤傳》、《永康華溪樓氏宗譜》卷二
七陳俊卿《宋資政學士簽樞密院事兼參知政事襄靖公傳》

乞旌賞福德禪寺及雲臺觀奏 紹興九年八月二十五日

涇州長武縣福德禪寺,舊有安奉太祖皇帝御容,並華州雲臺觀真宗皇帝御容。比緣兵火,寺觀各能保護,並無損動,欲望少加旌賞。

清徐松輯《宋會要輯稿》禮一三之一二

乞褒擢陝西節義之士奏 紹興九年九月四日

臣入陝西采問節義之士,有原州通判米璞,當劉豫僭竊、群僞争進之日,杜門謝病,終不受污,關陝之人見璞則知有朝廷。前知隴州劉化源,建炎間守隴州,城既陷,虜使人守視之,不得死,驅入河北,販賣蔬果,隱民間十年,卒不屈辱以歸。前博州簽判劉長孺,當劉豫僭逆初萌之日,嘗致書於豫,勸其轉禍爲福,豫毁除告命囚之,而日後復起之以官,終不屈。三人皆老病[①],乞並特除宫觀差遣,仍與進官,庶幾激勵風俗。及有陰晫,陷隔以來,守節不仕,已具奏乞差充鳳翔府教授,欲乞更賜褒擢。

清徐松輯《宋會要輯稿》禮六一之九。又見宋
李心傳《建炎以來繫年要録》卷一百三十二

---

① 三人皆老病:《建炎以來繫年要録》作:"臣嘗召至本府,並欲津遣赴行在。而璞苦風痺,右足幾廢,化源、長孺亦皆老病,不任道路。"

乞賜褒恤吳革田敢盧大受奏[①] <small>紹興九年九月</small>

京城統制吳革、知環州田敢、成忠郎盧大受皆以節義，革爲范瓊所害，敢、大受爲劉豫所殺，乞賜褒恤。

元脫脫等《宋史》卷三百八十《樓炤傳》

張姓人自稱上皇五太子事奏 <small>紹興九年九月十一日[②]</small>

永興軍保福院有姓張人，自稱趙王，上皇第五太子，係杜玘璉皇后之子，小名仲山，年十九。本軍已差軍祇應，日爲給食。契勘所供年紀、稱呼詐僞不實，已下本軍根勘。

宋李心傳《建炎以來繫年要録》卷一百三十二

乞結罷行府職事奏 <small>紹興九年十月十二日</small>

往陝西宣諭，今已回行在所訖，所有行府職事，合行結罷。

清徐松輯《宋會要輯稿》職官四一之一〇

乞自紹興暫赴行在所奏事奏 <small>紹興十二年十月十六日</small>

已到任訖。念臣久違軒陛，切欲一望清光，兼有本任職事，乞依張守、孟忠厚例，暫赴行在所奏事。

清徐松輯《宋會要輯稿》儀制六之二四

紹興府無寬餘錢椿發奏 <small>紹興十二年十月二十九日</small>

昨緣奉使韓球將諸軍闕額錢數請受申請行下本府，認數封椿起

---

① 與上《乞褒擢陝西節義之士奏》當爲同時所作。又據《永康樓氏宗譜》卷二十七陳俊卿《宋資政學士簽樞密院事兼參知政事襄靖公傳》載炤《乞賜褒恤忠義諸臣奏》云："米璞不污僞命，劉化源陷虜十年不屈，京城統制吳革死於范瓊，知環州田敢、成忠郎盧大受死於劉豫。乞賜褒恤，以表忠義。"則此奏與《乞褒擢陝西節義之士奏》或同爲一疏。

② 《繫年要録》載上疏時間爲"九月戊子"，是月戊寅朔，戊子爲十一日。此奏與上數疏皆爲樓炤宣諭永興時所上。

發。紹興十一年十一月三日得旨展免一年，自來年爲始認發。上府①
常賦有限，實無寬餘可以椿發。

清徐松輯《宋會要輯稿》食貨六四之七六

支還徽宗攢宮用過人户山地價值奏 紹興十二年十一月二十五日

奉詔打量攢宮，用過人户山地共計二百一十九畝五十七步，除數
内五十七畝②三角一十三步，昨係人户潛昊、韓俊良、韓遂良獻充昭慈
聖獻皇后攢宮禁地，先支還價錢，每畝三貫五伯文足。今來將上件地
段充徽宗皇帝、顯肅皇后神圍並禁地訖。其餘一百六十一畝一角四
十四步，係潛昇等九名地段，充懿節皇后神圍，安奉御下宮禁地。其
合給價直。欲依昨來買過昭慈聖獻皇后攢宮地段價直上各增兩倍，
每畝計作一十貫五伯文足。及潛昇地内元有蔭櫪樟林木大小一千五
百七十八株，估值錢一千一百二十二貫一百文足；潛昊地内有大小林
木一千一百七十五株，估價錢七百二貫四百七十五文足，欲依數支
還。其先用過已買潛昊、韓俊良地五十七畝三角一十三步，每畝價值
亦乞依此添給。内韓俊良、韓遂良、潛昇、潛昊、潛旻③地段，並依充徽
宗皇帝、顯肅皇后、懿節皇后神圍。

清徐松輯《宋會要輯稿》禮三七之二一。又見
清徐松輯《中興禮書》卷二百四十四《凶禮九》

勸高宗節儉疏 紹興十三年春

自古明哲之君，莫不以省儉而治，化及於四海，奢侈安逸而敗亡。

《永康華溪樓氏宗譜》卷二十七陳俊卿《宋資
政學士簽樞密院事兼參知政事襄靖公傳》

---

① 上府：據前文"行下本府"，疑當作"本府"。
② 五十七畝：原書作"五十七步"，據下文改。
③ 潛旻：據上文，疑爲"潛昊"。

江浙荒旱賑災奏 紹興十七年

江浙之地，連年荒旱，民無食者，采榆皮草蕨以食之。乞寬民役，薄稅斂，給貧民，以安天下，此國家之急務也。

《永康華溪樓氏宗譜》卷二十七陳俊卿《宋資
政學士簽樞密院事兼參知政事襄靖公傳》

書　札

答金人元帥書①

　　某啓：季秋霜冷，伏惟太保、左丞相、侍中、都元帥、領省國公台候，起居萬福！軍國任重，仰勞經畫。莫將等回，特承惠書，祇荷記存，不勝感激！某昨蒙上國皇帝推不世之恩，日夜思念，不知所以圖報，故遣使奉表，以修事大之禮。至於奏稟干請，乃是盡誠，不敢有隱。從與未從，謹以聽命。不意②上國遽起大兵，直渡濁河，遠踰淮浦，下國恐懼，莫知所措！夫貪生畏死，乃人之常情。將士臨危，致失常度，雖加誅戮，有不能禁也。今聞興問罪之師，先事以告，仰見愛念盈③厚，未忍棄絕。下國君臣既畏且感，專遣光州觀察使、武功縣開國子、食邑五百戶劉光遠，成州團練使、武功縣開國子曹勳，往布情懇。望太保、左丞相、侍中、都元帥、領省國公特爲敷奏，曲加寬宥，許遣使人請命闕④下，生靈之幸，下國之願，非所敢忘也。惟祈留神加察，幸甚！向寒，竊冀保重。有少⑤禮物，具於別封，伏乞容留⑥，不宣。

　　宋徐夢莘《三朝北盟會編》卷二百八十。又見宋李心傳《建炎以來繫年要錄》卷一百四十一

---

① 以下七書皆樓炤代高宗擬草。
② 意：《建炎以來繫年要錄》作"謂"。
③ 盈：《建炎以來繫年要錄》作"至"。
④ 闕：原書作"門"，據《建炎以來繫年要錄》改。
⑤ 有少：原書作"少有"，據《建炎以來繫年要錄》及下札改。
⑥ 留：《建炎以來繫年要錄》作"納"。

答金人元帥第二書

　　某啓：孟冬漸寒，伏惟太保、丞相、侍中、都元帥、領省國公鈞候，起居萬福！軍國重任①，悉勤籌畫。劉光遠、曹勳等回，特承惠示書翰，不勝忻感！竊自念昨蒙上國皇帝割賜河南之地，德厚恩深，莫可倫②擬。而愚識淺慮，處事乖錯，自貽罪戾，雖悔何及！今者③太保、左丞相、侍中、都元帥、領省國公奉命征討，敝邑恐懼，不知所圖。乃蒙仁慈，先遣④莫將、韓恕明以見告，今又按甲頓兵，發回劉光遠、曹勳，惠書之外，將以幣帛。仰承⑤寬貸未忍棄絕之意，益深慚荷！今再遣左正議⑥大夫、尚書吏部侍郎、文安郡開國侯、食邑一千户魏良臣，保信軍承宣使、知閣門事、兼客省四方館事、武功縣開國伯、食邑七百户王公亮⑦充稟議使副。伏蒙訓諭，令敷陳畫，一切惟上令下從⑧，乃分⑨之常，豈敢⑩輒有指迷，重蹈僭越之罪。專令良臣等聽取鈞誨，顧力可遵稟者，敢不罄竭，以答再造！仰乞鈞慈，特賜敷奏，乞先斂士兵，許敝邑遣使拜表闕下，恭聽聖訓。向寒，伏冀倍深⑪鈞重。有少禮物⑫，具於別封，竊冀容納，不宣。

　　　　宋徐夢莘《三朝北盟會編》卷二百八十。又見宋李心傳
　　　　《建炎以來繫年要録》卷一百四十二

------

①　重任：原書作“任重”，據《建炎以來繫年要録》改。
②　倫：原書作“論”，據《建炎以來繫年要録》改。
③　者：原書作“曰”，據《建炎以來繫年要録》改。
④　遣：原書作“領”，據《建炎以來繫年要録》改。
⑤　承：原書作“切”，據《建炎以來繫年要録》改。
⑥　“正議”：原書作“布政議政”，據《建炎以來繫年要録》改。
⑦　亮：原書作“庭”，據《建炎以來繫年要録》、《宋史》等改。
⑧　一切惟上令下從：原書作“一竊上令不從”，據《建炎以來繫年要録》改。
⑨　分：原書作“命”，據《建炎以來繫年要録》改。
⑩　原書脱“敢”字，據《建炎以來繫年要録》補。
⑪　深：原書作“保”，據《建炎以來繫年要録》及前後札改。
⑫　原書脱“物”字，據《建炎以來繫年要録》補。

答金人元帥第三書

某啓：季冬極寒，伏惟鈞候，起居萬福！整軍安民，悉賴全德。特承惠書，佩荷記存。垂諭大事已定，若非國公以生靈爲念，他人豈能辦此，天下幸甚！所取北人，敢不如命。今就近先次津發耶律溫等，餘當節次發遣。唐、鄧二州，已遣尚書莫將、侍郎周聿於此月十一日星夜前去交割。陝西地界亦已差樞密都承旨鄭剛中同宣撫官前去，趁明年正月下旬計①議。海州、泗州、漣水軍②在南百姓，見今根刷發過淮北，先蒙遣還濠州、楚州、招信③、盱眙等縣户口，又許根刷應江南商賈隔在淮北者，亦便發歸，卑情豈勝感激！恐遣人在路遲滯，今專發書，計會泗州差走馬人④傳到府下，伏冀照察⑤。向春氣候漸⑥和，竊望倍保鈞重，不宣。

宋徐夢莘《三朝北盟會編》卷二百八十。又見宋李心傳《建炎以來繫年要錄》卷一百四十三

與金人元帥第四書

某啓：即日春和，伏惟鈞候，起居萬福！某前日遣人赴⑦泗州上狀，續次津發耶律溫，今必皆達府下。近據邊界申報合具咨稟：唐、鄧界上緣李驃騎將軍帶甲軍到來，民户不知，多有驚移。陝西隴城寨將官王吉帶領兵馬於沿坊鎮等處，打⑧劫孳畜，驅掠户口，殺害人民，致

---

① 計：原書作“許”，據《建炎以來繫年要錄》及文意改。
② 漣水軍：原書作“連水”，據《建炎以來繫年要錄》改。
③ 招信：原書作“昭信”，據《建炎以來繫年要錄》改。
④ 原書脱“人”字，據《建炎以來繫年要錄》補。
⑤ 原書脱“照察”二字，據《建炎以來繫年要錄》補。
⑥ 漸：原書作“淑”，據《建炎以來繫年要錄》及文意改。
⑦ 赴：《建炎以來繫年要錄》作“往”。
⑧ 打：《建炎以來繫年要錄》作“行”。

使相近去處皆不安帖。竊①慮引惹生事，致傷和好，敢望嚴賜約束，實爲幸甚！兼告指揮，泗州今後遇有書信，即爲收接發納，庶得情懇即達，不致留滯。向燠，竊冀倍保鈞重，不宣。

　　宋徐夢莘《三朝北盟會編》卷二百八十。又見宋李心傳《建炎以來繫年要録》卷一百四十四

答金人元帥第五書

　　啓上太傅、左丞相、都元帥、領省鈞座：即日極暑，伏惟鈞候萬福，區區不勝瞻仰！近何鑄等回，伏蒙遠枉鈞翰，副以甲馬厚幣，豈勝珍感！又承傳諭鈞意，所以存撫有加，及何鑄等往回種種照恤，俱深感佩！書中首蒙諭及疆域，非不在慮，皆久有望於上國者。自非仁厚，特留矜念，何以及此！諭早發遣北人過界，敢不承稟，但中間嘗以北人畏罪之意，如聞欲得上國降一赦罪文字，使之釋然無疑，徑即發遣，免至疑難。及諭唐、鄧二州交割官所説原約，多有不同，亦不經再三持論，又不告而去，已追原差官根問。從差官根問，前去只要仔細持論。今承來諭，顯是原差官商量未盡。今當如鈞意唯是，烏淩阿尚書與鄭則中公畫陝西地界和尚原、方山原兩處，依舊保守。今畫圖兩本，用硃紅擬畫一本納呈，乞降下烏淩阿尚書照便，縱有少侵，劉某曾占地界去處，止是欲與川路少留藩籬，以安彼中人心。亦乞矜允，實荷大賜！其一本已降與鄭剛中遵用，伏乞鈞照。又諭發遣張中孚及其弟中彥並張孝純、宇文虛中、王進等家屬，謹當一一依稟。爲各人居處遠近不同，已令所在津遣，候到即發去次。惟杜充家口，自充離江南之後，其家分散，久經歲月，親故絶少，故②難根刷。鄭億年雖係汴京人，但億年幼自上國來，時稱魯公，恩造放歸，今親加體問，更不

----

① 竊：《建炎以來繫年要録》作“切”。後同。
② 故：原脱，據《建炎以來繫年要録》補。

願前去,其母亦以此中親眷不少,只欲留此養老,誠出懇切,供到親書狀繳納,想蒙情察也。餘曲折已一面照應行遣。暑次時,惟冀倍保鈞重。謹奉啓,不宣。

宋徐夢莘《三朝北盟會編》卷二百八十。又見宋李心傳《建炎以來繫年要錄》卷一百四十五

答金人元帥第六書

某啓:季夏極熱,伏惟某官鈞候萬福!何鑄等還,所蒙惠書①,近已草略修報。伏蒙上國曲軫仁慈,悉從所請。深念恩德,實自國公特留鈞意,力賜贊成,區區銘感,何有窮已!比覩泗州關報,備悉②指揮,送護一行人使等約七月來過界,聞令鼓舞,舉國之幸。已取八月間遣使報謝闕下,敢望③先次奏知。有新茶五百斤,聊以將意,便中未能多致,竊幸笑留。餘續上狀④次,不宣。

宋徐夢莘《三朝北盟會編》卷二百八十。又見宋李心傳《建炎以來繫年要錄》卷一百四十五

答金人元帥第七書

某啓:即日秋涼,伏惟某官鈞候萬福!專⑤使來,兩⑥辱惠問,感荷契愛。垂諭上國講修和好,開示大信,含生蒙福,遐邇同之,此敝邑之幸也。敘謝之誠,言不能盡。竊聞元帥府自班師之後,每嘗丁寧諸路帥守、應防把兵官吏人等,咸使仰體德意,謹守封疆,不得生事。如此處置,則天下舉安,深合古訓,六合之外⑦,四海之内,孰不欽服!又

---

① 原書脱"書"字,據《建炎以來繫年要錄》補。
② 悉:原書作"坐",據《建炎以來繫年要錄》改。
③ 原書脱"望"字,據《建炎以來繫年要錄》補。
④ 原書脱"狀"字,據《建炎以來繫年要錄》補。
⑤ 專:原書作"等",據《建炎以來繫年要錄》改。
⑥ 原書脱"兩"字,據《建炎以來繫年要錄》補。
⑦ 原書脱"六合之外"四字,據《建炎以來繫年要錄》補。

聞近日諸處申達，北界人馬無故侵掠，及謀畫出入，至於收納叛人，强奪鞍馬，又縱群寇攻掠①縣道，殺傷②官吏，驅擄人畜，焚毀舍屋，及假裝飾以草賊爲名，公然犯界，驚擾百姓。遠煩開諭，不勝駭愕！雖是聽聞未及，已蒙矜恕。然邊吏妄作，不遵約束，甚不稱某畏天事大之誠意也。已備録所示，付四川宣撫鄭剛中根刷③南來人馬，依數④交割，與對境州軍取收管公文，仍戒沿邊諸路不得令人過界劫掠，收接南投人馬。令出榜界上曉諭，庶得疆場安静，人民樂業，信義誠篤，垂裕無窮，少副來誨。老母還歸，知恩有自，已就報謝。使副齎書信，布叙前書所諭⑤陝西地界，亦已别修報書。向寒，竊冀倍保鈞重，不宣。

　　宋徐夢莘《三朝北盟會編》卷二百八十。又見宋李心傳《建炎以來繫年要録》卷一百四十六

---

① 原書脱“掠”字，據《建炎以來繫年要録》補。
② 原書脱“傷”字，據《建炎以來繫年要録》補。
③ 根刷：原書作“刷根”，據《建炎以來繫年要録》改。
④ 數：原書作“准”，據《建炎以來繫年要録》改。
⑤ 諭：原書作“論”，據《建炎以來繫年要録》改。

序　跋

賀周邵仕南康序 紹興二十二年十月

　　余荷皇恩，職熙帝載，鞠躬盡瘁，幸佑太平。靖恭爾位，弗恤身家，憂盛危明，罔敢暇豫，親嘗之矣。夫世臣親臣，遇隆而任重；近臣遠臣，名異而義同。職有大小，莫非王事，毋謂小官小邑，職易完、庸易見也。君登進士時，齎幣謁余，見正氣端嚴，根心生色，心竊偉之。今際筮仕之初，將之南康，於君有意焉。事不根于性術，謂不忠；民不登之袵席，謂不慈；財不酌其盈虛，謂不節；教不申之孝悌，謂不醇；弊不革則俗偷；利不公則邑病。有一於此，臣職曠矣。君固別於操刀製錦者，尚其本之性術，矢以忠貞，以仁爲撫，以義爲斷，以禮肅民志，以智燭民情，弦誦鳴琴，休風可再，庶幾可上報天子也哉！君行矣，年力方剛，服官伊始，攬轡登車，恩膏萬里。于是小欲速戒，謹衷諸聖訓。雲龍鳳虎，夢賚錫於帝心，功名勳業，彰於盛世，余深有厚望夫！時紹興壬申十月之吉，資政殿學士、簽書樞密院事兼權參知政事樓炤。

《申亭周氏宗譜》

雲溪居士集序 紹興十三年八月

　　始余得故朝奉大夫華君鎮《會稽覽古》詩一百三篇，知其爲好古博雅之士也。疑其文采足以竦動時聽，而名不昭，何哉？紹興壬戌，來爲是邦，君之子初成奉君文集一百卷，求余文冠其首。曰：多矣哉！余既得盡觀其文，又益以知其人，蓋介然自重，不輕以求人之知也，其名不昭固宜。君之文精深典贍,而詩遒麗逸發,其他衆制爛然,皆有體則,非涵養蓄蘊之厚,不能發之如此也。元豐間,孫覺、豐稷在朝,皆薦君堪博士,不報,卒老州縣。其治行泯沒,不得顯白於世矣,而文又不昭焉。嗚呼,其可惜哉!然初成能盡力以圖傳君之文於世,亦足以不朽矣。君嘗自號雲溪居士,用以名其集。紹興癸亥八月晦日,資政殿學士、左朝奉大夫、知紹興軍府事、兩浙東路安撫使、馬步軍都總管樓鑰序。

宋華鎮《雲溪居士集》卷首。又見清陸心源
《皕宋樓藏書志》卷七十八

謝宣城詩集序 紹興二十七年七月

南齊吏部郎謝朓長五言詩,其在宣城所賦,藻繢尤精,故李太白詠"澄江"之句而思其人,杜少陵亦曰"詩接謝宣城"也。予至郡,視事之暇,裒取郡舍石刻并《宣城集》所載謝詩,纔得二十餘首。繼得蔣公之奇所集小謝詩,以昭亭廟、疊嶂樓、綺霞閣所刻及《文選》、《玉臺新詠》、本集所有,合成一編,共五十八篇,自謂備矣。然小謝自有全集十卷,但世所罕傳。如《宋海陵王墓誌》集中有之,而《筆談》乃曰此銘集中不載,蓋雖存中之博,亦未之見也,而余家舊藏本偶有之。考其上五卷,賦與樂章之外,詩乃百有二首,而唱和、聯句他人所附見者不與焉,以是知蔣公所謂本集者非全集矣。於是屬之僚士,參校謬誤,雖是正已多,而有無他本可證者,故猶有闕文。鋟版傳之,目曰《謝宣城詩集》。其下五卷,則皆當時應用之文,衰世之事,其可采者已載於本傳、《文選》,餘視詩劣焉,無傳可也,遂置之。紹興丁丑秋七月朔,東陽樓鑰題。

南朝謝朓《謝宣城集》卷首

善慧大士語録跋 紹興十三年三月十五日

紹興壬戌,住寶林寺定光大師元湛攜唐進士樓穎所撰《善慧大士

録》以示,予端憂之暇,取而觀之,病其文繁語俚,不足以行遠,且歲月
或舛焉。乃爲刊正,總爲四卷。凡大士應跡終始及所著歌頌,悉備
矣。一時同道之人,亦附見於末。紹興十三年三月望,資政殿學士、
左朝奉大夫、知紹興軍府事、充兩浙東路安撫使樓炤謹題。

卐新續藏第六九册《善慧大士语録》卷末

記 文

驚秋塘記

余嘗典樞務，入揆庶政，出綜戎行。今上駐蹕臨安，登吳山，覽西湖，輒動北顧之思。二聖未還，境土未復，昔人中流擊楫，聞雞起舞，豈漫然哉！蓋以國步多艱，四郊多壘，志士所以觸物而感激於中，而不可遏也。余適在衰絰，哀痛之際，益深懷國之憂。偶自南府往觀故居，見池水清漣，天光雲影，某童子時所釣遊處也。正金風蕭瑟，梧葉飄颻，遊魚出沒，芰荷菱芷，殊香異馥，四顧雲山，萬木蒼蒼，胥商意也。物遭之而色變，木遇之而葉脫，徘徊斯塘之上，而惕然若有所驚，因名曰"驚秋"。何也？四時之行，百物之生，時至於秋，凡物之生長，於是乎收焉。觸目激中，寧無故宮禾黍之思乎？二聖之在朔漠，寧無宴饗北面之情乎？王業偏安，寧無拓清圖大之志乎？夫尺土皆王土也，開府南郊，君之賜也，故居之適，亦君之遺也。余有焉，余自安焉，君之故都何在也？臨斯塘，覘斯景，戚焉而驚動於心，擊楫起舞，誠有異代而同情者。余願因秋風之驚，凡荷戈執戟者同此心焉，百揆庶司同此心焉。文吏思死其職，武吏思死其兵，追奔逐北，蕩平中原，以雪祖宗數百年之恥，而大我輿圖，則今日驚秋之塘，亦激發忠憤之一機，其有關於社稷爲不少也。因記之。

清李汝爲等《(光緒)永康縣志》卷十五。又見
《永康華溪樓氏宗譜》卷二十七

墓　誌

宋故迪功郎淩雲金公墓誌銘 紹興二十二年九月

君姓金氏，諱漢，字愈沖，號淩雲，行亨一，婺之永康人也。其先文林郎公，從湖廣寶慶府邵陽來，於君則三世矣。自幼穎悟，讀書不苟，治《尚書》，才名稱世，四方賢士多從之。屢試屢落，則天之困君也。乃援入太學，得授江西之進賢簿。爲政循良，寬猛得宜，士民誦而當道旌之。膺寵命贈迪功郎矣，乃致政榮歸，遨遊山水，享年九十有六。時紹興二十一年辛未三月初七日申時，卒於正寢。至和二年乙未正月十四日卯時，則君生辰也。配孺人江氏，生嘉祐四年己亥十二月初二日卯時，先君十六年卒於靖康元年丙午二月廿八日子時。男二，曰承祖、承宗。孫男一，曰山。孫女一，曰嶽，監生王尚仁，其孫婿也。一日承祖泣然拜於庭下："昔家君承大人雅愛，今歿而將厝矣，敢乞一言鑴之石，以垂千古不朽焉。"余無以答，乃志之，復爲其銘曰：

嗚呼我公，天付敏質。官居迪功，士民誦德。

壽而且康，世人何及。幽空盛川，名揚勿失。

時紹興二十二年歲次壬申，菊月望前三日，賜進士、資政殿學士、簽書樞密院事兼參知政事同邑眷門生仲暉樓炤頓首拜撰。

《東方金氏宗譜》

銘　文

存心銘

穹然者天，高而明也。隤然者地，博而厚也。

人與相參，曰維心也。有心不存，天地間也。

涵養乎静，全其理也。省察乎動，防其欲也。

厥要維何？主乎敬也。終始惟一，心即存也。

厥心既存，天地似也。推而施之，四海平也。

擴而充之，萬物育也。克聖克賢，人無愧也。

清李汝爲等《（光緒）永康縣志》卷十六。又見
《永康華溪樓氏宗譜》卷三十

附　編

樓炤年譜

　　公諱炤,字仲暉,一字仲晦,婺州永康人也。其先義烏人,徙居武義,唐大和間,有諱永貞者,再徙永康長安鄉,遂世爲永康人。永貞生文煥,隱德不仕。文煥生興鄞,爲黄巖令。興鄞生紹宗,爲太子校書。紹宗生光嗣,贈職方員外郎。光嗣生昂,七歲中童子科,官將作監主簿,是爲公高祖。曾祖闋,國子助教,以公貴,累贈太子太保;曾祖母吳氏,累贈琅琊郡夫人。祖定國,慶曆丙戌進士,官太常博士、職方員外郎,以公貴,累贈少保,封東陽郡公;祖母郎氏,累贈申國夫人;葛氏,累贈萊國夫人。父居明,以右通議大夫致仕,以公貴,累贈少師、封國公;嫡母范氏,累封秦國夫人;生母歐陽氏,累封魏國夫人。妻林氏,累贈國夫人。子二:長塤,次城。女一:適應淳。孫男四:鉉、鍔、鐵、銘。

以上內容據劉一止《苕溪集》、張擴《東窗集》、洪邁《容齋三筆》及《華溪樓氏宗譜》等編。

元祐三年戊辰(1088)　一歲

六月初三,樓炤生。

按:《宋史》本傳:"久之,除知宣州,徙廣州,未行而卒,年七十三。"又《建炎以來繫年要録》:"(紹興三十年三月)癸未,資政殿學士、新知廣州樓炤薨。"逆推則當生於是年。而楊椿《宋樞密襄靖公墓誌銘》稱"公生元祐己巳六月初三",則後一年,或係用官年減一歲。而所生月日,傳于舊譜,或有所本,姑用其説。

元祐七年壬申（1092） 五歲

《墓誌銘》："自幼岐嶷不凡。"

大觀元年丁亥（1107） 二十歲

陳俊卿《襄靖公傳》："立志聖賢之學，明《易》、《書》、《春秋傳》，旁通諸子百家。"

《墓誌銘》："稍長治舉子業，有聲鄉邦。肆力於聖賢之學，義理所在，必深窮而密察，雖甚微隱，剖析靡遺。"

政和四年甲午（1114） 二十七歲

領鄉解。計偕入京，于淮上救人。

按：《襄靖公傳》："政和甲午，計偕入京。至淮上，見男子持刀欲自刎，問其故，對以傾貲爲父罪謫之需，至此被賊，父必死，不若先自死之爲愈也。公慰諭之，而資以百緡，其人仰天祝報。"

政和五年乙未（1115） 二十八歲

登進士第。

按：公登第後仕履，《宋史》本傳稱："調大名府戶曹，改西京國子博士、辟雍録、淮寧府司儀曹事。"而《墓誌銘》則謂："登何㮚榜進士第。初授閩邑令，治邑以德化爲先務。"《襄靖公傳》亦云："登何㮚榜進士，授閩邑令。民遭疫癘，公焚香禱天，誠意感神，疫癘頓息。會朝廷求索寶玩、珍禽奇獸，輒拒命，上書以聞。"公在調大名府戶曹前或嘗爲閩令，事遠難徵，姑繫于此，以待後聞。

宣和二年庚子（1120） 三十三歲

時女真約盟滅遼，公言女真虎狼，不可與之通盟，上不允。後金滅遼侵宋，上悔而莫之及矣。

按：此或公在京任辟雍録時事。

靖康元年丙午（1126） 三十九歲

金人索割三鎮，公與梅執禮議不可。曰："三鎮，中原之庇根，庇根動，則京師不可留矣。"范宗尹以下議與之，卒致鑾起北轅。

按：右二事俱見《襄靖公傳》。

建炎元年丁未（1127） 四十歲

由淮寧府司儀曹事，召爲尚書考功員外郎，或在是年。

建炎三年己酉（1129） 四十二歲

時高宗在建康，上奏論建都事。

編年文

閏八月二十六日《論建都奏》

建炎四年庚戌（1130） 四十三歲

約於是年，以朝奉郎主管臨安府洞霄宮。

紹興元年辛亥（1131） 四十四歲

十月，秦檜薦爲兵部員外郎。

按：《建炎以來繫年要録》卷四十八："朝奉郎、主管臨安府洞霄宮樓炤爲兵部員外郎。炤，永康人，秦檜所薦也。"

紹興二年壬子（1132） 四十五歲

五月二十七日，詔置修政局，爲檢討官。

六月十九日，爲右司員外郎。

八月二十五日，落職左朝散郎，與宮觀，坐秦檜黨，爲呂頤浩所斥。

八月二十七日，秦檜罷相。

編年文

五月八日《選人陞改事奏》

紹興五年乙卯(1135) 四十八歲

十一月十七日,守尚書右司員外郎。

按:《建炎以來繫年要錄》卷九十五:"左朝散郎樓鑰守尚書右司員外郎。鑰坐秦檜累久斥,至是始用之。"

紹興六年丙辰(1136) 四十九歲

六月七日,守左司員外郎。

八月二十七日,兼權中書舍人,書行户房文字。

是年末或明年正月,權太常少卿。

紹興七年丁巳(1137) 五十歲

正月二十六日,上劄論高宗養子伯玖事。

按:《建炎以來繫年要錄》卷七十六:"紹興七年正月二十六日,權太常少卿樓鑰劄子:'吳才人位,主管文字馮才申本位。和州防禦使璩,年八歲'云云。伯玖,即璩也。'

四月九日,守起居郎。

七月二十二日,封還張滉特賜進士出身與郡詔。

七月二十三日,以旱詔求直言。論理財之職,上從之。

《宋中興紀事本末》:"起居郎樓鑰言:'唐重理財之職,故宰相兼鹽鐵轉運使令。若使宰相兼有司之職,則不可'云云,上從之。"

八月十四日,充秘閣修撰,知溫州。前封還張滉詔,爲言者所劾,請奉祠,故有是命。

《襄靖公傳》:"七年,宰相張浚兄滉賜出身,與郡,中書舍人張燾封還;命鑰,又封還;乃命起居舍人何掄,書行。於是與燾皆請補外,以直秘閣知溫州。"又詳《繫年要錄》。

編年文

正月二十五日《爲徽宗服喪孝服制度奏》、《乞委平江府製造孝服奏》

正月二十六日《合州防禦使孝服事奏》、《中書樞密院主事以上及禮官服制奏》

正月二十七日《内侍官服制奏》

正月二十八日《百司入局服制奏》

正月二十九日《喪制禁樂事奏》

二月二日《乞皇帝聽政簾幕用縞素奏》

二月三日《言大小祥禫除祭告事奏》

四月八日《乞飭中外司恪守成法奏》

五月十二日《請命有司講究屯田皷鑄市舶常平四事奏》

七月八日《乞使户部長貳兼領諸路漕權奏》、《乞令行在侍從官各舉可任監司郡守者保任以聞》、《乞令進對臣僚具録聖語關報史官奏》

紹興八年戊午（1138） 五十一歲

十一月十九日，試給事中。

十一月二十二日，兼權直學士院。

《宋中興題名》："樓鑰：紹興八年十一月，以給事中兼權直院。九年二月，除翰林學士。十月，除簽書樞密院事。"

十二月，金使欲上受册書，鑰舉《書》"高宗諒陰，三年不言"之句以悟檜，於是上不出，而檜攝冢宰受書。

編年文

三月十七日 《詳議徽宗皇帝祔廟配饗功臣奏》

十二月二十七日 《諫高宗對金使屈己奏》

紹興九年己未（1139） 五十二歲

正月五日，以金人來和，大赦天下，赦文爲公所草。

二月二日，除翰林學士。

三月二十一日，除端明殿學士、簽書樞密院事。

四月初二，受命宣諭永興。

四月二十二日，自臨安北關出發。

五月末，至東京。

六月一日，與東京留守王倫同檢視修內司。

六月八日，至永安軍，先謁昭、厚二陵及會聖宮。

六月二十四日，至長安，留十餘日。期間招降名將李顯忠。

七月十三日，至鳳翔府。

八月二十日，自鳳翔府歸。

十月二十二日，還至行在，乞罷職奉親，上給假迎奉。

十一月十八日，詔疾速赴行在。

十二月十五日，趣令還官任供職。

按：《宋中興紀事本末》卷四十七："辛丑，以翰林學士樓炤爲端明殿學士、簽書樞密院事。"與《宋中興題名》所載略異。事並詳《繫年要錄》。

編年文

正月五日 《賜新復河南州軍敕》

七月二十七日 《乞陝西諸路給還不從僞之人等籍没產業奏》

八月二十五日 《乞旌賞福德禪寺及雲臺觀奏》

九月四日 《乞褒擢陝西節義之士奏》

九月十一日 《張姓人自稱上皇五太子事奏》

九月 《乞賜褒恤吳革田敢盧大受奏》

十月十二日 《乞結罷行府職事奏》

紹興十年庚申（1140） 五十三歲

六月二十一日，以父居明憂去位。

按:《宋中興紀事本末》卷五十二:"甲子,簽書樞密院事樓炤以父憂去位。"《建炎以來繫年要録》卷一百三十六:"端明殿學士、僉書樞密院事樓炤以父右通政大夫居明卒去位。"《宋樞密襄靖公墓誌銘》:"丁父艱居憂,守制一如其禮,廬墓三年,衣不絮帛。"另據陳俊卿撰炤父《宋地官侍郎贈太師樓公墓誌銘》:"葬於縣西五里牌,敕賜庵名'廣福院'。"

紹興十二年壬戌(1142)　五十五歲

九月,服闋。升資政殿學士、知紹興府,將遣使北也。

編年文

十月十六日　《乞自紹興暫赴行在所奏事奏》

十月二十九日　《紹興府無寬餘錢樁發奏》

十一月二十五日　《支還徽宗攢宮用過人户山地價值奏》

紹興十三年癸亥(1143)　五十六歲

三月十五日,住寶林寺。定光大師元湛攜唐進士樓穎所總撰《善慧大士語録》以示,爲重編刊行,並作題記。

編年文

春　《勸上節儉疏》

三月十五日　《善慧大士語録跋》

八月　《雲溪居士集序》

紹興十四年甲子(1144)　五十七歲

二月二日,與少傅、鎮潼軍節度使、江南東路安撫制置大使、判建康府兼行宮留守、信安郡王孟忠厚兩易。

二月,以資政殿學士、新知建康府過關入見,即日除簽書樞密院事兼權參知政事。

五月十四日,爲李文會、詹大方所劾。詔罷,依舊職提舉江州太平觀。

《宋中興紀事本末》卷六十三:"李文會、詹大方同論資政殿學士、簽書樞密院事樓炤不可以居政塗。甲子,詔罷,依舊職提舉太平觀。"

紹興十七年丁卯(1147)　六十歲

編年文

《江浙荒旱賑災疏》

紹興二十年庚午(1150)　六十三歲

秋,丁母夫人憂。

按:《襄靖公傳》:"庚午秋,以丁內艱歸。上遣使降敕,於縣南建府以居。"事當有據。唯《傳》稱母姚氏則大誤,劉一止《苕溪集》、張擴《東窗集》、洪邁《容齋三筆》皆明載其母為范氏、歐陽氏,范當為嫡母而歐陽為生母,此處卒者不知為誰?《傳》之稱姚氏,或係後世修譜者所竄改。

紹興二十二年壬申(1152)　六十五歲

編年文

九月　《宋故迪功郎淩雲金公墓誌銘》

十月　《賀周邵仕南康序》

紹興二十六年丙子(1156)　六十九歲

正月五日,知宣州。

紹興二十七年丁丑(1157)　七十歲

七月,刻謝朓《謝宣城詩集》。

編年文

七月　《謝宣城詩集序》

紹興二十八年戊寅（1158）　七十一歲

約於是年，再奉祠提舉臨安府洞霄宮。

紹興二十九年己卯（1159）　七十二歲

八月二十七日，知廣州。

《建炎以來繫年要錄》卷一百八十三："資政殿學士、提舉臨安府洞霄宮樓炤知廣州。"

紹興三十年庚辰（1160）　七十三歲

三月四日，赴任途中卒。

紹興三十一年辛巳（1161）　卒後一年

葬於武義白峰章祝園之原。

隆興二年甲申（1164）　卒後四年

九月二十日，誥賜崇仁興國輔詡功臣，金紫光禄大夫、上柱國、資政殿大學士兼知樞密院事，追謚襄靖。

按：《墓誌銘》以公卒以是年九月二十日，蓋誤以誥册功臣名號、褒謚之年爲卒年月日，當以《繫年要錄》所載爲核，今爲是正，而繫誥贈年於此。

傳記文獻

宋樞密襄靖公墓誌銘[①]

公諱炤，字仲暉，姓樓氏。其先世由義烏移居武川。唐大和間有諱永貞者，自武川徙永康，後遂爲永康人。永貞生文煥，隱德弗仕。文煥生興鄴，官黄巖令。興鄴生紹宗，官太子校書。紹宗生光嗣，贈職方員外郎。光嗣生昂，資性穎敏，七歲中《毛詩》童子科，十七應進士舉，官將作監主簿，則公之高祖也。曾祖閌，官國子助教。祖定國，慶曆丙戌進士，授太常博士，封少保、東陽郡公。考洙，地官侍郎，贈太師。妣姚氏，封安國夫人。公生元祐己巳六月初三。自幼岐嶷不凡，稍長治舉子業，有聲鄉邦。肆力於聖賢之學，義理所在，必深窮而密察，雖甚微隱，剖析靡遺。以政和甲午領鄉舉，明年會試京師，登何桌榜進士第。初授閩邑令，治邑以德化爲先務，升翰林學士。建炎戊申，簽樞密使事。及六月南渡，督師川陝，朝廷賜以皂纛，便宜行事。紹興丙辰，晉資政殿學士，兼知樞密院事。庚申，丁父艱居憂，守制一如其禮。盧墓三年，衣不絮帛。癸亥，釋服如京師，仍知樞密院事。詔修神宗、哲宗兩朝《寶訓》，致仕以歸。詔賜崇仁興國輔翊功臣、金紫光禄大夫、上柱國、資政殿大學士兼知樞密院事，卒諡襄靖。隆興甲申九月二十日，則公卒之年月日也，享年七十有六。公性端愨，狀貌偉然，言議磊落，如震雷驚霆，傾豁洞達。而見諸行事，平實正大，

---

① 此文未見他書有録，所載樓炤履歷事實與《宋史》本傳、《建炎以來繫年要録》諸書多有不合，或宗譜傳寫竄改致訛。其世系、卒葬等事亦略存史跡，姑録此以備參考。

如青天白日，無所隱蔽，人莫不畏服而敬信之。爲文以理勝爲主，不事雕刻藻繢爲工。宗族鄉里，有貧窮不能存活者，必周之，人咸德焉，目爲長者。配章氏，先公二十年卒。子男二：長垍，蔭襲金紫大夫；次城，官湖南參議。女一，適應淳。孫男四人，曰鈜、曰鍔、曰鐵、曰銘。以卒之明年，葬於武義白峰章祝園之原。其子垍奉公之狀，踵門求余志，按狀所述爲之誌，而復銘之。銘曰：

> 大山穹林，良材所生。世家名閥，是生賢能。
>
> 永康衣冠，孰盛樓氏？勳業文章，淵涵山崎。
>
> 奕葉載德，委祉於公。公維承之，斯文在躬。
>
> 維棟維梁，乃麟乃鳳。奮武修文，拔倫邁衆。
>
> 國之良臣，家之令子。炳曜三朝，垂芳千祀。
>
> 君子之澤，維衍益延。曷觀水木，縣有本源。
>
> 貽石刻辭，爰志陵谷。尚其後人，是似是續。

乾道乙酉春王正月吉旦，兵部尚書楊椿撰。

《永康華溪樓氏宗譜》卷二十七《宋文》

宋資政殿學士簽書樞密院事兼參知政事襄靖公傳[①]

公諱炤，字仲暉，一字仲實。其先爲義烏人，徙居武義。唐大和間，有諱永貞者，轉徙永康長安鄉，遂爲永康人。永貞生文煥，隱德不仕。文煥生興鄰，爲黃巖令。興鄰生紹宗，爲太子校書。紹宗生光嗣，贈職方員外郎。光嗣生昂，七歲中童子科，官將作監主簿。昂生闋，國子助教。闋生定國，擢慶曆丙戌進士，官太常博士、職方員外郎，以孫貴，封東陽郡公，贈少保。定國生洙，授地官侍郎，贈太師。洙生炤，即公也。立志聖賢之學，明《易》、《書》、《春秋傳》，旁通諸子百家。政和甲午，計偕入京，至淮上，見男子持刀欲自刎，問其故，對以

---

① 此文亦未見他書有錄，然内容詳核，多可信據，當非僞作。其中雖間有訛謬乖違處，或係後世傳寫竄改所致，録此以備參考。

傾貲爲父罪讁之需，至此被賊，父必死，不若先自死之爲愈也。公慰諭之，而資以百緡，其人仰天祝報。政和五年，登何㮚榜進士，授閩邑令。民遭疫癘，公焚香禱天，誠意感神，疫癘頓息。會朝廷求索寶玩、珍禽奇獸，輒拒命，上書以聞。宣和乙巳，授給事中。時女真約盟滅遼，公與鄭剛中言："女真虎狼，不可與之通盟。"上不允。滅遼侵宋，上悔而莫之及矣。靖康丙午，金人索割三鎮，公與梅執禮議不可，曰："三鎮，中原之庇根，庇根動，則京師不可留矣。"范宗尹以下議與之，卒致蠻起北轅。公遂奉康王，開元帥府於相州。召相民之義勇智略者，一以入衛二聖，一以建業中興，旬日之間相民慷慨從者數萬。未幾，康王奉皇后手書，即帝位以嗣統。帝在建康，公言："今日之勢，當思古人量力之言，察兵家知己之計。力可以保淮南，則以淮南爲屏蔽，權都建康，漸圖恢復；力未可以保淮南，則因長江爲險阻，權都吳會，以養國力。"於是駐蹕臨安，擢右司郎。時銓曹患員多缺少，自佐貳以下多添差。公言："光武併省吏員，今縱未能損其所素有，又安可置其所本無乎？"紹興二年壬子，召朱勝非兼侍讀，罷給事中胡安國。公與程瑀等言"勝非不可用，安國不當罷"，皆落職。六年，召爲左司員外郎。言："今暴師日久，財用匱乏。考唐故事，以宰相領鹽鐵轉運使，或判户部，或判度支。今宰相之事難行，若參仿唐制，令户部長貳兼領諸路漕權，何不可之有？內則可以總大計之出入，外則可以知諸道之盈虛。"詔下三省，措置施行。又言："監司郡守，係民甚切，乞令侍從官各舉通判資序或嘗任監察御史以上可任監司郡守者一二人。"詔從之，命中書門下置籍。七年，宰相張浚兄滉賜出身與郡，中書舍人張燾封還；命炤，又封還；乃命起居舍人何掄，書行。於是與燾皆請補外，以直秘閣知溫州。未幾，除中書舍人，尋遷給事中，兼直學士院。八年戊午，金以張通古爲江南詔諭使，來議和，要帝待以客禮。秦檜未見國書，疑爲封册，欲帝屈己以受之。帝曰："朕嗣守太祖、太宗基業，豈可受金人封册？"於是朝論籍籍，檜未有所處。公舉"亮陰三年不言"以告,且與侍從晏敦復、尹焞、朱松等上疏,極言不可和。其略曰:"臣聞聖人與衆同欲,是以濟事。自古人君,施設舉措,未有不以從衆而成,違衆而敗者。伏見今日屈己之事,陛下以爲可,士大夫不以爲可,庶民不以爲可,軍士不以爲可,如是而求成,臣竊惑之。《傳》曰'衆怒難犯,專欲難成',合二難以安國,危之道也。伏望聖慈俯同衆議,毋遂致屈。"於是上不出,而檜攝冢宰,詣館受書,納之禁中,人情始安。己未,以金人來和,降詔肆赦,其文炤具草也。進兼侍讀,除端明殿學士。繼命往陝西宣諭德意,賜以皂纛金書:"樓炤到處,如朕親行,便宜行事,隨意遣使。"加爵資政殿學士兼簽書樞密院事。因具奏:"米璞不汙僞命,劉化源陷虜十年不屈,京城統制吳革死於范瓊,知環州田敢、成忠郎盧大受死於劉豫,乞賜褒恤,以表忠義。"詔並加其官。至鳳翔,承制以楊政爲熙河經略使,屯內地以保蜀;郭浩爲鄜延經略使,屯延安以守陝。至長安,會李世輔自夏欲歸朝,公以書招之,承制以爲護國承宣使、樞密行府前軍都統制,送之朝,帝撫勞再,賜名顯忠。癸亥春,上疏言:"自古明哲之君,莫不以省儉而治化及於四海,奢侈安逸而敗亡隨之。"上嘉納,詔下,殿幄毋用錦繡。丁卯,上疏言:"江浙之地,連年荒旱,民無食者,采榆皮草蕨以食之。乞寬民役,薄稅斂,給貧民,以安天下,此國家之急務也。"上然之,頒行其法。既而以親老,求歸省母於明州,命給假迎侍,仍賜以金帶。遣給事中孫禮賢齎詔,贈公父洙地官侍郎、太師,母姚氏安國太君;追封祖定國東陽郡公,祖母張氏保國太君;賜田二十頃。庚午秋,以丁內艱歸。上遣使降敕,於縣南建府以居,命禮部員外郎洪浩傳奉諭祭,敕賜庵名"廣福院"。服除,仍授資政殿學士兼簽書樞密院事。詔修神宗、哲宗兩朝《寶訓》,致仕以歸。賜誥崇仁興國輔翊功臣、金紫光祿大夫、上柱國、資政殿大學士、承宣使兼簽書樞密院事。於縣之東南,賜田二十頃。公之居也,衣不重采,食不兼味。與鄉黨列坐,以齒讓,未嘗以富貴加之。宗里有貧窮無告者,則分其資以周給之。隆興甲申以疾終。訃聞，上命禮部遣使諭祭，謚襄靖。葬於武義縣白峰章祝園之原，兵部尚書楊椿爲之誌。尚書平章事陳俊卿撰。

《永康華溪樓氏宗譜》卷二十七《宋文》

宋史本傳

　　樓炤，字仲暉，婺州永康人。登政和五年進士第，調大名府户曹，改西京國子博士、辟雍録、淮寧府司儀曹事，改尚書考功員外郎。帝在建康，炤謂：“今日之計，當思古人量力之言，察兵家知己之計。力可以保淮南，則以淮南爲屏蔽，權都建康，漸圖恢復；力未可以保淮南，則因長江爲險阻，權都吴會，以養國力。”於是移蹕臨安。擢右司郎中，時銓曹患員多闕少，自倅貳以下多添差。炤言：“光武併省吏員，今縱未能損其所素有，安可置其所本無乎？”紹興二年，秦檜罷相，炤亦以言者論去。六年，召爲左司員外郎，尋遷殿中侍御史。明年，遷起居郎，言：“今暴師日久，財用匱乏，考唐故事，以宰相領鹽鐵轉運使，或判户部，或兼度支。今宰相之事難行，若參倣唐制，使户部長貳兼領諸路漕權，何不可之有？内則可以總大計之出入，外則可以制諸道之盈虚。如劉晏自按租庸，以知州縣錢穀利病。”詔三省相度措置，卒施行之。又言：“監司郡守，係民甚切，乞令侍從官各舉通判資序或嘗任監察御史以上可任監司郡守者一二人。”詔從之，命中書門下置籍。七年，宰相張浚之兄滉賜出身與郡，中書舍人張燾封還，乃命炤行，炤又封還，而竟爲權起居舍人何掄書黄行下，於是燾與炤皆請補外，以秘閣修撰知温州。未幾，除中書舍人，與勾龍如淵並命，如淵入對，帝謂之曰：“卿與樓炤皆朕所親擢。”尋遷給事中兼直學士院。九年，以金人來和肆赦，炤草其文，曰：“乃上穹開悔禍之期，而大金報許和之約。割河南之境土，歸我輿圖；戢宇内之干戈，用全民命。”尋兼侍讀，除端明殿學士、簽書樞密院事。繼命往陝西宣諭德意，炤奏：“京城統制吴革、知環州田敢、成忠郎盧大受皆以節義，革爲范瓊所害,敢、大受爲劉豫所殺,乞賜褒恤。"又奏:"陝西諸路陷劉豫,郡縣有不從僞之人,所籍貲産並令勘驗給還。"焴至東京,檢視宮室,尋詣永安軍,謁陵寢,遂至長安。會李世輔自夏國欲歸朝,焴以書招之,世輔以二千人赴行在。尋至鳳翔,以便宜命郭浩帥鄜延、楊政帥熙河蘭鞏、吳璘帥鳳翔。焴欲盡移川口諸軍於陝西,璘曰:"金人反覆難信,今移軍陝右,則蜀口空虛。金若自南山搗蜀,要我陝右軍,則我不戰自屈。當依山爲屯,控守要害。"於是璘、政二軍獨屯内地。焴又會諸路監司于鳳翔,皆言蜀邊屯駐大軍之久,坐困四川民力,乃下其議,語在《胡世將傳》。焴還朝,以親老,求歸省于明州,許之。命給假迎侍,仍賜以金帶。十四年,以資政殿學士知紹興府,過闕入見,除簽書樞密院事兼權參知政事。尋爲李文會、詹大方所劾,與祠。久之,除知宣州,徙廣州,未行而卒,年七十三。後謚襄靖。焴早附蔡京,改秩爲臺諫所論。其後立朝至位二府,皆與秦檜同時。其宣諭陝西,妄自尊大,或者論其好貨,失將士心云。

元脱脱等《宋史》卷三百八十

弘簡録本傳

樓焴,字仲暉,永康人。登政和進士,調大名戶曹參軍,歷起居郎。建炎初,遷考功員外郎。帝在建康,焴謂:"今日之計,當思古人量力之言,察兵家知彼知己之論。力可以保淮南,則以淮南爲屏蔽,權都建康,漸圖恢復;力未可以保淮南,則因長江爲險阻,權都吳會,以養國力。"於是移蹕臨安。擢右司郎中。銓曹患員多闕少,自倅貳以下多添差。焴言:"天下方多難,宜效光武時併省吏員。今縱未能損其所素有,安可置其所本無乎?"帝然之。紹興初,命宣諭陝西,時諸路盡陷劉豫,内有不從僞之人,所籍貲産,奏令勘驗給還。至東京,檢視宮室,尋謁陵寢。至長安,以書招還李世輔,仍以便宜命郭浩帥鄜延、楊政帥熙河蘭鞏、吳璘帥鳳翔。焴欲盡移川口諸軍於陝西,璘

議不可而止。還朝，有言其妄自尊大，又好貨失將士心者。以親老乞
歸省，許給假迎侍，仍賜金帶。除資政殿學士，知紹興，過闕入見。炤
始附蔡京，後與秦檜同朝爲翰林學士。九年，除簽書樞密院事兼權參
知政事。尋爲李文會、詹大方所劾，與祠。久之，除知宣州。卒，年七
十三，謚襄靖。

明邵經邦《弘簡録》卷一百五十五

宋史新編本傳

樓炤，字仲暉，永康人。登進士第，歷右司郎中。紹興二年，秦檜
罷相，炤亦以言者論去。累擢中書舍人，與勾龍如淵並命，尋遷給事
中兼直學士院。九年，兼侍讀，除端明殿學士、簽書樞密院事。繼命
往陝西宣諭德意。還朝，以親老求歸省于明州，許之。十四年，以資
政殿學士知紹興府，過闕入見，除簽書樞密院事兼權參知政事。尋爲
李文會、詹大方所劾，與祠。久之，除知宣州，徙廣州，未行卒，謚襄
靖。炤蓋附蔡京改秩，爲臺諫所論。其後立朝至位二府，皆與秦檜同
時。其宣諭陝西，妄自尊大，或者論其好貨，失將士心云。

論曰：秦檜以和虜要君，權勢震赫，鄙懦之夫率黨附爲身圖。如
何鑄輩五人雖因之躋要途，竟亦不免廢黜，可爲不知義命者之戒矣！

明柯維騏《宋史新編》卷一百三十六

金華徵獻略本傳

樓炤，字仲暉，永康人。政和間進士，歷官尚書考功員外郎。高
宗在建康，炤言：“今日之事，當思古人量力之言，察兵家知己之計。
力可以保淮南，則以淮南爲屏蔽，權都建康，漸圖恢復；力未可以保淮
南，則因長江爲險阻，權都吳會，以養國力。”於是移蹕臨安。擢右司
郎中。時銓曹患員多缺少，議自倅貳以下多添差。炤言：“光武併省
吏員，今縱不能損所素有，又安可置所本無？”紹興二年，召朱勝非爲

侍講，罷給事胡安國。炤與程瑀等言“勝非不可用，胡安國不當謫”，皆落職。七年，炤官起居郎，言：“監司郡守，係民甚切，宜令侍從官各舉資序可任監司郡守者一二人。”詔從之。九年，炤爲給事中，兼值學士院。和議降詔肆赦，文出炤手，除端明殿學士、簽書樞密院事。繼命往陝西宣諭德意，炤奏：“京城統制吳革死於范瓊，知環州田敢、成忠郎盧大受死於劉豫，乞賜褒恤，以表忠義。”至長安，會李世輔自夏欲歸朝，炤以書招之，世輔乃以二千人赴行在，賜名顯忠。以親老，求歸省於明州，命給假迎侍，仍賜金帶。十四年，以資政殿學士知紹興府，過闕入見，除簽書樞密院兼參知政事，仍爲李文會、詹大方劾罷，與祠。卒，賜諡襄靖。

論曰：襄靖論遷都則陰附汪、黃，成和議則顯贊秦檜，儒者所不齒，鄉評所羞稱也。然賊過之後，易於張弓。宋室中覆，無論高、光之業，即欲繼武晉元，保守江南，傳世數葉，亦必有知治體者經營其間。不然，柄國無人，雖或建國，金鼓一震，便同瓦解。如襄靖者，力足宣勞，豈可輕非哉！

清王崇炳《金華徵獻略》卷十三《政績傳》

明一統志小傳

樓炤，永康人。政和間進士，由國子博士遷殿中侍御，言論多見採納，官至簽書樞密院事兼權參政。歿，諡襄靖。

明李賢等《明一統志》卷四十二

浙江通志小傳

樓炤，字仲暉，婺州永康人。政和五年進士。紹興六年，召爲左司員外，明年遷起居郎。言：“監司郡守，係民甚切，乞令侍從官各舉通判資序或嘗任監察御史以上可任監司郡守者一二人。”詔從之。歷除端明殿學士、簽書樞密院事。命往陝西宣諭德意。至長安，會李世輔自夏國欲歸朝，炤以書招之，世輔以二千人赴行在。炤還朝，以親老求歸省，許之。十四年，除簽書樞密院事兼權參知政事，尋與祠。卒諡襄靖。

清嵇曾筠等《（雍正）浙江通志》卷一百六十一

永康縣誌小傳

　　樓炤，字仲暉。登宋政和己未進士，調大名府戶漕，遷尚書考功員外郎。帝在建康，炤謂："今日之計，當思古今量力之言，察兵家知己之計。力可以保淮南，則以淮南爲屏蔽，權都建康，漸圖恢復；力未足以保淮南，則因長江爲險阻，權都吳會，以養國力。"於是移蹕臨安。擢右司郎中。紹興三年，炤亦以言者論去。六年，召爲左司員外郎，尋擢殿中侍御史，遷起居郎。七年，宰相張浚之兄滉賜出身與郡，中書舍人張燾封還，乃命炤行，又封還，而爲權起居舍人何掄書黃行下，炤、燾皆請補外，以直祕閣修撰知溫州。遷給事中兼直學士院。尋兼侍講，除端明殿學士、簽樞密院事。繼命往陝西宣諭德音，炤奏："統制吳革爲范瓊所害，知環州田敢、成忠郎盧大受爲劉豫所殺，皆以節義，乞賜褒恤。"又奏："陝西諸路陷劉豫，郡縣有不從僞之人，所籍貲産並令勘驗給還。"炤以親老，求歸省于明州，許之，命給假迎侍，仍賜以金帶。十四年，以資政殿學士知紹興府，過闕入見，除簽書樞密院事兼參知政事。尋爲李文會等所劾，與祠。久之，除知宣州、廣州，未行而卒，諡襄靖。

明陳泗等《（正德）永康縣志》卷六

詔敕及交遊

潘良貴考功郎官樓炤兵部李易屯
田張祄刑部張匯比部郎官

　　勑具官：六卿之屬不同，其於贊喉舌之司、成考會之務者，顧豈有異哉！以爾良貴，自信不回，頃更言路；以爾炤，綽有才辯，慷慨事功；以爾易，發策行朝，先鳴多士；以爾祄，該通律令，號爲詳明；以爾匯，爲吏有稱，濟以強敏。或翱翔於已試，或激昂於有爲。俾列位於文昌，庶效能於司會。時惟遴簡，無曠厥官！可。

宋程俱《北山小集》卷二十四

户部員外郎樓炤放罷

　　具官某：迺者老奸擅國，嬰孽弄權，嘯聚群憸，塵汙省户，炤其一也。投閒未幾，朋類復還，公議閴然，尤不汝置。姑從罷免，服我寬宥之恩。

宋孫覿《鴻慶居士集》卷二十五

樓炤除翰林學士

　　勑：自昔有道之世，建立規模；必有能言之臣，發揮德意。非特功名之會，亦惟聲氣之求。用能訓誥誓命之敷，不匱厥指；庶幾虞夏商周之盛，復見於今。念方疇咨，莫如試可。具官某，養光大之氣，好深湛之思。強識博聞，足以華國；被文相德，可用爲儀。繼東臺批敕之風,擅西掖演綸之譽。蔽自朕志,兼直禁林。當二國玉帛之往來,正一時書詔之填委。意坦明而肖體,詞曲折而不煩。義激武夫,茂興元戡難之略;人知聖主,似建武中興之年。遂拜爲真,固應錫命。惟爾抱適用之器,處可爲之時,豈徒潤色之工,更賴告猷之益。使朕小雅之政,見稱復古;則爾內相之任,其用有辭。可。

宋劉一止《苕溪集》卷三十六

樓炤除兼侍讀

勑:朕長育英才,寘之華近。將使左右前後,罔匪正人。從容帷幄之間,紬繹聖賢之蘊。謂天下之樂,無以加焉。具官某,該貫六經,沈涵百氏,淵源所自,不愧古人。仰惟祖宗垂裕後嗣,具存謨訓,奉以周旋,爰資誦說之明,以發見聞之蔽。益者三友,非汝而誰?可。

宋劉一止《苕溪集》卷三十九

樓炤磨勘轉左朝奉大夫

勑:朕操八柄以馭臣,用三載而考績。爰定進階之典,以爲經久之規。凡厥有官,率由此道。具官某,識洞今古,學通天人。擢自時髦,偏儀要路。更兩禁腹心之重,司內朝典册之嚴。會課三銓,頗念服勞之久;進官一列,兹惟錫命之新。益懋猷爲,嗣有褒寵。可。

宋劉一止《苕溪集》卷四十

樓炤除端明殿學士簽書樞密院事

勑:天武地文,所以妙生成之化;左仁右義,所以行威德之權。深惟撥亂之原,實在本兵之地。體隆參伍,位亞疑丞,敷求得人,兹朕有命。具官某,惇大篤實,疏通敏明。學博古而通今,氣絕群而邁往,蹈履聖賢之域，從容禮義之間。大册高文，悉出其手；崇論宏議，有補於時。力佐中興，功居大半；蔽自朕志，申錫賚書。爰陞祕殿之華，進貳樞廷之重，併加徽數，庸示寵私。噫！留公在朝，已覺強藩之悔過；干木爲政，豈止諸侯之息兵。尚殫不貳之謀，以永無窮之聞。可。

宋劉一止《苕溪集》卷四十

簽書樞密院事樓炤封贈三代并妻

曾祖贈職方員外郎閔①可特贈正奉大夫

勅：朕敷求哲人，與之共政，既進服大任，推本其先，寵逮三代，蓋國之典也。具官某曾祖贈職方員外郎某，秉志純篤，行義甚修。含光韜華，初則未耀；蓄積之慶，益於後人。是生聞孫，惇大敏明，用勷相我家，以宏賁爾宗。兹朕陞爾位秩於正三品，俾告幽泉，没而有靈，服此休命。可。

曾祖母永昌縣太君吳氏可特贈恩平郡夫人

勅：人之爲善，在隱約幽閑之中，知自信而已，不知有他日之報也。譬彼服田，我度我荒，既臻於成，乃富厥藏。雖欲謝之，其可得乎？具官某曾祖母永昌縣太君吳氏，言行無疵，禮儀有度。克相君子，肇開慶基。有嘉曾孫，爲朕哲輔。圖任之始，用錫渙恩。正位小君，疏封大郡。光靈未泯，尚克鑒兹。可。

祖贈金紫光禄大夫定國可特贈太子太保

勅：士有率義蹈禮，以律其身；強識博聞，以昌其業。而位不稱德，實浮於名；流澤之長，乃在後嗣。較其所得，孰寡孰多？具官某祖贈金紫光禄大夫某，儒學起家，休有聞譽，飲水厲志，清畏人知。然職

---

① "閔"，四庫本作"關"，蓋形近致訛，據景宋鈔本、《樓氏宗譜》等正，後同。

不越州縣，禄不過下大夫，再世而昌，自遠有耀。惟時聞孫，作我良弼；碩大之慶，於茲鼎來。朕於是知爲善之報，弗克躬享，固未爲不幸也。東宫之孤，秩視二品。告於幽隧，用慰爾靈。可。

祖母華原郡夫人郎氏特贈永寧郡夫人

勅：爲善之報，不差毫髮；而耳目所及，則有遠近，故議者惑焉。具官某祖母華原郡夫人郎氏，婉娩蕭恭，動合禮法。流慶之遠，在其賢孫；登用之初，國有彝典。疏封大郡，申錫寵章。嗚呼，亦足以少慰矣。可。

祖母宜人葛氏可特贈德陽郡夫人

勅：女子之行，在於幽閨，所不得聞也。逮其積累之厚，天亦必陰報之。慶之所鍾，再世乃大，豈非踈而不失者乎？具官某祖母宜人葛氏，沖静儉勤，不越壺則。啓相後裔，秉執事樞。爰疏大郡之封，肇正小君之號。告爾私廟，以爲閭里之榮，不亦休哉！可。

父見任右通議大夫致仕居明可特封右通奉大夫致仕

勅：朕惟前代盛王，靡不尊德尚齒，以爲風化之原。故於耆艾之英、上大夫之貴，去位而家居者，則肅然慕之，見於言色。況其有子，位列弼臣，爲朕倚毗者乎？具官某父右通議大夫致仕某，修身爲君子之儒，賦政得古人之秘。潔廉厲操，有若冰霜；公恕臨民，具有矩範。桂冠神武，自樂丘園，亦既久矣。爾子某以忠恪輔朕，秉執事樞，謀謨之良，悉由義訓。逮兹圖任之始，敢後褒崇之恩。申錫贊書，進階一列。惟爾備福，鮮其比焉。可。

母碩人范氏可特贈碩人

勅：人子之於親，皆欲極報崇之典。然出身事主，遇合實難。非其志行之修,自致通顯,未有無所恨焉者也。具官某母贈碩人范氏,淑順祇肅,表於宗門。克相其夫,不惌禮義。遺澤所逮,有此哲人。既進位於樞庭,益侈大於厥家。申錫愍章,爲爾光寵。神靈如在,其克欽承。可。

母碩人歐陽氏可特贈碩人

勅:朕惟明倫善俗,孝爲之本;因心廣愛,政之所先。顧所與二三大臣,共圖風化,未嘗不垂意於斯焉。至于褒崇其親,在典禮所當然者,朕其敢有愛乎哉?具官某母碩人歐陽氏,婦順母慈,儀於宗黨;履行之懿,久而彌芳。是生寶臣,光輔國家。獨不得遂偕老之宜,共南陔之養,朕心憫焉。申錫命書,告於幽扃。用侈爾有子之榮,亦昭我得賢之慶。可。

妻淑人林氏可特贈宜春郡夫人

勅:朕登進真賢,儀刑百辟。觀厥身修之懿,識其内助之由。故《鵲巢》之風,有裨政化;而象服之美,宜畀德人。儻其命之不淑,弗終顯榮,顧豈得無恨哉?具官某妻淑人林氏,稟質惠和,出於令族;作配君子,率義不違。雖志行日修,而壽禄小靳。疏封名郡,正號魚軒。豈但舉褒崇之章,庶幾增伉儷之重。淑靈不泯,歆此異恩。可。

宋劉一止《苕溪集》卷四十一

賜樓炤辭免恩命不允詔

勅樓炤:省所奏乞辭免新除翰林學士恩命,具悉。翰墨之林,儒者以爲極任;文章之職,他才不可得兼。昔有成言,朕所遴選。嚴助在漢,稱淮南諭意之辭;陸贄居唐,見山東揮涕之詔。豈特討論修飾之有賴?抑亦理亂安危之是資。卿以卓越之才,淵源之學,儀於要路,綽有令名。頃自東臺,既兼北户。疆場盈寧之始,屬書詔填委之時，文殆類於天成，意悉如於朕出。爰正爲真之命，屬於已試之良，衆謂當然，予猶恨晚。而乃過形遜避，殊咈眷懷。況大號之已行，奚小廉之足尚。所請宜不允。故茲詔示，想宜知悉。

宋劉一止《苕溪集》卷四十七

樓炤祕閣修撰知温州

萃圖書於中祕，獨高論譔之班；剖符竹於外藩，尤重承宣之寄。眷被永嘉之望，輙予近列之良。爾學有師承，辭知典要。握蘭省户，備罄猷爲；載筆宸廷，時推廉靖。方憂國賴忠言之告，而愛親興志養之思。有嘉錫類之誠，肆頒從欲之命，往分釐於便郡，仍陞踐於華資。爾其布政以揚王之休，推恩以及人之老，遂安遠俗，毋忘本朝。

宋李彌遜《筠溪集》卷四

資政殿學士左朝奉大夫知紹興軍府事樓炤父居明贈太子太保制

勅：朕親仁善鄰，以圖保大之計；教民興孝，以彰至治之休。爰推錫類之恩，溥及在廷之士。眷時輔弼之舊，實深霜露之思，申舉愍章，式光禰廟。具官故父某，謙而不伐，厚以有容。位雖老於郎潛，既享年高之樂；福方延於子貴，益昌身後之榮。宫保之聯，品秩彌峻，增賁幽壤，尚其歆承。

母范氏贈蘄郡夫人制

勅：朕善鄰以爲寶，既載戢於干戈；興孝以導民，用廣敷於雨露。眷時舊弼，義重顯親；申錫愍章，式光禰配。具官故母某氏，梱則甚懿，婦儀不愆。慈祥致家道之肥，輝光及子舍之遠。屬茲惠澤，宜侈封恩，易郡蘄春，益新湯沐。

母歐陽氏贈武陵郡夫人制

勅：具官故母某氏，宅心淵静，積行温柔。令德宜其家人，餘慶鍾於子舍。屬兹惠澤，用侈恩封，易大郡於武陵，俾增光於幽壤。

宋張擴《東窗集》卷七制二

資政殿學士左朝奉大夫知紹興軍府事充兩浙東路安撫使樓炤曾祖閱贈太子太保制

勅：朕肇禋重屋，既興九廟之思；均釐群功，爰及三世之遠。具官故曾祖某，素行表於鄉里，雅志樂於邱園。流慶聞孫，爲時近弼。屬告成於熙事，用追賁於曾門。其陞宫保之聯，以厚泉扃之寵。魂其未泯，用克歆承。

曾祖母吴氏贈琅琊郡夫人制

勅：朕受釐上帝，均福寰區。維時樞輔之賢，宜厚曾門之寵。具官故曾祖母某氏，温恭稟質，勤儉宜家。早以令儀，來嬪隱德。肇禋既事，方疏大賚之恩；懋典增榮，用涣小君之渥。易封大郡，式慰營魂。

祖定國贈少保制

勅：祀事甚大，幽以格祖考神祇之歡；祭澤不遺，下猶及輝炮翟闍之賤。睠乃機庭之貴，宜增上世之榮。具官故祖某，潛德有聞，抱材不試。迹其流慶之遠，嗣有聞孫之賢。位居弼臣，恩及祖廟。其峻陞於亞保，用增賁於幽窀。

祖母郎氏贈申國夫人制

勅：朕葳事合宫，均釐在列。既涣祖廟之寵，必申王母之恩。具官故祖母某氏，淑慎爲儀，柔恭作則。系出令族，來嬪高門。德推内

51

助之賢,慶襲聞孫之遠。易封中國,用渙湛恩,魂其有知,尚克歆享。

祖母葛氏贈萊國夫人制

敕:上詞同。具官故祖母某氏,禮以宜家,仁而厚下。盥饋勤循於壼則,組紃不廢於婦功。德推內助之賢,慶襲聞孫之遠。疏封列國,用渙湛恩,魂其有知,式克歆享。

父居明贈太子少師制

敕:達人生明德之後,允推積善之休;忠臣出孝子之門,宜厚顯親之報。爰因慶賚,申錫懋章。具官故父某,純誠內融,景行外著。易退而安其位,雖終老於郎潛;豐報則責之天,遂晚從於子貴。秩高名顯,生榮死哀。用峻陟於宮師,以增光於泉戶。魂其未泯,尚克歆承。

母范氏贈高平郡夫人制

敕:朕躬三歲之祀而受福,臣必餕君之餘;序群工之位而疏恩,母應以子而貴。具官故母某氏,令儀著於閨閫,慈訓協於箴圖。繇積善之彌深,致流芳之不替。眷我機庭之舊,宜推襘配之榮。正位小君,疏封列郡,時乃異數,增賁幽窀。

母歐氏贈始興郡夫人制

敕:上詞同。具官故母某氏,修身淑慎,合族慈祥。繇積善之彌深,致流芳於未艾。眷我機庭之舊,宜推襘配之榮。正位小君,疏封列郡,時乃異數,增賁幽窀。

故妻林氏贈通郡夫人制

敕:朕躬三歲之祀而受福,臣必餕君之餘;序群工之位而疏恩,妻應以夫而貴。具官故妻某氏,禮法持身,靜專稟質。克配善士,休有令名。用正位於小君,仍啓封於列郡。裘褐故在,猶彰德耀隱居之風;笄珈雖華,終負山濤布衣之約。尚幾不昧,歆此殊休。

宋張擴《東窗集》卷十二制七

樓炤除資政殿學士知建康府制

案《宋史·列傳》:炤以紹興九年除端明殿學士、簽書樞密院事,命往陝西宣諭德意,還朝乞歸省親。十四年以資政殿學士知紹興府,過闕入見,除簽書樞密院事、權參知政事。《宋史全文》《續通鑑》所載亦同,未聞知建康府也。十四年以前,炤未嘗出知外郡,並未有端明殿學士之除。十四年以後,炤參知未久,尋爲李文會等所劾,除宣州徙廣州而卒,亦未再知他郡。觀制詞有“易鎮名藩”之語,當是初除紹興,旋改建康,中間由紹興赴建康,故有“過闕入見”之事也。附考於此。

　　勅:朕惟建康宅江山之奧區,爲東南之都會,總列郡兵民之計,有留司管鑰之嚴。肆求舊弼之賢,以重殿邦之任。具官某,器資閎達,德操端方。奧學貫於天人,達識周乎事物。蚤攄遠業,備歷華塗。參贊樞庭,既深裨於密書;蕃宣侯屏,益藹著於休聲。備昭偉績之加,益見壯猷之效。茲疇宿望,易鎮名藩。方資共理之良,佇觀報政之速。顧惟近輔,豈俟訓言。可。

宋劉才邵《檆溪居士集》卷五

宋高宗賜樞密院樓炤

朕念邦家歷萬幾,幸卿相與久維持。

孜孜廣道諏詢處,蹇蹇封章納誨時。

半世奇勳惟我重,一生忠節自天知。

南歸奚事將爲贈,金石詩篇壯羽儀。

《永康華溪樓氏宗譜》卷一

次韻樓仲暉郎中游天王寺登城晚歸三絶句

燿燿城頭五丈旗,萬人輦土事增陴。

念當拔白俱登守,恨乏驍雄濟一時。

春來物色已爭妍,梅柳低昂古道邊。
放步徑從蓮社去,逃禪要學飲中仙。

歸路行吟慘夕風,愁煩聊遣酒兵攻。
也知念國髭鬚白,不忘朝廷醉眼中。

宋范浚《范香溪先生文集》卷九

悼致政樓少師

雅望題輿早已賢,高風晚歲更超然。
笑收劍珮遺榮路,獨往山林事引年。
行馬正看光梓里,臥鱗忽歎掩松阡。
鄉州耆舊今垂盡,忍見山頹重涕漣。

身後儲休世或同,生前有耀孰踰公。
斑衣五采樞臣貴,寶帶萬釘天眷隆。
終始哀榮時共羨,丕揚寵贈會追崇。
遙瞻素斾愁雲外,慘憺悲歌立晚風。

宋范浚《范香溪先生文集》卷十一

和樓樞密宿泗道中書事用存字韻二首

堠碑殘字缺,市屋故基存。
榆柳欲千里,桑麻能幾村。
短鞭追白晝,疏幕對黃昏。
客枕寒無夢,孤吟待曉暾。

老柳不多在,故家寧復存。
鼠竄穿敗屋,虎玩出平村。
天遠楚山秀,浪高淮月昏。

吟鞭破霜曉，馬首待朝暾。

宋鄭剛中《北山集》卷十八

樓樞密過華山浩然有念古慕希夷之
心謹用韻作二詩以箴之

四皓已閒猶管事，留侯事了始求仙。

仙人石上出一手，寓意後人非偶然。 太華絕頂一峯上，有跡
如巨手，俗號仙人掌。

且說高皇寬法律，從他漢武好神仙。

關中脫使鬧如鼎，自屏山樊能安然。

和樓樞密過洛陽感舊二絕

十年滓穢已澄清，訪舊寧須得便行。

蚤闢關中奉高祖，重興禮樂定章程。

夢眼由來過幻差，焚香祇好誦南華。

雲深漢殿猶衰草，風緊洛陽無舊花。

宋鄭剛中《北山集》卷二十三

挽樓樞密二首

耆舊凋零久，惟公作世程。

險夷全一節，終始保榮名。

二府勳庸著，三州政績成。

十連方倚重，何遽掩佳城。

憶昔登龍日，從容接勝遊。

軒窗臨綠野，尊俎俯清流。

尚欲榮花塢，那知負釣舟。

新阡何處是，極目暮雲愁。

宋吳芾《湖山集》卷五

樓樞密挽詞二首

決科騰踏無前勇，比牒聯飛第一流。
召直毫端準謨誥，甄評皮裹韞陽秋。
槐班鼎輔膺榮束，玉陛封章究遠猷。
楚挽淒酸洩遺恨，栢臺金殿望隆優。

岳鎮巍峩幕府雄，紫青頤旨稟趨風。
布宣條目都無擾，求瘼慈祥罙所蒙。
賓位樽罍人事改，影娥花月畫堂空。
諸方故吏多才藻，撰紀徽嘉篆刻豐。

宋蘇籀《雙溪集》卷五

送樞密使樓先生還鄉詩序

户部給事張時用撰

古《烝民》之詩，以餞山甫之行也；崧嶽之詩，以送申伯之別也。是皆褒述其德行，而勉進其勳業，非若唐人傷離悼別，而致戚戚之情者也。近世士大夫，與凡有事於道別，則必設祖席、作詩章以送餞之，重行役、敦契好也。其在君子，則又以詩章飲餞之禮，亦足以樂其志意於一時焉耳。且公其資粹而溫，其行果而毅，其學博而知要。偉士林而執經於芹藻，魁鄉榜而卒業於成均。繩書獵史，循規蹈矩，縉紳諸先生咸以遠大期之。尋膺天官謹奏，陞授是職。觀其施設，訪民情而興學校，勸課農桑，好賢禮士。今乃丐歸，促裝就道，僚友與士大夫輩，咸懷德義，迺設祖席於東門之外，以飲餞之。爰命楮筆，各賦詩章，又命善繪之士，作爲送別圖，裝潢成卷，俾序焉。皆公之行，有以感之也深，故其情懷至矣。乃序以贈之。

詩

戶部給事張時用

榮沐恩波已有年，紫袍金帶賜歸田。
堂營緑野同裴度，社結香山共樂天。
白雪陽春琴畔友，清風明月酒中仙。
江湖廊廟心千里，魂夢時時到帝前。

又　監察御史徐天和

驄馬迢迢出玉京，陽關一別思尤深。
天連北府風霜肅，地接南閩瘴癘清。
黜陟有才扶聖治，諏詢無間若神明。
澄清暫告回朝去，指日金甌覆姓名。

又　工部侍郎王用

輔治皇朝已有年，一朝辭老意乾乾。
滿京朱紫咸懷德，設席城門表大賢。
別酒斟來須罄盞，陽關迭唱促開船。
于今解職歸田里，指日丹書下九天。

又　僉事林子高

寒風城上拂華旌，送客乘舟出帝京。
酒滿銀瓶須盡飲，歌闌金縷促離情。
曉登閩嶺嵐煙重，晚渡吳江潮水平。
拜舞玉階辭別去，九重深處沐恩榮。

又

送客京城上，黃花浥露芳。

今辭凡陛下，衣惹御爐香。

《永康華溪樓氏宗譜》卷二十七《宋文》

送樞密相公樓仲暉歸田

會稽陳邦固

宦歷年多鬢未霜，乞閑幾度上封章。

共看解組朝辭館，爭賀懸魚晚在鄉。

家篋已添新草藁，錦袍猶帶舊薰香。

溪南別墅樂行址，策杖乘閒步夕陽。

又　江陰周因

雲水茫茫慘別情，悲風吹樹作離聲。

酒傾銀罌臨江潲，潮落沙汀帶月明。

千里綠煙芳草合，一天紅雨落花輕。

老子對景成三歎，不覺潸然淚雨頃。

《永康華溪樓氏宗譜》卷二十七《宋文》

答樓仲暉書

承寄示宣城父老王霖等申狀，讀之恍然，既感且嘆。僕頃守宣城，無惠愛及民，今已二十八載矣。年垂八十，死在旦暮，自度此生不能再當郡寄，以撫循斯民。又道路隔遠，不能效朱仲卿死葬桐鄉，東望雙溪叠嶂之勝，感嘆而已。因見諸父老，爲致此意，惟祝率勵子孫，仰事俯育，爲士爲農，勉爲忠孝，戮力以事田疇，先期而畢租稅，立身揚名，以顯父母，是所望也。

宋李光《莊簡集》卷十五

送樓仲暉知溫州序

某與舍人樓公，鄉井、學校、硯席所業經，幼時無不同也，故欽慕之心爲久且親。至其聚散出處之跡，則常不及同焉。政和辛卯，某不得爲鄉貢士，而公陞禮部。越二年癸巳，某以貢士不得第，而公奏名矣。是其初已不得同也。其後公歷仕路，翱翔二十年，而某以布衣窮悴，亦若是之久。中間自覺如水禽浩蕩，見人即飛，自然相避，是其後又不得同也。紹興丁巳，公爲左史舍人，某適爲西府屬官，省戶邸舍鄰比，意謂異時學校之歡可尋矣。而公乃謂名不可以獨享，將有忌而爭之者。束手藏筆，六請君相，鼓枻一笑，而扁舟已在大江之外矣。至於今是又不可得而同也。噫！聚散之異乃爾耶？雖然，初不得同，則業不侔也；後又不得同，則命不侔也。二者皆非策蹇所及。今所謂不得同者，則暫而已矣。門方吹竽，操瑟焉往？衆求鼠腊，懷璞何之？如某失耕鋤之利而從升斗，廢山林之夢而觸塵埃，寧能久爲是耶？赤松生春雲，吾其望故廬而歸矣。公於時回首三十年之雅，略去名勢，雞肥黍熟，相與開書論古今，慨興亡而浩歌，則後日之樂，庶乎其可以同焉。俟他日有翻然出爲天下之志，則予當起彈其冠。

宋鄭剛中《北山集》卷十二

西征道里記[①] 并序

紹興乙未，上以陝西初復，命簽書樞密樓公諭以朝廷安輯混貸之意，某以秘書少監被旨參謀。是役也，審擇將帥，屯隸軍馬，經畫用度，詢訪疾苦，振恤隱孤，表揚忠義，公皆推行如上意。故其本末次序，屬吏不敢私録，至於所過道里，則集而記之。雖搜覽不能周盡，而耳目所及，亦可以驗遺蹤而知往古，與夫兵火凋落之後，人事興衰，物

---

① 此文爲鄭剛中隨樓炤宣諭陝西時道中所記日誌，可見當日行跡之詳，故備録之以爲參考。

情向背,時有可得而窺者。以其年四月二十二日舟出北關,六月二十
四日至永興,七月十三日進至鳳翔,越三十七日府告無事,公率官吏
以歸。水陸凡六十驛,往來七千二百里。本計七千一百九十里,汜水以未至縣
十里,河水南侵,自罌子坡移路旁山,回程衍十里。右通直郎、尚書户部員外郎李
若虛,參議;左朝請大夫、新差知吉州軍州事江少虞,左朝請郎、新除
陝西轉運副使姚焯,機宜;右從事郎、新湖州德清縣主簿樓坰,書寫機
宜文字;左朝奉郎、行大理寺丞王師心,右奉議郎、監行在榷貨務閤大
鈞,右宣教郎、前温州平陽縣丞郭子欽,幹辦;左朝散郎、主管台州崇
道觀李孝恭,提舉錢糧;右承直郎、前江西提刑司幹辦事穆平,左承直
郎、新泉州永春縣丞王晞韓,右文林郎、前監潭州南嶽廟曹雲,右迪功
郎、新潭州善化縣主簿宋有,右從事郎葉光,準備差遣;右文林郎、前
建州建陽縣尉李若川,點檢醫藥飯食。凡一十五員。左宣教郎、試秘
書少監、充樞密行府參謀鄭某序。

　　行府舟具,欲發前一日,宰執出餞於接待院。二十二日,道銅口、
臨平鎮、長安閘,宿崇德縣。二十三日,石門、皂林、永樂,由秀州城
外,宿杉青閘。二十四日,兩界首,宿平望。二十五日,大風阻吳江,
不進。二十六日,吳江縣,登垂虹亭,宿平江府。二十七日,許市、望
亭,宿無錫縣。二十八日,潘葑、樂社、橫林,宿常州。二十九日,犇
牛、吕城閘,宿丹陽縣。三十日,新豐、丹徒鎮,宿鎮江府。五月一日,
行府官望拜于府庭。二日,會茶丹陽樓,登連滄觀,觀人馬輜重渡。
三日,濟渡,至瓜州鎮、揚子橋,宿揚州城外。四日,邵伯閘、車樂,宿
高郵軍,會茶韓世忠園。五日,樊良、丁至、梵水,宿寶應縣。六日,黃
蒲鎮、河橋,宿楚州。七日,磨盤,宿淮陰縣。八日,高秋堡、洪澤閘,
宿瀆頭。九日,龜山鎮,宿泗州。僧伽有像而未塔,劉麟嘗因賊翁誕
日祝辭,而鐘輒無聲,叩之墜地,麟縱火焚寺去。住持云。十日,治
陸。十一日,機宜姚焯等三員管押激賞庫行。十二日,唐家店、湖口,
宿臨淮縣。十三日,中路,宿青陽驛。十四日,馬翁店、通海鎮,宿虹

縣。……上皇奉玉清之所也①。由殿後小竹徑登景命殿，出前廊福寧殿。福寧是謂至尊寢所，簡古不華。殿上有白花石，闊一席地。聞祖宗以來，每旦北面拜殿下，遇雨則南面拜石上。東廡下曰洗面閣，曰司㕔閣，餘不能記。由殿後稍北至坤寧殿，殿屏止畫墨竹、蘆雁之類，然無全本矣。他殿畫類此。自福寧至孝思殿，前一殿即欽先。欽先奉諸帝，孝思奉諸后，帳座供具皆在。由欽先出肅雍門至玉春堂，規模宏壯，非他位比。後見陝西諸將，自言數對劉豫於此堂。堂左竹徑之上曰迎曦軒，石爲圍爐，對迎曦日月嶹。嶹有御書銘曰："巋然屏石，秀色拔塵。仰止雲寶，乃與月鄰。安符厚德，静樂深仁。俯鑒沼沚，永固千春。"玉春之下，鏤石爲曲水。又至修内司，謂是寶繪堂，兩旁軒閣不能悉記。復由延春閣下稍東，今太母之故居，不敢詳也。過小門，入錦莊，無雅飾，用羅木作假檀香。堂後有池，左曰把翠軒，右曰觀瀾軒，上曰棲鸞閣。寢室之旁曰紫雲閣，中有小圍爐，可坐三人，爐四柱，承以雕蓮。入睿思門，登殿，殿左曰玉巒，右曰清微，後曰宣和，庭下皆修竹。殿後左曰迎真軒，右曰玉虛軒，迎真之上曰妙有閣，玉虛之上曰宣道閣，又一殿忘其名。自此列石爲山，分左右斜廊，爲複道平臺。臺上過玉華殿，由玉華下，乃抵後石屏，亦御書。左序有軒，曰稽古、宣和。東廡下五庫，以聖、德、超、千、古爲號，皆塗金抹綠小牌。庫上曰翰林司，曰寶閣。西廡下曰尚書内省，餘不能記。復由宣和西趨，曲水出後苑，至太清樓下，壁間有御書《千字文》、法帖之類。登瑤津亭，亭在水間，四面樓殿相對，不能徧至。自瑤津趨出，過拱辰門，上馬出。後以閲視所置忠鋭將，留二日。京師舊城外不復有屋，自保康門外西至太學，道無數家。太學止廊廡敗屋中存敦化堂，堂榜猶在。兵卒雜處其上，而牧豵於堂下。國子監令以養太學生，具牕壁略如學校。都亭驛東偏廳事，棟牌尚是僞齊年號，糊牕用舉人試卷，

---

① 此下爲六月一日樓炤與東京留守王倫同檢視修内司事，原稿上脱五月十五日以下半月内容。

見當是試題及舉人文字，專用本朝廟諱。瓊林苑，北人嘗以爲營，至今圍以小小城。金明池斷棟頹壁，望之蕭然。四日，八角鎮、醋溝，宿中牟。五日，白沙鎮、圃田，宿鄭州。六日，侯家莊、須水鎮，宿滎陽縣。……七日，鴻溝店。……又孟店、汜水縣、鸞坡子、洛口鎮，宿鞏縣。……八日，十八里，朝拜昭厚陵；又七里，過黑石頭渡；十里，鳳凰臺；又拜五里會聖宮，宿偃師縣。仁廟永昭陵最與英廟永厚陵近，昭陵因平岡種柏成道，道旁不垣，而周以枳橘。陵四面闕角，樓觀雖存，顛毀亦半。随闕角爲神門，南向門內列石羊、馬、駝、象之類。神臺二層，皆植柏，層高二丈許，最下約闊十五丈，作五水道。臺前與內門裏及大門外，皆二大石人對立。欽慈曹太后陵望之可見。又號下宮者，乃酌獻之地，今無屋而遺基歷歷可問，餘陵規模皆如此。永厚陵下宮爲火焚，林木枯立。諸陵洛河在前，少室在左，嵩高在右，山川佳氣不改，而室屋蕩然，聞皆爲賓玶所毀。守陵兵級云。九日，石橋店、白馬寺，宿西京。……十一日，榆林鋪、磁澗，宿新安縣。……十二日，缺門鎮、千秋店，宿沔池縣。……十三日，東西土壕、乾壕，宿石壕鎮。杜甫作《石壕》《新安吏》二詩，即其地。是日，陝府安撫吳琦甲馬來迎。他郡守迎送不錄者，行府專爲陝西出也。十四日，魏店、橫渠，宿陝府。十五日，望拜召公甘棠。木舊在府置西南隅，今亡矣。……馬鬃渠在城之東南，敵人破陝所自入。初陝之圍也，郡將李彥仙固守。彥仙遇士卒有恩，方城中食盡，煮豆以啖其下，而自飲其汁。雪寒單露，將校反加以衣，彥仙復持以予寒者。城破，巷戰而死，覆其家。郡之婦人女子，猶升屋以瓦摘賊，哭李觀察不輟，故陝無噍類。父老謂敵久不得城，無食，欲去，適有人告以馬鬃渠可入，城遂破，敵始敢西，而全陝沒矣。十六日，新店、曲屋，宿靈寶縣。縣南五里即函谷。十七日，黑曲、稠桑、靜遠鎮，宿湖城縣。十八日，乾伯鋪、盤豆、攢節店，宿閿鄉縣。……是日，號守賓玶、父老迎於湖城之東。……十九日，關東店、潼關、關西店、西嶽廟，行府官謁於祠下。至華陰縣，出南門，朝謁雲臺觀,然後還宿潼關。……是日,知華州、武功大夫龐迪甲士迎於關西店。……二十日,敷水鎮、柳子店、將相鄉,按石刻乃郭汾陽之里,宿華州。州治對少華,對太華者華陰也。二十一日,赤水鎮、東西陽村,宿渭南縣。二十二日,零口鎮、新豐市,道北一里有馬周廟,宿臨潼縣華清宮之西館。……二十三日,灞水漲,不進。是日,知永興軍、節制諸路軍馬張中孚渡輕舟來迎。二十四日,灞橋鎮、滻水、長樂坡,宿永興軍。……二十五日至七月七日,行府並治事永興軍。八日,楮林店、沙坡、偏店,宿咸陽縣。……是日,環慶帥趙彬甲士迎於咸陽橋。九日,魏店、馬跑泉、高店,宿興平縣。……十日,東陽臺、馬嵬坡、東扶風,宿武功縣。……是日,知州、武功大夫趙立來迎。十一日,杏林店、邐店,宿扶風縣。十二日,東新店、龍尾坡、青陽店,宿岐山縣。……是日,涇原帥張中彥、知鳳翔府賀景仁來迎。十三日,任官村、橫水店,至鳳翔府。……寶雞縣,府西南六十五里,本秦武公所都,所謂陳倉者。自是入大散關、河池,河池在漢爲故道。爲西蜀之吭。敵之攻蜀也,吳玠既敗走之,道迷不能出,糧且盡,垂軍待斃,趙立爲畫歸路,乃得脫。其後立又爲先驅道之,敵再入,而玠少却。十四日至八月十九日,行府皆治事鳳翔,新鄜延路經略使郭浩、熙河路經略使楊政、秦鳳路經略使吳璘、四川都轉運使陳遠猷以下,各稟議分職而退。二十日,行府遵舊路歸,次舍道里如故。獨至泗州,由平源、天長、大儀出鎮江府,然後舟行。陝西兵歸者,禁軍合計三萬四千有奇,雖分隸諸帥,然各有將分,逐將仍存正副,蓋祖宗之軍政舊法猶在也。涇原禁軍僅八千,比諸路爲勁,而涇原勁兵盡在山外。陝西弓箭手舊一十六萬,今存七萬,復以土田不均,兵疲無法,雖七萬人未必可用。夏國主興州,謂之衙頭。衙頭至麟府,路近處可九百里,秦鳳六百里,環慶三百里,會州界二百五十里。諸路今與西界接壤,惟鄜延最闊。熙河會川城至涇原甘泉堡止百里,以北皆西界也。夏國左廂監軍司接麟府沿邊地分,管戶二萬餘;宥州監軍司接慶州、保安軍、延安府地分,管户四萬餘;靈州監軍司接涇原、環慶地分,沿邊管户一萬餘。兹其大略也。某自吴踰淮,道京入洛,至關陝,其所經歷、得於聞見者,靡不具載。竊觀今日天下之勢,東南爲天子駐蹕之區,朝廷臺省、監司、守令耳目親近之地,故治具比他道爲修。陝西諸郡,雖號新復,然自渠魁元惡用意變易三綱五常之外,自餘軍民,無不內懷天日,相與持循檢約,未敢有無國家、毁法度之心,故其風俗綱紀,視東南猶整整也。獨京西、京畿與夫接淮甸之地,一時陷没於劉豫兇威虐焰之中,郡邑無民,官府無法,田野未耕,荒穢猶在。如久病困瘁之人,頭目手足皆有生意,而中焦痞涸,蓋未易全復也。朝廷誠能精選長吏,審擇牧守,仍於三京量戍士夫,使之撫視凋瘵,修治關塞,於年歲間生養氣血,與東西上下脉絡流通,則天下平矣。

宋鄭剛中《北山集》卷十三

樞密行府祭江神文①

某被上旨,宣慰關陝,偕屬吏將佐以五月初吉俟渡於鎮江。惟神知輿圖之復還,喜三光之再合。收風净浪,安濟舟楫,以佐行李者,亦神之賜。解維之先,謹遣某官再拜以告,尚享。

宋鄭剛中《北山集》卷十四

與樓樞密

某頓首再拜:某正月至軍前,蜀人皆襆被入山,士卒懷見咻之意,謂其必以土地予虜也。二月十八日還自渭上,人心方少定,而胡承公死矣。倉卒之間,中外譁然。某夜半入府,取其印,盡籍府庫而收其文記,呼諸將戒喻之。至明出榜通衢,應軍事許詣宣諭司自陳,方得安帖。數日之後,率楊政以五千人,齎十日糧,城興趙原,以控虜來

---

① 此文爲鄭剛中代樓炤作。

路,可守可戰,蓋諸路之衝也。城成而畔者四集,于時已恐爲我朝廷所留,亟遣人致懇丞相,且猶妄以鈞府爲言,謂不起之廟堂,則宜付之西方,今乃大不然矣。宣司積弊,不可開眼,不免略以法度繩之。已措畫數千牛,勸將士盡畔緣邊之田,來歲不儉,則蜀人其少寬矣。恐欲知此間曲折,謾縷縷布之。

與樓樞密

某再拜:會稽大府,密邇行朝,增職付之,可見主上意,蓋旦暮召還,參秉政事之資也。阻遠,無緣詣門下稱慶,東望瞻仰,何勤如之。伏几益保粹和,即膺真拜,不勝區區頌願之心。

又

某再拜:去歲九月,遣介持書謝政府,仍奉短記至永康。人行未遠,已聞帥起之命,計只就紹興投呈也。正初王直閣附到緘貺,備審曲折,深以感慰。東朝就養,天下休息,樞密從容輔郡,爲朝廷增重威德計,亦可樂。某遠守邊徼,坐移晷影,一無足言。其未至曠失者,實餘庇及之,此朝夕之所以懷感也。戒諭寬猛之道,書紳感銘。某受於天者終不能改,而人事矯揉,今亦庶幾焉。

又

某再拜:承乏窮邊,當綱紀盡廢、財用殫竭之時,加以夏旱秋霖,無所措手。雖自去年人馬無調發,而日前調發之費,方與了絕,幸朝廷可移司之請,遂得併罷。官吏百輩,遞挪人馬,就食水運,並以營田所得,兌賣計司。以此數項,自利州而上,已減水運二十四萬,減和糴十萬,罷榷市估錢三十二萬,繳賞捐錢四十三萬,繳犒錢四十萬,軍器物料錢十萬,關裏外大小麥在土者八百頃。稍得一稔,更當痛爲捐減。秋冬間爲懇朝廷求歸,雖不得祠宮之祿,亦所願。倘有未遂,一言之助，豈無望於公乎？是以續布再三之瀆。

與樓樞密

某頓首再拜：四川連關外大稔，營田所入及二十餘萬斛，魚關、合江上下廩廥皆滿，水運之弊亦十去五六。今秋又與吳少師於興趙之外，馬嶺之間，修築營田大寨，軍民安樂之。來歲科敷，於所減百八十萬緡外，當更裁損。近又約到北官，定洮、岷界馬路，並無妨阻，應分畫事一切了畢。第某自賤累到此，幼累翻病；豚犬新婦，六月末娠子，中胃反而死；又老身疾病，比舊遽衰，黽勉從事，其亦何聊？俟及兩考，從君相丐祠宮之禄，未知得遂否爾？

與樓樞密

某再拜：某去年冬月嘗拜稟目，計遂呈浼。近領六月二十八日所賜緘帖，既荷不忘，又得以詳起居，慰浣殆不勝言。久不收鄉書，但聞夏旱異常，深以爲慮。會稽大稔，仁人之澤自應爾也。某鞭策駑鈍，凡百粗見倫理，前《記》亦布其略，謾以裁減數目拜呈。右護軍昔養六萬，今九萬人，又十年功賞，三師下轉行十萬餘官，歲計尚牽拽不合，其所裁減，皆本司所用度也。利州以下，水運減三分之一，以上至魚關一節，僅減五分之四，以本司營田及糴買數就關頭兌那，故有是也。魚關計司四月支，歲計有一年之積，本司儲粟今百三十萬斛，異時備邊米常不滿六萬，今歲再稔，數當加多矣。然蜀人獨以不盡除去窠名爲恨，此所不能辦也。今年五月成二考，專人丐祠文字已在道，未知便得遂否爾。

又

宋修撰之諭，恐應命不及。此間並無辟差窠闕，屬官舊係本司專用，近稍稍從朝廷除授矣。此外惟關外四倅，計辟皆已有人。其爲代者，近亦朝廷差人矣。范徹者若在川中，渠當自知，蓋今日宣司非異時比也。一書報修撰公，乞鈞旨送達。周會稽介潔而能官，託大庇之下，惟惠顧之，幸甚！中間相隨宣諭一出，墮馬損臂而還，亦嘗干叩廟堂，命薄無所成就。某氣力微弱，有言無效，樞密能造化之否？率易爲致區區，惶恐惶恐！

宋鄭剛中《北山集》卷二十

賀樓樞密啓

伏審祇奉綸書，寵還樞柄。任舊人共政，黎民職有利哉；頌聖主得賢，天下喜樂之矣。竊惟一人有慶，四方無虞。雖時偃五兵，不復折衝而決勝；然武有七德，蓋欲安民而定功。宜用碩臣，進司密地。恭以某官，天付正氣，時推元儒。得大學而三月不違乎仁，能誠身而萬物皆備於我。勇於義，果於德，蓋自比孟軻；以斯道，覺斯民，則有若伊尹。久更夷險，曾靡磷緇。外雖恂恂而寡言，中實堂堂而不撓。往當晉擢，正屬艱虞。掌制北門，揮翰應掣鈴之召；本兵西府，運籌多借箸之奇。衆方不知所爲，公獨沛若無事。旋將使指，遠慰邊氓。撫秦隴之荒殘，致關河之懷赴。信是兼資於文武，宜膺注意於安危。繼丁私艱，久鬱公望。肆及迂衡之日，起分共理之符。班宣暫倚於維藩，眷想彌勤於仄席。謂陽城之賢爲刺史，美化纔覃於一方；使陸公之道行朝廷，大惠可均於四海。乃因移鎮，載見邇宸。遂命留中，寧容久外。復付機廷之舊，兼躋政路之崇。惟簡在既深，將勤勞是賴。必嘉謀入告于內，則膏澤益下於民。同寅協恭，和衷克左右厥辟；禁暴戢兵，保大以敉寧圖功。鎮撫四夷，仁壽一世。使戰陣之問不至，而道德之威自彊。中國皆有安居，左袵罔不咸賴。浚向風景慕，積日滋多。八行罕貢於微悰，萬頃尚容於廣度。念遠跡它山之下，正邈親承；而見公此道之中，未嘗違逖。茲仰對揚於大冊，無遑進旅於下賓。第慶治朝，載陞耆德。夙夜基命宥密，方觀佐理之勳；疇咨若時登庸，佇正儀形之位。熙春清淑，盛府靖深。神其聽於正人，天必錫之純嘏。願遵六氣，加練《四經》。仰承晝接之休，下副巖瞻之重。係頌增懌，敷宣莫殫。

宋范浚《范香溪先生文集》卷十七

上樓仲輝牋

竊以文梓餘艎，致厦成而川濟；大鼎鸞輅，佑餗飪暨皇輿。天資正始之英，自結睿文之簡。賤疵本末，栖託桑枌。遐睎絳帳之徒，稍際青雲之附。頌文章而瞻德度，接旨趣而覿儀刑。賜超百朋，見榮萬戶。下風引領，未至掃門。瀆餐沐燕息之私，猥干主記；道古今盛美之譽，準擬前脩。上臣事君，在雅懷之素蘊；尊賢體道，宜仁者之位高。醫門不拒於病羸，巫謁更增於默塞。參陪宥府，陟擢大僚。出元常而督關西，似仁傑以撫河北。刺投櫛比，予進後塵。談吐春溫，甄明萌意。逮夫榆塞旋斾，繡里晝行。壽親帶九牧之黃金，過家養五鼎之豐膳。巨鱗縱壑以快意，威鳳覽輝而發祥。匪曰易得之時，卓爾殊常之禮。實名望顯著，天子倚重而咨嗟；惟謨畫無雙，元老稽疑而取式。狐白不容反衣，太阿非所倒持。用善良則國不虛，多君子而邦無難。矧巖廊崇峻，惟衡石度量之平；猷畝搜求，忘漁釣芻蕘之鄙。其大綱既得，雖小能不遺。昔國僑取不屬之姿，鄭事因茲鮮敗；博陽寬通蕩之咎，漢邊所彌精詳。孫令君進善弗用而勿休，房玄齡一物失所而不忍。要在存公而屈己，歸於圖治而得人。伏惟樞密閣下，山峙庭中，巋然特立；洞達機會，淵乎內明。審諦閒詳，夷易恬澹。窺之闃奧，不見畛畦；迎其鋒鋩，悉當肯綮。湊搢紳之宗嚮，副黔黎之具瞻。平陽規隨於咸京，公琰翊亮於益部。以今究度，未足貴珍。籬蕭颯雪髯，弭忘兒女之好；呻吟汗簡，屢省聖賢之遺。性理切磨，利名迂闊。偶竊主祠之三載，敢議作者之七人。羞矯激而惡奇邪，務拙訥而尚樸直。自詭林藪之浪漫，不並才智之憂勞。龍鍾實然，雌伏何較。仰止施設，未間空疎。旨味紛然，或求藥籠之物；眾聲翕若，未撝車鐸之音。儻邂逅以薦颺，增激昂而勉戀。滔滔何筭，艱於辱契而辱知；屑屑至卑，罕或受容而受察。誠自輸於肺腑，殆將玷於坏陶。歸依之情，敷染奚既！

宋蘇籀《雙溪集》卷十三

賀樓樞密啓

伏審寵膺睿渥，榮席鴻樞。正人進而朝廷尊，直道行而天下服。聳百僚而胥慶，敷四海以交欣。恭惟樞密端明，性品淳明，天資鯁亮。高風足以振頹俗，粹宇足以消塵心。特立獨行，慕古人之大體；戴仁抱義，見君子之所爲。深簡上知，備殫臣節。果自北門之選，進膺西府之崇。豈惟高頗、牧之風規，抑欲資良、平之籌畫。頃由政地，遠暢皇威。允符分陝之行，誕布新周之命。河南父老，欣見漢官之威儀；當代酋豪，應想晉公之年貌。上寬西顧，力贊中興。歸我侵疆，顯著用儒之効；賚予良弼，倚觀迪后之謨。某假守遐方，竊依巨庇。載念金蘭之契，曾陪鴛鷺之班。膏澤期民，敢私九里之潤；折衝敵國，共崇四海之瞻。

宋李彌遜《筠溪集》卷八

賀樓樞密冬居

一陽襲筊，初迎長至之祥；五物書雲，預識中興之象。恭惟樞密端明，股肱邦體，柱石政基。謀謨極治亂之原，啓沃罄忠嘉之益。暫歸錦里，載弄綵衣。以百年垂白之翁，有兩地鼎貴之子。適逢穀旦，親上壽觴。父老歎所未嘗，名教樂至於此。某涖官有守，趨賀無從。共期隔坐之榮，永叶充閭之慶。惟深歡抃，徒切悃誠。

宋林季仲《竹軒雜著》卷四

代賀樓樞密元正啓

　　曆象日月星辰，四序協履端之始；布治邦國都鄙，萬民聳垂法之觀。當去故取新之時，有小往大來之吉。恭惟某官，受天間氣，爲時宗臣。有絲綸華國之才以代言詞掖，有帷幄運籌之志以經武兵樞。精神折千里之衝，方伯總十連之帥。密邇長安之鐘鼓，肅臨禹穴之山川。聊均佚於侯藩，即遄歸於揆路。蓋謀王斷國，天下捨我誰哉；況詢事考言，廷臣無出右者。茂對三陽之寖長，宜推五福以類升。某素荷帲幪，方紆芻粟。東閣椒觴之列，阻效鳧趨；南山巖石之瞻，徒懷燕賀。永言傾頌，莫既敷殫。

　　　　　　　　　　　　　　　宋王洋《東牟集》卷十一

賀樓樞密啓

　　光膺寵綏，越執洪樞。還居政府之嚴，隱如敵國；坐使朝廷之勢，安若泰山。將士交欣，搢紳胥慶。竊以先王之制，兵刑出於一原；有國之經，文武號爲二柄。掌其政令，宜在廟堂。逮軍民之既分，致將相以異任。典戎事者罔陪於國論，代天工者弗與於兵權。注意既殊，全功曷責？國家開重熙之景運，仍五季之舊章，爰建輔臣，以司兵本。稽於古，實六卿司馬之職；考其官，蓋三事大夫之聯。地亞鈞衡，謀專帷幄。必得腹心之佐，始膺體貌之隆。矧今大難已平，中興伊始。雖干戈倒載，永無征戰之虞；而樽俎折衝，允藉威懷之略。自非上哲，曷副旁求？恭惟某官，資粹誠明，學窮治忽。沈深大度，量莫見於津涯；厚重寡言，色不形於喜慍。凜凜萬夫之望，堂堂千載之英。出入三朝，險夷一節。曩緣對境，許締和盟。方善意之未孚，致群情之大擾。獨奮龜蓍之見，贊成金石之交。朝陳悟主之一言，夕獲和戎之五利。宣帝納呼韓之欵，賴蕭傅之通經；太宗用房喬之謀，資杜公之善斷。俄躋近弼，出撫全秦。王侯咸授於指蹤，封拜得專於承制。釋俘歸敵,遐方深得於歡心;罰罪賞功,諸將願輸於死力。名聞草木,功在鼎鐘。暨零雨以言旋,將作霖而是命。俄軫劬勞之痛,稍稽考慎之圖。甫免私艱,亟分閫寄。輕裘緩帶,擁油幕以臨藩;淑斾綏章,趣鋒車而入覲。嘉猷既告,睿眷彌隆。一開日月之明,再契風雲之會。對賈誼於宣室,不問鬼神;留姚崇於渭濱,非由馳逐。遂復青氈之舊,進陪黃閣之崇。碩德既升,太平可必。基命宥密,方攄廟算之奇;疇咨登庸,行正台階之拜。某夙希附驥,近獲登龍。謬承特達之知,許借吹噓之力。掃門已晚,尚及曹參之在齊;結綬有因,喜見貢公之輔漢。豈止係當時之輕重,蓋尤關小民之戚休。望舟楫於江干,日遲行色;伺絲綸於轂下,側聽除音。成命忽傳,歡悰曷既。剡書薦墨,雖未騰北海之章;羈旅窮愁,寧久索東方之米。

通樓樞密啓

揚清激濁,誠先達之高風;出幽遷喬,亦後生之雅志。欲赴功名之會,必由上下之交。若矜其位而矜其能,孰爲之先而爲之後。是固交相求而一致,豈容化於道而兩忘。聲氣苟同,卑高曷問?所以附翼攀鱗之喻,著自聖門;彈冠結綬之談,誇乎信史。絶足繼騰於王路,清芬藹著於遺編。逮五交之釁既萌,致三適之功無取。上之人偷安富貴,弗憂英俊之沉;下之人自負才猷,恥藉王侯之勢。方圓不合,秦越相懸。魁奇卓犖者滅跡而無聞,讒諂阿諛者乘時而得肆。比周無愧,勢利相先。曲意取容,不但奴顏而婢膝;抵巇競進,有同人面而獸心。賢才之路用堙,市道之風滋扇。克敦薄俗,必屬偉人。幸公道之有歸,披鄙誠而自列。伏念某衣冠寒族,庠序晚生。蹉跎踰不惑之年,連蹇抱數奇之歎。賢關肄業,半生白首之經;仁路抗顏,一紀紅塵之吏。曩策名於桂籍,因濫吹於芹宮。坐客無氈,舉家食粥。瘦馬空存於六印,沈舟坐閱於千帆。齒髮摧頹,老先期而驟至;聲光湮沒,世與我而相違。安寂寞於冷官,分棲遲於選調。既異蘋蘩之可薦,甘同桃

李之無言。曷嘗低欲就之頭,未省搖乞憐之尾。耻嗟來而得食,肯詭
遇以獲禽?然而樂善公卿,久要故舊,或加力於收拾,或陰借於吹噓。
歲律再更,剡章四上。惟浮圖之未合,恐溝落以無容。譬如爲山九
仞,尚虧於一簣;宛在中沚一壺,何啻以千金。敢於軒檻之前,輒效頑
金之躍。恭惟某官,術優王佐,學擅儒宗。九德在躬,表臣隣之冠冕;
群書滿腹,粹師友之淵源。昔居韋布之間,已負經綸之氣。暨逢興
運,驟閱華塗。西掖代言,高掩常楊之譽;北扉視草,密參頗牧之謀。
允兼文武之資,果注安危之意。樞柄進登於二府,使星出耀於三秦。
遣鄧禹於關中,威名響震;分召公於陝右,德化流行。幕府言旋,介圭
入覲。方鼎梅之欲命,忽風樹以纏悲。甫終祥禪之期,遂受蕃宣之
寄。陞隆名於祕殿,委重鎮於陪都。細柳兵閒,甘棠訟簡。修山陰蘭
亭之故事,題鏡湖秦望之新詩。顧惟良弼之求,方資帝賚;第恐袞衣
之詠,難緩公歸。佇鳳詔以出綸,催鹿車而當軸。阿衡一世,陶冶群
材。蓋事君以仁者,衆夗仰於皇猷;而薦賢報國者,時正宜於今日。
方將掩東海以取垂天之翼,決西江而迎涸轍之魚。使《菁莪》歌樂育
之仁,而《棫樸》頌能官之美。搢紳屬望,巖穴傾心。至如疎逖之蹤,
尤切依歸之素。擬作韓門之弟子,未窺孔氏之門牆。非不能連草三
書,漫懷一刺。請竇長公之介紹,假郭有道之題評。因舍人而見曹
參,爲門客而干延壽。高山流水,固可覬於知音;明月夜光,懼或逢於
按劍。今者塗經大府,謁入高門。瞻周公几几之儀,驚漢相堂堂之
表。謙沖下逮,顧盼生光。季路初來,已有升堂之望;曹交受業,思爲
假館之留。時在可言,義難自棄。用忘固陋,仰冀甄收。蓋得其所
歸,燕雀猶知於賀廈;翔而後集,鵷鸞豈妄於巢林。士雖居窮約之中,
身亦擇棲投之地。若非盛德,敢借餘光?素微半面之知,且乏游談之
助。輒輸肝膽,便勾齒牙。視古人則進退以無嫌,在今世爲狂愚而可
笑。處己如此,期公謂何。或明附驥之心,願借連鼇之手。雞鳴狗
盜,既下客以兼收;蟲臂鼠肝,庶大鈞之永託。

謝樓樞密舉改官啓

泮水育材,苟幸曠瘝之免;銓曹考課,冒膺秩序之更。受命知愧,撫躬曷稱。竊以陟黜幽明之典廢,士始惰功;綜核名實之政衰,人斯濫進。惟吏部改官之制,推本朝立法之嚴。積以錙銖,較以毫髮。一言不應,累善無容。倘小節之弗完,亦前功之盡廢。雖聖世於焉而得士,然姦胥或得以舞文。視賕賄之重輕,爲行移之淹速。故難於應格,喻同進士之登科;而計所輸貨,至比富人之入粟。與於此者,不亦難哉!如某者太學陳人,中原冷族。專心弱歲,絕尼父之韋編;刻意前修,紉屈平之蘭佩。早塵世賞,旋竊文科。免從州縣之游,猥玷師儒之選。董帷常下,馬帳空懸。媚學有徒,冠履漫同於聚蚋;好書成癖,簡編殆類於蠹魚。玩華丹於法度之言,振鼓吹於京師之作。飯蔬飲水,樂亦在中;乘馬從徒,茲非其幸。博士虛縻於廩粟,廣文何有於才名。逮此終更,敢希平進。忽因公舉,得廁京聯。資品叙升,始正有官之號;歲時馴致,式階通籍之榮。僥倖若茲,夤緣有自。此蓋伏遇某官,至誠樂善,偉度包荒。觀其廣攬於英才,蓋欲大恢於賢業。吹噓不倦,無非有味之言;聲欬所加,便作知名之士。推轂每先於寒遠,登門不間於故新。雖云無用之資,亦借曲成之力。重念某與時齟齬,賦性疎庸。久處窮塗,分無長物。知匪蘋蘩之可薦,自甘桃李之無言。比黌舍之三年,偶剡章之四上。方浮圖之尖未合,恐瀆落之瓠無容。續正賴於鸞膠,棄有同於雞肋。輒輸肺腑,用句齒牙。不待先容,亟蒙重諾。箭俄飛於燕將,璧遂假於許田。大廈將顛,功獨支於一木;中流獲濟,賜何啻於千金。成此叨逾,悉由特達。某敢不欽承至意,銘著乃心。儒有古人與稽,願堅操履;士爲知己者死,誓報私恩。

通樓樞密啓

去公府之潭潭,洊更歲月;仰台符之兩兩,杳隔雲天。久塵庠序之官，每負簡書之畏。名姓用疎於記室，精神徒結於門牆。惟時輔弼之良，夙茂經綸之業。祠庭偃息，方益聳於具瞻；神物扶持，宜厚脱於純嘏。恭惟某官，才高人傑，道契天民。獨兼文武之資，奋注安危之意。玉堂詔令，追爾雅於二京；油幕韜鈐，折遐衝於四國。一攀鱗翼，再秉樞衡。屹然柱石之擎，炳若蓍龜之斷。允當大任，果濟中興。佐佑成王，君奭協周公之化；謀謨貞觀，房喬推如晦之籌。旋抗封章，懇辭機政。體恤特深於睿眷，股肱稍逸於賢勞。遊緑野以娛神，侶赤松而訪道。屬四海作霖之望，爭覬十行；副九重審象之求，佇臻三入。某儒流晚進，鈞播微生。曩騰光範之書，獲厠翹材之館。輪囷見器，初無蟠木之容；踊躍自言，遽入洪爐之鑄。遂脫身于選調，繼列職於行都。静言卵翼之私，悉自齒牙之借。知己之深恩未報，古人之大節奚論。克謹操修，恐辜提獎。比在淵源之地，屬經寒暑之時。司訓詁以非才，日虞官謗；念松楸而自請，叼假軍麾。尚飄萍寄之蹤，未及瓜期之代。窖饑寒之方急，執洒埽以無階。菅蒯至微，永託卿雲之蔭；潢汙雖遠，終期滄海之歸。兹炎赫之在辰，宜保綏之加意。亟被賜環之召，式隆調鼎之功。

宋王之望《漢濱集》卷十一

回宣州樓樞密啓

貳政菁年，初無補報；分符千里，誤玷寵靈。揣暮齒以奚堪，覺慚顏之有靦。伏惟某官清朝先達，當代老成。輟經濟之宏才，暫承宣於巨屏。雙溪疊嶂，雖多暇日之娛；黄閣紫樞，政復須賢之久。佇膺召節，歸覲凝旒。某自顧叼逾，出於庇賴。王事鞅掌，欲修謝而未遑；君子撝謙，辱貽牋之先及。其如悚佩，莫罄敷宣。

宋張綱《華陽集》卷二十九

宣州樓樞密啓

輕萬户以識韓，早諧望履；施餘波而及晉，今幸依仁。甫視邸章，虔脩竿牘。伏念某學雖有志，才不逮人。少也孜孜，安冀事功之立；老而碌碌，但慙廩禄之縻。昨參風憲之糾繩，謬贊露門之誦説。自知無補，力丐投閒。荷上聖之曲怜，假附庸而共理。布寬條而有俶，託大芘以知歸。恭惟某官，博厚而疏通，溫恭而剛毅。起千年之絶學，獨步儒林；振一代之脩名，偏儀禁路。翰苑早敷於邦號，樞庭再本於兵機。久安香火之祠，高袖經綸之手。方睿主益新於庶政，擇輔藩分命於元臣。歛大患於一州，錫康侯於三接。圖任舊人而共政，佇慰民瞻；咸有一德以享天，永符帝賚。某密瞻上府，獲在下風。爲滕薛之大夫，已踰分量；親龔黃之善政，願奉規模。過此以還，未知所措。

宋周必大《文忠集》卷八十四

與樓仲輝論荆公經解

樓仲輝云："從來解《書》義，誰解得好？"余曰："若論注解，莫無出荆公。由漢以來，專門之學各有所長。唯荆公取其所長，絢發於文字之間，故荆公爲最。"仲輝云："穿鑿奈何？"余曰："穿鑿固荆公之過，然荆公之所以失，不在注解，在乎道術之不正，遂生穿鑿。穿鑿之害小，道術之害大。"仲輝曰："荆公之説，本於先儒，先儒亦有害乎？"曰："先儒只是訓詁而已，不以己意附會正經，於道術初無損益也。只如荆公引擅生殺之謂王、能利害之謂王，此申商、韓非之所爲，豈是先王之道？而彼不悟，反以證經。"曰："此自荀子之説，何爲不善？"曰："若論道，則荀卿容有不知者，其説亦何足取？荀卿之門出李斯，斯之術卒以亂秦，源流有所自矣。""然則《書》言'惟辟作福，惟辟作威'，非耶？"余曰："今人勸人主攬權多用此説，而不知聖人之言意有所主。其下文云：'臣無有作福作威玉食，臣之有作福作威玉食，其害于而家，凶于而國。'蓋曰威福之作，唯人主當爾，人臣如此，必致凶害。所以戒也，豈生殺由我之謂哉？"曰："用人惟己之義又如何？"曰："用人惟己，見賢焉然後用之，不以左右大夫國人之譽而用人也。人主深居九重，人之賢否何自而知之？必有以聞於我者，其用不用則在我矣，是之謂'用人惟己'。如今之特旨，識者不以爲然。豈有有司定罪不至於此，而人主固欲重行，此何理哉？故凡人主欲攬權柄者，必爲臣下所奪矣。趙韓王再相太宗，既罷，對於便殿，太宗問：'人主如何得威柄在己？'對曰：'若事事付之有司，則威柄在己；若事事要出於己，則威柄歸宰相矣。'天下以爲名言。或曰普自以不復用，故言於太宗，不然亦普之所祕也。"

宋陳淵《默堂先生文集》卷二十二《雜說》

大慧答樓樞密書

不識別後日用應緣處不被外境所奪否，視堆案之文能撥置否，與物相遇時能動轉否，住寂靜處不妄想否，體究個事無雜念否，故黃面老子有言："心不妄取過去法，亦不貪著未來事。不於現在有所住，了達三世悉空寂。"過去事或善或惡，不須思量，思量則障道矣；未來事不須計較，計較則狂亂矣；現在事在面前，或逆或順，亦不須著意，著意則擾方寸矣。但一切臨時隨緣酌酢，自然合著遮個道理。逆境界易打，順境界難打。逆我意者，只消一個忍字定省少時便過了。順境界直是無你迴避處，如磁石與鐵相偶，彼此不覺合在一處。無情之物尚爾，況現行無明，全身在裏許作活計者？當此境界，若無智慧，不覺不知，被他引入羅網，却向裏許要求出路，不亦難乎？所以先聖云："入得世間，出世無餘。"便是遮個道理也。近世有一種修行失方便者，往往認現行無明爲入世間，便將世間法強差排，作出世無餘之事，可不悲乎？除夙有誓願，即時識得破、作得主，不被他牽引。故《淨名》有言："佛爲增上慢人說離婬怒癡爲解脫耳。若無增上慢者，佛說婬怒痴性即是解脫。"若免得此過，于逆順境界中無起滅相，始離得增上慢名字。恁麼方可作入得世間，謂之有力量漢。已上所說，都是妙喜平昔經歷過底,即今亦只如此修行。願公趁色力強健,亦入是三昧。此外時時以趙州無字提撕,久久純熟,驀然無心撞破桶,便是徹頭處也。

明瞿汝稷《指月錄》卷三十一。又見清唐時《如來香》卷十

大慧答樓樞密又書

昔嚴陽尊者問趙州:"一物不將來時如何?"州云:"放下著。"嚴陽云:"一物既不將來,放下個甚麼?"州云:"放不下,擔取去。"嚴陽於言下大悟。又有僧問古德:"學人奈何不得時如何?"古德云:"老僧亦奈何不得。"僧云:"學人在學地,故是奈何不得。和尚是大善知識,爲甚麼亦奈何不得?"古德云:"我若奈何得,則便拈却你這不奈何。"僧於言下大悟。二僧悟處,即是樓樞密迷處,樓樞密疑處,即是二僧問處。法從分別生,還從分別滅。滅諸分別法,是法無生滅。

明瞿汝稷《指月錄》卷三十一

祭樓通奉文①

嘗謂人之享年也,皆惡夭,然亦豈能必永?公數踰八十,鄉黨稱仁,一亡恨;人之仕宦也,皆惡窮,然亦豈能必達?公官至三品,始終無玷,二亡恨;人之有子也,皆惡不肖,然亦豈能必賢?公子爲二府,中外是賴,三亡恨。人生得三亡恨而死,其於身名之美,州里之光,亦休矣。雖然,公之子以奉親爲願,而不以富貴利達爲榮;公之心以山林爲趣,而不以珪組冠裳爲樂。故去年震子丐歸切至,上止令奉金帶、將德意,予嚴程之告,俾迎公以來,而公終弗肯至也。今年熒惑犯昂,五星出東方,正丙大夫案簿,裴丞相請行,邇日公遽爲朝廷致樞臣於苫茨中,諒薄遺易簀之恨,而嘗藥不逮之痛,頗聞過禮。嗚呼!夔

---

① 此爲鄭剛中祭樓炤父居明文,《永康華溪樓氏宗譜》卷二十七《宋文》題作"祭樓太師文",兹從本集。

龍之室，自難久虚，他日建立功名，成就恢復之畫，以中興名臣流涕而拜於廟下，則公之微恨可以盡釋，而孝子茹荼之感弭焉。苟禄鰥生，係拘省户，一觴之奠，寓悲無限，拜遣斯文，有涕零落。尚享！

宋鄭剛中《北山集》卷十四

諸史雜記

（紹興八年）十一月辛丑，詔："金國遣使入境，欲朕屈己就和，命侍從臺諫詳思條奏。"從官張燾、晏敦復、魏矼、曾開、李彌遜、尹焞、梁汝嘉、樓炤、蘇符、薛徽言，御史方廷實皆言不可。

（紹興九年三月）辛丑，以翰林學士樓炤簽書樞密院事。（四月）辛亥，命樓炤宣諭陝西諸路。六月壬子，樓炤以東京見卒四千四百人爲忠銳三將。壬申，樓炤承制以李顯忠爲護國軍承宣使、樞密行府前軍都統制，率部兵及夏國招撫使王樞赴行在。乙亥，以孟庾兼東京留守。王倫自東京赴金國議事，樓炤承制以楊政爲熙河經略使，吳璘爲秦鳳經略使，仍並聽四川宣撫司節制；郭浩爲鄜延經略使、同節制陝西軍馬。丙子，分宣撫司兵四萬人出屯熙、秦，六千人隸郭浩，留吳玠精兵二萬人屯興元府、興、洋二州。戊寅，置錢引務於永興軍。

（紹興十年六月）壬戌，詔諸司錢物量留經費外悉發以贍軍。樓炤以父喪去位。

元脫脫等《宋史》卷二十九

（紹興十四年二月）己酉，以資政殿學士樓炤簽書樞密院事兼權參知政事。（五月）甲子，樓炤罷。

元脫脫等《宋史》卷三十

（紹興）二年，分遣御史五人宣諭東南諸路，戒其興獄，責其不當。

督捕盜賊皆欲專一布惠以爲民。其後右司范直方宣諭川陝，察院方庭實宣諭三京，均此意。及新復陝西，樓炤以簽書樞密院事往永興宣諭，就令招撫盜賊。鄭剛中爲川陝宣諭使，許按察官吏。汪澈爲湖北京西宣諭使，仍節制兩路軍馬。自是，使權益重而使事始不專。

元脫脫等《宋史》卷一百六十七《職官志》

（紹興）九年，和議成。簽書樞密院事樓炤宣諭陝西還，以金四千兩、銀二十萬兩輸激賞庫，皆取諸蜀者。

元脫脫等《宋史》卷一百七十四《食貨志》

（紹興）二年，上自越州還臨安。時桑仲在襄陽，欲進取京城，乞朝廷舉兵爲聲援。（呂）頤浩乃大議出師，而身自督軍北向。高宗諭頤浩、秦檜曰："頤浩治軍旅，檜理庶務，如种、蠡分職可也。"二人同秉政。檜知頤浩不爲公論所與，多引知名士爲助，欲傾之而擅朝權。……頤浩既還，欲傾秦檜，乃引（朱）勝非爲助。給事中胡安國論勝非必誤大計，勝非復知紹興府，尋以醴泉觀使兼侍讀。安國持錄黃不下，頤浩持命檢正諸房文字黃龜年書行。安國以失職求去，罷之。檜上章乞留安國，不報。侍御史江躋、左司諫吳表臣皆以論救安國罷，程瑀、胡世將、劉一止、張燾、林待聘、樓炤亦坐論檜黨，斥臺省一空，遂罷檜相，頤浩獨秉政。

元脫脫等《宋史》卷三百六十二

（紹興）九年，（吳璘）升都統制，尋除秦鳳路經略安撫使，知秦州。（吳）玠卒，授璘龍神衛四廂都指揮使。時金人廢劉豫，歸河南、陝西地。樓炤使陝，以便宜欲命三帥分陝而守，以郭浩帥鄜延，楊政帥熙河，璘帥秦鳳，欲盡移川口諸軍於陝西。璘曰："金人反覆難信，懼有他變，今我移軍陝右，蜀口空虛，敵若自南山要我陝右軍，直搗蜀口,我不戰自屈矣。當且依山爲屯,控其要害,遲其情見力疲,漸圖進據。"玿從之,命璘與楊政兩軍屯內地保蜀,郭浩一軍屯延安以守陝。

元脫脫等《宋史》卷三百六十六

郭浩,字充道,德順軍隴干人。……(紹興)九年,改金洋房州節制。金人還河南地,以浩爲龍神衛四廂都指揮使,充陝西宣諭使、知金州。樓玿行關中,辟浩樞密院都統制,節制陝西軍馬。十年,拜奉國軍節度使。

元脫脫等《宋史》卷三百六十七

張燾,字子公,饒之德興人,秘閣修撰根之子也。……(紹興)七年,張滉特賜進士出身。滉,浚兄也。將母至行在,上引對而命之。燾言:"宣和以來,姦臣子弟濫得儒科,陛下方與浚圖回大業,當以公道革前弊。今首賜滉第,何以塞公議?"上念浚功,欲慰其母心,乃命起居郎樓玿行下,玿又封還。著作郎兼起居舍人何掄曰:"賢良之子,宰相之兄,賜科第不爲過。"乃與書行。燾不自安,與玿皆求去,不許。言者論之,以集英殿修撰提舉江州太平觀。

既而監察御史施廷臣抗章力贊和議,擢爲侍御史。司農寺丞莫將忽賜第,擢爲起居郎。朝論大駭,(張)燾率吏部侍郎晏敦復上疏,……於是將、廷臣皆不敢拜。……燾既力詆拜詔之議,秦檜患之。燾亦自知得罪,託疾在告,檜使樓玿諭之曰:"北扉闕人,欲以公爲直院。"燾大駭曰:"果有此言,愈不敢出矣。"檜不能奪,乃止。

元脫脫等《宋史》卷三百八十二

劉化源,耀州人,紹聖元年進士。建炎初,金人陷關陝,守令以城降者,金人因而命之。化源時知隴州,不肯降,城陷被執。金人使人守之，不得死，遂驅入河北，鬻蔬果，隱民間者十年，終不屈辱。有米璞者，與化源同鄉里，西人皆敬之。璞登政和二年進士第，時通判原州，劉豫欲官之，杜門謝病，卒不汙僞命。有劉長孺者，亦耀州人，時簽書博州判官廳公事，與豫書，備陳祖宗德澤，勸以轉禍爲福，豫怒，追其官，囚之百日，長孺終不屈，豫後復官之，不從。紹興九年，宣諭使周聿上之朝，詔赴行在，而簽書樞密院事樓炤言“璞苦風痺，化源、長孺老病”，遂命各轉兩官奉祠。又言新鳳翔教授陰暉守節不仕，詔特改令入官。其後金復渝盟，長孺知華陰縣，不屈而死。

元脫脫等《宋史》卷四百五十三。又見清
沈青崖等《(雍正)陝西通志》卷六十一

　　(呂)頤浩自江上還，謀逐檜，有教以引朱勝非爲助者。詔以勝非同都督，給事中胡安國言：“勝非不可用。”勝非遂以醴泉觀使兼侍讀。安國求去，檜三上章留之，不報。頤浩尋以黃龜年爲殿中侍御史、劉棐爲右司諫，蓋將逐檜。於是江躋、吳表臣、程瑀、張燾、胡世將、劉一止、林待聘、樓炤並落職予祠，臺省一空，皆檜黨也。檜初欲傾頤浩，引一時名賢如安國、燾、瑀輩布列清要。頤浩問去檜之術於席益，益曰：“目爲黨可也，今黨魁胡安國在瑣闥，宜先去之。”蓋安國嘗問人材於游酢，酢以檜爲言，且比之荀文若，故安國力言檜賢於張浚諸人，檜亦力引安國。至是安國等去，檜亦尋去。

　　(秦)檜復留身奏事如初，知上意確不移，乃出文字乞決和議，勿許群臣預。……(趙)鼎既去，檜獨專國，決意議和。中朝賢士，以議論不合，相繼而去。……權吏部尚書張燾，吏部侍郎晏敦復、魏矼，戶部侍郎李彌遜、梁汝嘉，給事中樓炤，中書舍人蘇符，工部侍郎蕭振，起居舍人薛徽言同班入奏，極言屈己之禮非是。新除禮部侍郎尹焞獨上疏，且移書切責檜，檜始大怒，焞於是固辭新命不拜。

　　(秦)檜至是欲上行屈己之禮，帝曰：“朕嗣守太祖、太宗基業，豈

可受金人封册?"會三衙帥楊沂中、解潛、韓世良相率見檜,曰:"軍民
洶洶,若之何?"退又白之臺諫。於是勾龍如淵、李誼數見檜,議國書
事,如淵謂:"得其書納之禁中,則禮不行而事定。"給事中樓炤亦舉
"諒陰三年不言"事以告檜,於是定檜攝冢宰受書之議。帝亦切責王
倫,倫諭金使,金使亦懼而從帝命。檜即館中見哲等,受其書。金使
欲百官備禮,檜使省吏朝服導從以書納禁中。

　　(秦)檜兩據相位凡十九年,劫制君父,包藏禍心,倡和誤國,忘讎
斁倫,一時忠臣良將誅鋤略盡。其頑鈍無恥者率爲檜用,爭以誣陷善
類爲功。……檜死,帝方與人言之。檜立久任之説,士淹滯失職有十
年不解者,附己者立與擢用。自其獨相至死之日,易執政二十八人,
皆世無一譽。柔佞易制者,如孫近、韓肖胄、樓炤、王次翁、范同、萬俟
卨、程克俊、李文會、楊願、李若谷、何若、段拂、汪勃、詹大方、余堯弼、
巫伋、章夏、宋樸、史才、魏師遜、施鉅、鄭仲熊之徒,率拔之冗散,遽躋
政地。既共政,則拱默而已。

元脱脱等《宋史》卷四百七十三

　　九年春,改行營右護軍都統制,節制階、岷、文、龍州。金人已廢
劉豫,歸我河南地,幕府擬表稱賀,王(吳璘)讀之愀然曰:"在朝廷休
兵息民,誠天下慶。璘等叨竊,不能宣國威靈,亦可愧矣!何賀之有?
但當待罪稱謝則可。"幕府謝不及。秋七月,除秦鳳路經略安撫使、馬
步軍都總管,知秦州。是年,武安公(吳玠)薨,除龍神衛四廂都指揮
使。朝廷遣簽書樞密院事樓炤出使陝西,會諸將議移諸軍分屯陝右。
王不可,曰:"敵反覆難信,懼有他變,今我移軍陝右,蜀口空虛,敵若
自南山搗蜀,要我陝右軍,則我不戰自屈矣。當且依山爲屯,控敵要
害,遲敵情見力疲,漸可進據。"遂但以牙校三隊赴秦州,且飭階州等
山寨以備之。

宋杜大珪《名臣碑傳琬琰集》上卷十四

　　上命（吕）頤浩治軍旅，秦檜理庶務，除都督江、淮、荆、浙諸軍事，開府鎮江，諸大將皆隷焉。……頤浩既還，引朱勝非爲腹心，謀共傾秦檜。給事中胡安國首論勝非必誤大計，不報。安國求去，並臺諫程瑀、江躋、吳表臣、張燾、胡世將、劉一止、林待聘、樓炤皆落職，而用黄龜年爲殿中侍御史、劉棐爲右司諫，劾檜罷之。

　　館職胡珵等同上疏，言：“金人以和之一字，得志於我十有二年，覆我王室，弛我邊備，竭我國力，懈緩我不共戴天之讐，絶望我中國謳吟思漢之赤子。自公卿大夫至六軍萬姓，莫不扼腕憤怒，天下將有仗大義問奸檜之罪者。”尚書張燾，侍郎晏敦復、魏矼、李彌遜、梁汝嘉、蕭振，給事樓炤，舍人蘇符、薛徽言同班入奏，極言屈己之禮非是。禮部侍郎尹焞獨上疏，且移書切責檜。奉禮郎馮時行召對，言和議不可。

　　會大帥楊沂中、解潛、韓世良同見檜，曰：“軍民洶洶，若之何？”退又白之臺諫。於是勾龍如淵、李誼議，但以其書納之禁中，則禮不行而事定。樓炤亦舉諒陰故事，以檜攝冢宰，定受書之儀。帝又切責王倫，俾諭金使，乃懼而從命。檜即館中見哲受書，許盡還梓宫及母兄親族，餘無需索。欲百官備禮，檜使省吏朝服導從。

明邵經邦《弘簡録》卷一百九

　　（紹興）九年，（吳璘）升都統制，尋轉秦鳳路經撫，知秦州。玠卒，代爲宣撫，授神龍四廂都指揮使。金人歸陝西地，樓炤欲命璘與楊政、郭浩分陝而守，盡移諸軍赴之。璘言：“敵反覆難信，懼有他變，若移軍陝右，蜀口空虚，倘敵自南山要我，直搗蜀口，我不戰自屈矣。當且依山爲屯，控其要害，待其情見力疲，漸圖進據。”炤從之，命璘與政兩軍屯内地保蜀，浩一軍屯延安守陝。

　　和議成，授（郭浩）龍神四廂都指揮使、陝西宣撫判官。樓炤行關中，辟浩樞密院都統制，拜奉國軍節度使。

明邵經邦《弘簡録》卷一百二十七

　　王次翁,字慶曾,濟南人。入太學,禮部別頭試第一。歷廣西轉運判官,召對不合旨,出知處州。乞祠,歸寓于婺。呂頤浩帥長沙,辟爲參謀官。頃之,乞致仕。秦檜召還,道出婺,次翁見之。樓炤言:"頤浩與次翁同郡,頤浩相,次翁何貧困至此?"檜笑曰:"非其類也。"檜相,乃累遷御史中丞。金人敗盟入侵,次翁爲檜言于高宗,謂"無使小人異議,乘間而入"。

明邵經邦《弘簡録》卷一百五十四

　　劉化源、米璞、劉長孺俱耀州人。化源登紹聖進士,知隴州。及金人陷關陝,守令以城降者即復原任,惟化源不肯,遂被執。使人守之,不得死,驅入河北鬻蔬果,隱民間者十年,終不屈辱,西人皆敬之。璞登政和進士,通判原州,劉豫欲官之,杜門謝病,卒不汙僞命。長孺簽書博州判官廳公事,與豫書,備陳祖宗德澤,勸以轉禍爲福。豫怒,追其官,囚之百日,終不屈。後復官之,不從。紹興九年,宣諭司周聿上之朝,詔三人俱赴行在。樞密樓炤言:"璞苦風痹,化源、長孺老病。"遂命各轉兩官奉祠。又鳳翔教授陰晫守節不仕,詔特改令入官。其後金復渝盟,長孺之華陰,不屈而死。

明邵經邦《弘簡録》卷一百九十四

　　(紹興七年八月)甲辰,起居郎樓炤請奉祠。上謂宰執曰:"朕固深知炤,但言者不已,須暫令去,除職與郡,三數月間召用未晚。朕於人才,唯恐傷之。"炤等奉詔退而歎曰:"上愛惜士類如此。"

宋熊克《宋中興紀事本末》卷四十一

　　(紹興八年七月)庚子,中書舍人勾龍如淵陛對,上曰:"朕本欲卿直學士院,而趙鼎薦呂本中,他日本中罷則命卿矣。"勾龍如淵《退朝録》曰:"如淵是日奏事。上曰:'卿與樓炤皆朕親擢,中書事有當論,即奏來。如張致遠、呂本中皆作附離計者，人誰不由宰相進，致遠亦太甚。'上久之曰：'李授之進《易解》，朝廷議與一職名，呂本中毅然繳，既而知授之乃趙鼎爲諸生時教授也，遂已，殊可怪。'上又曰：'近日常同、潘良貴事如何？'如淵曰：'良貴不爲无失，然素忠直，望陛下優容之。'上色不平，如淵曰：'天下事未有不起於微者，比因此三人之出，朝臣中有不能安者，臣恐朋黨之議由此起。'上曰：'朋黨之說，果已有之。數日前，趙鼎言聞朕要用周秘爲中丞、公輔爲諫議，朕何嘗有此意？'如淵曰：'聞李誼亦嘗有章劾良貴，今陛下擢誼爲諫議，臣乃知陛下罪同者，在其論事前後相戾，而不在良貴也。'上唯唯。"

（紹興八年七月戊申）初召秦檜之來，道由婺州。時左朝散郎王次翁致仕，居于婺，與檜遇。既而中書舍人樓炤爲檜言："次翁貧甚。"因曰："呂頤浩，次翁郡人也。頤浩再相，而次翁困一至此。"檜笑曰："非其類也。"遂落次翁致仕，以兵部郎官召之。是月，移爲吏部郎官。

宋熊克《宋中興紀事本末》卷四十五

（紹興八年十二月）丁丑，詔：金國使來，盡割河南、陝西故地，與我講和，許還梓宮母兄家族，餘无需索，慮民間不知，令尚書省牓諭。勾龍如淵《退朝錄》曰："上詔宰執就館見使人，受虜書納入，人情始安。或曰時欲行此禮，宰臣秦檜未有以處。因問給事中樓炤，炤舉《書》'諒陰三年不言'之句以對，檜悟。於是上不出，而檜攝家宰，即館中受書以歸，虜使始知朝廷有人。此事聞之王齊愈。"

宋熊克《宋中興紀事本末》卷四十六

（紹興九年四月）上以陝西新復，不宜置宣撫使，當遣大臣諭以德意。辛亥，乃詔簽書樞密院事樓炤往焉。

（紹興九年五月）是月庚辰，右諫議大夫曾統言："自去冬以來，凡七遣使。初命韓肖冑報聘，再命王倫交地，又遣方庭實宣諭三京，郭仲荀留守東京，周聿宣諭陝西，士㒟、張燾恭謁陵寢，樓炤又至永興。意所携官吏軍兵甚多，借請不知其數。竊聞熙寧初，宰臣韓絳宣撫陝西，才費十八萬緡，時論沸騰，以爲大咎。今一使之費，已數倍於昔。

自崇寧權臣用事，務爲華侈，以悦人情，至今未革。將來兩宮南還，其費不少。謂宜擇忠實通練之臣，以舊制裁定，庶无妄費。"從之。

（紹興九年五月癸卯）簽書樞密院事樓炤至東京。六月己酉朔，炤与權留守王倫同檢視修内司。趨入大慶殿，過齊明殿，轉而東，入左銀臺門，屏去從者，入内東門，過會通門，由垂拱殿後稍南至玉虛殿，乃徽宗奉三清之所。殿後有景命殿，復出，至福寧殿，即至尊寢所。簡質不華，上有白華石，廣一席地。祖宗時，每旦北面拜殿下，遇雨則南面拜石上。稍北至坤寧殿，屏畫墨竹、蘆雁之屬，然无全本矣。他殿畫皆類此。自福寧至欽先、孝思二殿，欽先奉諸帝，孝思奉諸后，帳座供具猶在。出肅雍門，至玉春堂，規模宏壯，非他位比，劉豫嘗對偽臣於此。左竹徑之上有迎曦軒，對軒有月屏，始至修内司，謂元是寶繪堂。復由延春閣下稍東，即今太母之舊閣。過小門曰錦庄，无雅飾。入睿思殿門，登殿，左曰玉盝，右曰清微，後曰宣和。殿庭下皆修竹，自此列石爲山，分左右斜廊，爲複道平臺，臺上過玉華殿，殿後有軒曰稽古，西廡下曰尚書内省。西出後苑，至太清樓下，壁間有御書《千文》。登瑤津亭，亭在水間，四面樓閣相對，遂趨出拱辰門。時京城外不復有民舍，自保康門至太學道才數家。太學廊廡皆敗，屋中存敦化堂，牓尚在，軍人雜處其上，而牧豦於堂下。惟國子監以養士，略如學舍。都亭驛棟牌，猶是僞齊年號。瓊林苑，虜嘗以爲營，至今作小城圍之。金明池斷棟頹壁，望之蕭然也。

（紹興九年六月）丙辰，簽書樞密院事樓炤繼至，謁昭、厚二陵及會聖宮。昭陵因平岡種栢成道，道旁不垣，而周以枳橘。四面闕角樓觀所存者半，神門内石羊、馬、馳、象之類皆在。神臺三層，高二丈，俱植栢，最下約廣十五丈，爲水道者。五大門外，石人對立。其號下宮者，乃酌獻之地，今無屋而遺基歷歷可見。餘陵規摹皆如此。諸陵前控洛水，左少室，右嵩高，山川佳氣不改，而室屋皆爲僞守寶玠所毀，宮墻内草深不見遺址。舊分水南、水北，今水北有二千户，水南墟矣。

　　（紹興九年六月）壬申，簽書樞密院事樓炤至永興，軍留十餘日。
初爲齊將李世輔亡入夏国，其家悉爲僞鄜延帥臺宗儁所害。世輔欲
從夏国借兵復仇，夏主曰："爾能爲吾立功，則不靳借兵。"時有酋豪號
青面夜叉者，恃衆擾邊，乃屬世輔圖之。世輔請精騎三千，晝夜疾馳，
奄至其穴，擒之以歸。国主大悦，即出兵授之。世輔至延安府，殺宗
儁等二人，因剖心以祭。會金国已還三京，世輔説夏人南歸，而夏人
多懷土，獨與願從者二千人來。而夏国招撫使王樞反説世輔還夏，世
輔遂擒樞。才入境，即望闕遥拜，言："本国主喜甚，再三感聖恩。"將
遣使入貢，奏至，上謂宰執曰："夏人既有此意，其待遇之禮，令有司舉
故例行之。"至是，樓炤與宣諭使周聿皆招納世輔歸朝。

宋熊克《宋中興紀事本末》卷四十八

　　（紹興九年七月）辛卯，簽書樞密院事樓炤至鳳翔府。
　　（紹興九年七月）甲午，朝命簽書樞密院事樓炤會諸帥議移軍事。
秦鳳經略使吴璘言："移軍陝右，則蜀口空虛，虜或逾盟，自南山搗蜀，
邀我陝右，則我戰自屈矣。當且依山爲屯，以控要害，俟虜情見力疲，
則漸可進止。"璘遂以牙校三隊赴秦州，且餙階、文等山寨以備之。至
是世將使事畢已，西離鳳翔府，以歸陝西，雖號新復，然自虜僞變易之
後，軍民尚懷本朝。時諸路禁軍得三萬四千有奇，而涇原八千人尤
勁，雖分隸諸帥，然各有將分，仍分正付，蓋祖宗之軍政猶在。又弓箭
手亦得七萬，時御營右護軍自蜀出者皆駐熙秦兩路，而諸郡見管之粟
與和糴相當，足以支一歲之食。先是，都轉運使張深上言乞裁減軍士
廩賜，於是諸軍出關，歸怨于建議者，洶洶幾變。而閭戍卒欲殺其守
臣孫渥，會謀泄，不果。宣撫副使胡世將亟下令悉如舊數不減，即條
利害上之，議者謂："當待報。"世將曰："朝廷置大將，事有待報不及
者，固許行之，不然某上章待罪去无憾也。"先是，樓炤奏："陝西諸軍
冬衣已下，成都等路撥十六萬。"庚戌，上謂宰執曰："蜀士頻年調發，

凋弊已甚,今吳玠一軍既分屯關陝,餽運十省八九,若更減冗官,四川民力庶幾其少紓乎?"焰又奏:"差還州保定軍守臣。"乙卯,上諭宰制曰:"陝西沿邊控制夏國,最爲要害。當擇久在軍中、諳練邊事,或本土武人,方能保固障塞,民得安業。可劄付焰,令諭諸帥。"秦檜等退而竊歎:"上留意疆場,愛惜生靈,可謂明見萬里之外矣!"

宋熊克《宋中興紀事本末》卷四十九

(紹興九年十一月)辛酉,詔:樞機之地,安可曠官?簽書院事樓焰趣令還任供職。

宋熊克《宋中興紀事本末》卷五十

(紹興十年六月)甲子,簽書樞密院事樓焰以父憂去位。

宋熊克《宋中興紀事本末》卷五十二

(紹興十四年二月)庚辰,以資政殿學士、新知建康府樓焰爲簽書樞密院事。

宋熊克《宋中興紀事本末》卷五十三

(紹興十四年五月)李文會、詹大方同論:"資政殿學士、簽書樞密院事樓焰不可以居政塗。"

宋熊克《宋中興紀事本末》卷六十三

(建炎三年十月)是月,盜入宿州,保義郎、權通判州事盛修己守節不屈,爲所害。久之,州人爲之請,遂贈武翼郎、閤門宣贊舍人,封表其墓。此以紹興九年六月八日樓焰所奏修入,奏稱靳修武等突犯州城,未知靳修武爲誰?當求他書參考。

宋李心傳《建炎以來繫年要錄》卷二十八

（紹興元年十月乙丑）朝奉郎、主管臨安府洞霄宮樓炤爲兵部員外郎。炤，永康人，秦檜所薦也。

宋李心傳《建炎以來繫年要録》卷四十八

（紹興二年五月）丙戌，詔置修政局。時尚書左僕射呂頤浩既督軍於外，右僕射秦檜乃奏設此局，命檜提舉，而參知政事翟汝文同領之。又以尚書户部侍郎黄叔敖爲參詳官，起居郎胡世將、太常少卿王居正爲參議官，尚書右司員外郎吳表臣、屯田員外郎曾統、兵部員外郎樓炤、考功員外郎張嵲並爲檢討官，置局如講議故事。

宋李心傳《建炎以來繫年要録》卷五十四

（紹興二年六月戊申）中書舍人兼侍讀胡安國試給事中；起居郎、修政局參詳官胡世將，起居舍人王昂並試中書舍人；右司諫方孟卿權尚書兵部侍郎；太常少卿王居正試起居郎；尚書司勳員外郎張嵲守起居舍人；左司員外郎黄龜年爲中書門下省檢正諸房公事；禮部員外郎林待聘、兵部員外郎樓炤爲左、右司員外郎。時安國在道，未至也。昂以疾不拜，後二日改徽猷閣待制，知台州。

宋李心傳《建炎以來繫年要録》卷五十五

（紹興二年八月）壬子，龍圖閣待制、新知信州程瑀，中書舍人胡世將，起居郎劉一止，起居舍人張嵲，尚書左司員外郎林待聘，右司員外郎樓炤並落職與宮觀，皆坐秦檜黨，爲呂頤浩所斥也，自是臺省一空矣。此以胡寅撰其父安國《行狀》參修，但寅云：頤浩出瑀等二十餘人以應天變，除舊布新之意，恐誤。蓋彗出在甲寅夜，此時彗未出也。朱勝非《家傳》云：言路論公不知兵，胡安國亦以爲非所宜，上怒，與封駁者俱逐，凡十三人。以日曆考之，胡安國、程瑀、胡世將、劉一止、張嵲、林待聘、樓炤、張嵲、潘特辣、鄭朴、陳淵與秦檜凡十二人，此外更有楊願、王鈇、王晚、王昞、王守道五人。而願、守道爲計議官，或通指此二人爲十三，而檜又不在其數也。當考。

武功大夫柴春、知楚州用劉光世奏也。

宋李心傳《建炎以來繫年要録》卷五十七

（紹興四年五月）丁丑，詔：秉義郎子彥特轉武翼郎，添差温州兵馬鈐轄；左中大夫、集英殿修撰、新知泉州令廬特轉行左大中大夫。初令廬奉詔選宗室子，至是復得子彥之子伯玖，年五歲，上以其聰慧可愛，命吳才人育之。"聰明可愛"，日歷所書上語云爾。紹興七年正月二十六日，權太常少卿樓炤劄子"吳才人位，主管文字馮才申本位，和州防禦使璩年八歲"云云。伯玖，即璩也。

宋李心傳《建炎以來繫年要録》卷七十六

（紹興五年十一月丙戌）左朝散郎樓炤守尚書右司員外郎。炤坐秦檜累久斥，至是始用之。

宋李心傳《建炎以來繫年要録》卷九十五

（紹興六年六月）癸卯，尚書右司員外郎樓炤守左司員外郎，樞密院檢詳諸房文字范直方爲右司員外郎，仍兼都督府推行賞功文字。

宋李心傳《建炎以來繫年要録》卷一百二

（紹興六年八月戊申）詔侍從官更互赴行在所供職。時户部侍郎王俁先往平江措置，于是兵部尚書劉大中，翰林學士朱震，侍讀學士范沖，中書舍人陳與義、董弅，工部侍郎趙霈，起居郎張燾，侍御史周秘，左司諫陳公輔，右司諫王縉，監察御史趙渙、劉長源，左司郎中耿自求，右司員外郎徐林，樞密院檢詳諸房文字王迪，編修官孫汝翼，吏部員外郎黃次山、鄭士彥，户部員外郎周聿，比部員外郎薛徽言，太常少卿林季仲，博士黃積厚皆從。仍以大中兼權吏、禮部尚書，霈兼權户、刑部侍郎，又命秘與殿前司統制官趙密彈壓舟船，帶御器械劉錡與管軍解潛同總禁衛。時吏部侍郎呂祉、户部侍郎劉寧止、中書門下省檢正諸房公事張宗元、右司員外郎范直方皆爲行府屬，而新除起居舍人吕本中未至行在。近臣之留行宫者，惟吏部尚書孫近、侍郎晏敦復、刑部尚書胡交修、中書舍人傳崧卿、左司員外郎樓炤、殿中侍御史石公揆、監察御史蕭振、李誼而已。

（紹興六年八月）壬戌，詔左司郎官樓炤兼權中書舍人，書行户房文字；中書舍人傳崧卿兼權户部侍郎；吏部侍郎晏敦復兼權工部侍郎；宗正少卿馮楫兼權右司員外郎、兼權給事中，並行宫職。

宋李心傳《建炎以來繫年要録》卷一百四

（紹興七年正月）庚寅，張浚等請入奏事，上遣幹辦御藥院趙轍宣旨，曰：“知欲奏事，以荒迷中未能裁決庶政，兼不知祖宗故事嘗有此否，恐今日行之，便爲典禮。”浚等曰：“祖宗故事：未聽政之時，大臣亦得進見。今日臣等非敢奏事，實以爲上哭踊過哀，不勝憂懼，欲一望天表。”轍入奏，復宣旨，曰：“深欲一見群臣，以哀迷未能支持，借或相見，不過慟哭而已。”浚等流涕奉詔。右司員外郎、權太常少卿樓炤等言：“陰陽家每遇辰日忌哭，張浚奏合取自聖裁。”詔：辰日不得忌哭。

宋李心傳《建炎以來繫年要録》卷一百八

（紹興七年二月）壬寅，行宫太常寺言按此時少卿樓炤、博士黄積厚隨行在所，謂“行宫太常寺”，乃丞華權、博士陳康伯也：“仲春薦獻諸陵，乞依乾興故事，行事官權易吉服内祀。祭天地及諸大祠，亦乞依時日排辦。”從之。

宋李心傳《建炎以來繫年要録》卷一百九

（紹興七年四月）壬寅，太常少卿吳表臣權尚書禮部侍郎，中書門下省檢正諸房公事兼都督府諮議軍事張宗元權兵部侍郎，陞都督府參議軍事、司封員外郎蘇符試秘書少監、仍兼資善堂贊讀，右司員外郎樓炤守起居郎,右文殿修撰、提舉江州太平觀劉岑充徽猷閣待制、知池州。先是向子諲爲江東大漕,劾池州守臣右朝請大夫徐昌言軍儲弛慢。至是三省檢會,降昌言一秩而用岑。

宋李心傳《建炎以來繫年要錄》卷一百十

(紹興七年六月乙卯)左司諫陳公輔權尚書禮部侍郎,降授左朝散郎致仕王次翁令再任,秦檜之再召也。道由婺州時,次翁居于婺,與檜遇。至是起居郎樓炤爲檜言:"次翁甚貧。"兵部尚書呂祉等奏:"次翁天資孝友,履行清修,年未六十,浩然求退,召寘朝列,必有可觀。"故有是命。次翁去年四月方除湖南大制司參議官,不知何時致仕。熊克《小曆》云:"樓炤爲秦檜言:'呂頤浩,次翁郡人也。頤浩再相,而次翁困一至此。'檜笑曰:'非其類也。'"遂落致仕,以兵部郎官召之。按:紹興三年秋,頤浩在相位,次翁自廣西漕召還,會頤浩免相,次翁亦乞祠而去,比頤浩再起,又以上幙辟之,與克所云全不同,當考。又次翁此時雖落致仕,旋又得祠,明年三月方除兵部郎官,克不詳考耳。

宋李心傳《建炎以來繫年要錄》卷一百十一

(紹興七年七月)壬午,右宣教郎、直徽猷閣張滉,特賜進士出身與郡。滉奉其母至行在,上引對而命之。中書舍人張燾言:"自宣、政以來,姦臣子弟,濫得儒科。陛下方與浚圖回大業,當以公道首革前弊,滉首蒙賜第,何以塞公議?"上以浚有功,欲慰其母心。乃命起居郎樓炤行下,炤又封還。祕書省著作郎兼起居舍人何掄曰:"賢良之子,宰相之兄,賜以科第,不爲過也。"乃書黃行下。後旬日,滉引嫌復辭,尋除知鎮江府。

(紹興七年七月戊子)尚書省言:"州縣財賦率多妄用,亦或失取,緣此上供虧欠,漕計不足。"詔:"戶部逐時輪那長貳一員出外巡按,其奉行詔令違戾等事,按劾以聞。州縣財賦利病,並考究以實措置,使各條具聞奏。餘聽一面行訖,具申朝廷合行事,依本等奉使格法初。"

用樓炤請也。

宋李心傳《建炎以來繫年要録》卷一百十二

（紹興七年八月癸巳）中書舍人張燾、起居郎樓炤以嘗論駮張浚賜第事，不自安，皆求去，不許。言者繼論之，乃以燾爲集英殿修撰，提舉江州太平觀。後省題名燾以八月除職奉祠，而日曆不載。今因燾乞去，遂書之，或可移附乙未日並除兩舍人之後。

（紹興七年八月甲辰）起居郎兼權中書舍人樓炤充秘閣修撰，知溫州。炤爲言者所劾，力上疏請奉祠。上謂輔臣曰："朕固深知炤，但言者不已，恐非所以愛惜人才，宜蹔令去，除職與郡，三數月間召用未晚也。朕於人才，惟恐傷之，彈擊不已，非炤之福。"

宋李心傳《建炎以來繫年要録》卷一百十三

（紹興八年六月）己未，秘閣修撰、知溫州樓炤復爲起居郎。

（紹興八年六月）辛巳，起居郎樓炤、起居舍人勾龍如淵並試中書舍人。

宋李心傳《建炎以來繫年要録》卷一百二十

（紹興八年七月）庚子，中書舍人勾龍如淵入對。上曰："朕本用卿直學士院，而趙鼎薦吕本中，他日本中罷則用卿矣。"上又曰："卿與樓炤皆朕親擢中書，事有當論即奏來。如張致遠、吕本中皆作附麗計者，人誰不由宰相進？致遠亦太甚。"上久之曰："李授之進《易解》，朝廷議與一職名，本中毅然欲繳。既而知授之乃趙鼎爲諸生時教授也，遂已，殊可怪。"

宋李心傳《建炎以來繫年要録》卷一百二十一

（紹興八年十一月辛丑）寶文閣直學士、知台州梁汝嘉試尚書户部侍郎,中書舍人樓炤試給事中,太常少卿兼崇政殿説書尹焞權禮部侍郎兼侍講,焞固辭不拜。

(紹興八年十一月)甲辰,給事中樓炤兼直學士院。日曆無此,今以本院題名修入。

宋李心傳《建炎以來繫年要録》卷一百二十三

(紹興八年十二月)己卯,吏部侍郎晏敦復,户部侍郎李彌遜、梁汝嘉,兵部侍郎兼史館修撰兼權吏部尚書張燾,給事中兼直學士院樓炤,中書舍人兼資善堂翊善蘇符,權工部侍郎蕭振,起居舍人薛徽言,同班入對,上奏曰:秦文見正編,兹從略。上覽奏愀然變色,曰:"卿言可謂納忠,朕甚喜,士大夫盡忠如此,然朕必不至爲敵所紿。方且熟議,若決非詐僞,然後可從。如不然,當拘留其人,再遣使審問虛實。"燾等頓首謝奏。

(紹興八年十二月)庚辰,尚書右僕射秦檜見金國人使於其館,受國書以歸。前一日,從官既對,上召王倫,責其取書事。倫見北使張通古,以一二策動之,通古亦恐,遂請明日。此據勾龍如淵《退朝録》。或曰:時欲行此禮,檜未有以處,因問給事中、直學士院樓炤,炤舉《書》"高宗諒陰,三年不言"之句以對,檜悟,於是上不出,而檜攝冢宰受書。此據熊克《小曆》。

宋李心傳《建炎以來繫年要録》卷一百二十四

(紹興九年正月)丙戌,以金人來和,大赦天下。赦文曰:"乃上穹開悔禍之期,而大金報許和之約。割河南之境土,歸我輿圖;戢宇内之干戈,用全民命。"給事中、直學士院樓炤所草也。

宋李心傳《建炎以來繫年要録》卷一百二十五

(紹興九年二月癸丑)給事中、直學士院樓炤爲翰林學士。張通古之在館也，書詔填委多出於炤之筆，至是真拜。

　　（紹興九年二月己巳）翰林學士樓炤兼侍讀，權尚書工部侍郎蕭振、中書舍人劉一止兼侍講。

宋李心傳《建炎以來繫年要録》卷一百二十六

　　（紹興九年三月）辛丑，翰林學士兼侍讀樓炤爲端明殿學士、簽書樞密院事。

　　（紹興九年四月）辛亥，詔簽書樞密院事樓炤暫往陝西宣諭德意。先是呂頤浩既辭行，遂罷置宣撫使，而命炤往制置移屯等事，仍帶衛卒千人自汴京往。

　　（紹興九年四月）丁卯，簽書樞密院事樓炤辭行，命坐賜茶。

宋李心傳《建炎以來繫年要録》卷一百二十七

　　（紹興九年五月庚辰）右諫議大夫曾統言："今縣官歲入，僅足以支出，國計可謂急矣。有司既不知養財之術，又不知節制之度，豈不殆哉！且以去冬及春以來遣使之費言之，命韓肖冑報聘金國，命王倫交割地界，遣方廷實宣諭三京河南，命郭仲荀留守東都，遣周聿、郭浩宣諭陝西，遣士㒟、張燾祗謁陵寢，又命樓炤至永興等路宣布德意。凡此七使，所携官吏兵民，不知其浩費當幾何。竊聞熙寧命宰相韓絳宣諭陝西，才費十八萬緡，時論沸騰，以爲大咎。今一使之出，已數倍於昔，合而計之，不知其幾何矣！雖事有出於不得已者，而援引體例，皆非舊比。臣願檢照國朝舊遣使命則例，裁定其要，使前有所稽，後爲可繼，庶幾可以及遠。"從之。

宋李心傳《建炎以來繫年要録》卷一百二十八。又見
清徐松輯《宋會要輯稿》職官四一

　　紹興九年六月己酉朔，簽書樞密院事樓炤與東京留守王倫同檢

視修内司。下文載所見與熊克《宋中興紀事本末》卷四十八同，可參前文。

（紹興九年六月辛亥）陝西宣諭使周聿乞以赦書所免苗稅，分爲十年均減。朝論以已行難追改，乃命樓炤相度陝西合用錢關子，茶、鹽利害及見收酒稅錢，措置贍軍，仍選可爲漕臣者以聞。時新疆皆復三年租，州縣無所入，故聿請之。

（紹興九年六月丙辰）故保義郎盛修己特贈武翼郎、閤門宣贊舍人，令宿州封表其墓。以樓炤言："修己建炎間死節也。"事見建炎三年十月。

（紹興九年六月丙辰）是日，簽書樞密院事樓炤至永安軍，先謁昭、厚二陵及會聖宮。下文載所見與熊克《宋中興紀事本末》卷四十八同，可參前文。

（紹興九年六月壬申）是日，簽書樞密院事樓炤至長安，留十餘日。初，夏國主乾順所遣鄜延岐雍經略安撫使李世輔，欲從乾順借兵伐延安以復仇，因說乾順發兵可以取陝西五路，乾順信之。時有酋豪號青面夜叉者，恃衆擾邊，乃屬世輔先圖之。世輔請精兵三千，晝夜疾馳，掩至其地，擒之以歸。乾順大悅，將妻以女，世輔辭以父喪。乾順即益以兵衆，命招撫使王樞隨之，鼓行而東，至延安。延安城守，世輔曰："吾之此來，止求告捕害吾親者，延安之人何憾焉？"已而兵馬都監薛昭縋城見世輔，曰："始告捕者，蘇常、柳仲二人耳。"俄有捕其人以獻者，世輔詰之，遽服，因剖心以祭。時金國已還河南地，昭出本朝赦書以示世輔，世輔未之信。有耿煥者多識，與世輔有舊，爲言真詔也。世輔即率所部南望拜赦，因遂說夏人南歸，夏人多懷土，獨與願從者二千人來。而王樞者反說世輔還夏，世輔遂擒樞。才入境，即望闕遙拜，言："本國主喜甚，再三感聖恩，將遣使入貢。"炤聞之，因與宣諭使周聿皆以書招世輔歸朝，且命行府備差遣王晞韓護樞赴行在。此以《李顯忠行述》、熊克《小曆》、費士戣《蜀口用兵錄》參修。……趙甡之《遺史》云：……世輔心猶豫，聞樓炤宣諭陝西，將及近境，有勸世輔見炤陳叙歸朝之意者，或者曰："不可，大丈夫不就功名則已，如欲就功名，則一見樓炤宣諭，雖欲渡河不可得。"已亦會炤以書與世輔，遂見炤，炤具揚天子德意，勉世輔速歸朝廷，世輔遂與王樞偕行。

宋李心傳《建炎以來繫年要録》卷一百二十九

（紹興九年七月）辛卯，樓炤至鳳翔府。

（紹興九年七月）壬辰，彰武軍承宣使、知金州兼陝西宣諭使郭浩爲鄜延路經略安撫使兼知延安府、同節制陝西諸路軍馬，趣令以所部之任；武康軍承宣使、利州路經略安撫使、川陝宣撫使、都統制、節制成鳳州楊政爲熙河蘭鞏路經略安撫使兼知熙州；定國軍承宣使、熙河蘭廓路經略安撫使、右護軍都統制、節制階岷文龍州吳璘爲秦鳳路經略安撫使兼知秦州。仍詔郭浩、楊政、吳璘並依舊聽四川宣撫使節制。時陝西新復，永興、涇原、環慶三路，僞官張中孚、趙彬、張中彥爲帥。熙河慕容洧叛，鄜延關師古入朝，秦鳳無帥。樓炤以便宜命浩等分鎮三路，於是炤欲盡移川口諸軍於陝西。璘曰："敵反覆難信，懼有它變，今我移軍陝右，蜀口空虛。敵若自南山搗蜀，要我陝右軍，則我不戰自屈矣。當且依山爲屯，控守要害，逮敵情見力疲，漸可進據。"繇是璘、政二軍獨屯內地。時已命張中孚節制陝西諸路軍馬，故以浩副焉。

宋李心傳《建炎以來繫年要録》卷一百三十

（紹興九年八月己酉）是日，簽書樞密院事樓炤自鳳翔東歸。趙甡之《遺史》云："炤倚秦檜之勢，妄自尊大，輕忽士流，尤鄙武臣。陝西州郡多武臣爲守，炤悉令庭參而退反，請通判幕職官接席議事，軍民皆駭之。初劉豫之時，民有訴事者，執狀告官無所阻礙。炤所到州訴事者，每一狀非五千不能達，故不能盡得民心。炤貪財賄，所至厭苦之，由是失軍民之心矣。還朝無所建明，奉秦檜之意而已。"

（紹興九年八月）庚戌，樓炤言："陝西諸軍冬衣已下，成都府等路取撥十六萬匹。"上曰："蜀士頻言調發，凋弊已甚。今吳玠一軍既分屯關陝，饋運十省八九，若更能鐫減冗官，四川民力庶幾其少紓乎！"

（紹興九年八月）乙卯，樓炤奏以武臣楊順知保安軍、寇成知環州。上曰："陝西沿邊，控制夏國，最爲要害。當擇久在軍中、諳練邊事，或本土武人，方能保固障塞，民得安業。可剳付焀，令諭諸帥。"翼日，秦檜奏已行下諸帥如上旨。上曰："堡塞最沿邊急事，因神宗戒陝西諸帥，悉出手批。然於器械，則稍變古法。新法弓稍短，不能及遠，又放箭拘以法，不能中的。朕自幼年，即習騎射，如拽硬、射親，各是一法。斗力至石以上，箭落不過三五十步，如此何以禦敵耶？"熊克《小曆》云："上之英武，出於天資，其論射法，雖唐太宗未能過也。"

（紹興九年八月庚午）是日，四川制置、權主管宣撫司職事胡世將至河池。時簽書樞密院事樓焀既離鳳翔，陝西三偽帥懷不自安，掠取官私財物，爲入覲之計。右護軍都統制吳璘等言於世將曰："金人大兵屯駐河中府，只隔黃河大慶橋，敵馬日日放牧河南，騎兵疾馳三五日可到川口。吾軍就糧散在陝西，緩急不能追集，關隘經年不葺，川路糧運斷絶，此存亡危急之秋也。今朝旨不得，輒遣間探敵中動息，不知璘等家族所不敢顧，國事竟當如何？"世將具奏云云。

（紹興九年八月辛未）武功大夫、開州團練使杜平知原州。關陝之陷也，平自知原州没於偽地，金人以平知鳳翔府，累遷秦鳳等路提點刑獄公事。至是樓焀以便宜命平守故郡，許之。平言："世受國恩，既喪忠義，無顔復臨吏民。"乃以平提舉台州崇道觀。平得祠在九月辛巳。

（紹興九年八月）乙亥，雄武軍承宣使關師古爲龍神衛四廂都指揮使、行營中護軍前軍統制。師古自延安入朝，既對，遂有是命。詔：知晉寧軍折可求兼主管本軍沿邊安撫司公事，措置興復麟府州。用樓焀請也。

宋李心傳《建炎以來繫年要録》卷一百三十一

（紹興九年九月）癸未，樓焀言："川、陝既分屯人馬，已將自軍興以來創生科敷悉行蠲免，凡八十餘萬貫石。"上曰："四川久屯大兵，不無科須，今故地歸復，兵各分遣，得以減罷，遂可愛養民力矣。"上欣然喜見於色。

（紹興九年九月癸未）武經郎吳澋充環慶路兵馬都監。澋，革子也，在陝西。用樓炤請而命之。

（紹興九年十月癸丑）（喻）汝礪又言：“臣嘗謂忠義之士如玉鎮大寶，故爲天下者雖有高城巨浸以爲之防，粟糧漕庾以爲之備，良士選卒以爲之戰，而微忠義之士以爲之守，是委社稷而輸之敵也。臣竊念之，自靖康、建炎而來，將帥守宰、義夫烈婦，豈無捐軀徇國、犯患觸禍、負傑異之操如古人乎？若不及時早加褒掇，歲月荒老，無所訂正。伏願申詔史臣，採自靖康而來，蒙患死難，暴人耳目，較然不欺者，書之爲死節之士；復摭近日樓炤之所蒐訪、周聿之所論薦者，書之爲守節之士。庶幾彰國家臨危有仗節之士，勵世有消萌之術。”詔送史館。

（紹興九年十月）庚申，簽書樞密院事樓炤自陝西還行在，炤乞罷政以奉親，上不許。

（紹興九年十月庚午）右修職郎、陝西都轉運司主管文字王湛令赴行在。湛，商州人，略通書史，多機數。避難入蜀，守將邵隆亦在蜀中，湛屈己事之。隆知商州，湛亦隨歸，漸補以官。至是用樓炤薦召。

此據徐夢莘《會編》修入。夢莘又云：“隆料金人有歸河南之意，然不久必復取之，乃作料理河南之策，授湛使詣行在。湛改爲己文，以見樓炤，炤未之信。既而金人許割三京地，炤大驚，以白秦檜。檜喜，薦湛，改官爲樞密院編修官，隨炤往陝西宣諭。”按夢莘所云與史不合，今姑附此。或是隆料金人復取三京，因湛召還，授以此策。而夢莘所記小差，更須參考。

（紹興九年十月）乙亥，簽書樞密院事樓炤乞賜告省侍於明州。上謂宰執曰：“群臣之有親者，朕未嘗奪其情。昨蕭振以親爲言，亦令奉親而來，庶使不失爲臣爲子之道。今炤可給假迎侍。”秦檜曰：“陛下愛親之心施及臣下，臣等不勝感歎。”

宋李心傳《建炎以來繫年要録》卷一百三十二

（紹興九年十一月壬辰）左承事郎姚邦基特改左奉議郎。樓炤之出使也，言邦基不仕僞豫之節，故召對而命之。邦基先見建炎四年九月。

（紹興九年十一月）癸卯，詔樓炤疾速赴行在。熊克《小曆》載此事於十一月辛酉。按十一月無辛酉，辛酉乃十二月十五日。炤不應許時未還，今從日曆。

宋李心傳《建炎以來繫年要録》卷一百三十三

（紹興十年正月）戊子，僉書樞密院事樓炤請泛印錢引者徒二年，不以赦免，從之。尋以乏贍軍，泛印復如故。

宋李心傳《建炎以來繫年要録》卷一百三十四

（紹興十年六月壬戌）端明殿學士、僉書樞密院事樓炤以父右通政大夫居明卒去位。

宋李心傳《建炎以來繫年要録》卷一百三十六

（紹興十二年八月）丙寅，皇太后渡淮。王明清《揮麈後録》云："紹興壬戌夏，顯仁皇后自金中南歸。……初樓炤仲輝自樞府以母憂去位，終制起帥浙東，儲之欲命謝于金廷。至是秦爲王營救回護，謂宜遣柄臣往謝之，于是輟仲輝之行，以爲報謝使，以避上怒。"

（紹興十二年九月乙未），端明殿學士樓炤陞資政殿學士，知紹興府，將遣使北也。

宋李心傳《建炎以來繫年要録》卷一百四十六

（紹興十二年）十有一月己丑朔，檢校少傳、崇信軍節度使、萬壽觀使張浚以赦恩封和國公。時政寓居長沙，益屋六十楹以奉其母。萬俟卨爲中執法，論浚卜宅踰侈，至擬五鳳建樓。秦檜白，遣屯田員外郎吳秉信以事至京湖，有所按檢。庚寅，詔特引對，秉信造浚，見其所居不過中人常産可辦，反以檜意密告之，歸而奏其實事，遂寢。

《日曆》：十一月庚寅有旨："吳秉信令閤門引見上殿。"甲午，屯田員外郎吳秉信前去京西等路幹辦公事，引見進對，不知何事也。朱熹撰《張浚行狀》云："檜既外交仇讎，罔上自肆，惡嫉正論,諱言兵事,自以爲時已太平,日爲浮文侈靡,愚弄天下,獨忌公甚。中丞萬俟卨希檜旨,論卜宅僭擬,至仿五鳳建樓,公不以爲然。檜遣朝士吳秉信以使事至湖南有所案驗,且以官爵誘之。秉信造公,見其居不過中人常産可辦,不覺嘆息,反密以檜意告公而歸,且奏其實,檜黜秉信。"按《日曆》,秉信今年十二月己未遷密院檢詳,此時使尚未回,所謂"以官爵誘之"者是也。然秉信十四年二月除右司員外郎,其制詞云:"庀官樞省之聯,案視湘潭之境。勤勞靡憚,詳練有聞。"後一十餘日又遷起居舍人,則非使還即被黜矣。其年五月,樓炤罷,言者指秉信爲炤黨,罷右史知江州,不知熹何以云爾。且附此,更須詳考。

宋李心傳《建炎以來繫年要録》卷一百四十七

(紹興十四年二月癸未)少傅、鎮潼軍節度使、江南東路安撫制置大使、判建康府兼行宮留守、信安郡王孟忠厚,與資政殿學士、知紹興府樓炤兩易。

(紹興十四年二月)己酉,資政殿學士、新知紹興府樓炤過關入見,即日除簽書樞密院事兼權參知政事。

(紹興十四年五月)甲子,資政殿學士、簽書樞密院事兼權參知政事樓炤罷。御史中丞李文會、右諫議大夫詹大方論炤:"素無繩檢,交結蔡京,亟改京秩,其帥紹興,不恤國事,溺愛二倡。"詔以本職提舉江州太平觀。

(紹興十四年五月)乙丑,御史中丞兼侍讀李文會言:"權尚書禮部侍郎兼侍講高閌,初爲蔡攸之客,媚蔡京以求進,復録程頤之學,徇趙鼎以邀名。權工部侍郎王師心,奉使大金,專務嗜利。起居舍人吳秉信,機巧便利,專結樓炤。此三人者若久在朝,必害至治。"詔以閌知筠州,師心知袁州,秉信知江州。

宋李心傳《建炎以來繫年要録》卷一百五十一

(紹興十四年十二月)丁酉,端明殿學士、簽書樞密院事李文會罷。御史中丞楊願、殿中侍御史汪勃、右正言何若共劾文會:"憸邪害政,自登言路,每論一人,必遣家僕密送于門外,曰此出上意。及爲御史，又與王文獻締交，俾游説于外。私養臺吏，伺臺中章疏，梟心虺志，無所不爲。陛下講修鄰好之時，儻使姦險小人尚在政地，獸窮則搏，必致爲國生事，此固有當繫於聖慮者。”疏六上，詔文會落職，依前左朝奉郎、提舉江州太平觀。願等反攻之，詔文會筠州居住。自秦檜再居相位，每薦執政，必選世無名譽、柔佞易制者，不使預事，備員書姓名而已。百官不敢謁執政，州縣亦不敢通書問。如孫近、樓炤、萬俟卨、范同、程克俊及文會等，不一年或半年必以罪罷。尚疑復用，多使居千里外州軍，且使人伺察之。呂中《大事記》：“自孫近參政，而執政特備員書姓名而已。百官不敢謁政府，州郡不敢通書問，若韓肖胄以至施鉅、鄭仲熊二十一人，皆不一年或半年，誣以罪罷之，而政府之權在檜矣。”

　　　　　宋李心傳《建炎以來繫年要録》卷一百五十二

　　（紹興二十年二月庚寅）右正言章廈論太常寺主簿、權吏部員外郎葉綝頃爲李光所私，及光抵罪，常懷怏怏，又嘗私親舊將，受其賄賂，望賜罷斥，以清華轍。從之。丙申，詔：責授建寧軍節度副使、昌化軍安置李光永不檢舉；右承務郎李孟堅特除名，峽州編管。先是，孟堅以小史事繫獄，至是獄成。光坐主和議反覆，後在貶所，常出怨言，妄著私史，譏謗朝廷，意在播揚，僥倖復用。及與趙士㒟於罷政後往來交結。孟堅亦爲父兄被罪責降，怨望朝廷，記念所撰小史，對人揚説，故有是命。於是前從官及朝士連坐者八人。徽猷閣直學士致仕胡寅坐與光通書，朋附交結，譏訕朝政。龍圖閣學士、提舉江州太平興國宫程瑀坐初除兵部侍郎日，以縑帛遺光，且貽書云：“比來無知愚，皆以視前爲戒，可爲嘆息。”徽猷閣待制、提舉江州太平興國宫潘良貴坐嘗以團茶寄光，光貽良貴書，其別紙云：“仲暉不敢作書，患難至，能出一隻手乎？”仲暉，樓炤字也。良貴答書曰：“參政患難至此極矣，更以道自處，仲暉別紙已付之，但恐時未可耳。”直秘閣宗潁坐嘗寄光書云：“孤寒寡援，方賴鈞庇，忽聞遠適，豈勝惶駭！本欲追路一

見,失於探伺,不果如願。"寶文閣學士、提舉江州太平興國宮張燾,左
承議郎、新知邵州許忻,左朝奉大夫、新福建路安撫使參議官賀充中,
左奉議郎、福建路安撫主管機宜文字吳元美,坐各與光相知密熟,書
劄往來,委曲存問,意光再用,更相薦引。詔:寅特落職,瑀、良貴、穎
並降三官,燾、忻、充中、元美並降二官。

宋李心傳《建炎以來繫年要錄》卷一百六十一

紹興二十有六年_{歲次丙子,金海陵煬王亮正隆元年}春正月_{按是月癸卯朔}丁
未,資政殿學士、提舉江州太平興國宮樓炤知宣州。

宋李心傳《建炎以來繫年要錄》卷一百七十一

(紹興二十六年十二月丙午)詔:諸縣保正長並將上戶斟酌定差,
下戶止輪充大保長。用資政殿學士、知宣州樓炤請也。《日曆》不載,此以
王師心《看詳狀》修入。二十八年六月己丑不行。

宋李心傳《建炎以來繫年要錄》卷一百七十五

(紹興二十八年二月丙申)賜資政殿學士、知宣州樓炤提舉臨安
府洞霄宮,從所請也。

宋李心傳《建炎以來繫年要錄》卷一百七十九

(紹興二十九年八月)戊寅,資政殿學士、提舉臨安府洞霄宮樓炤
知廣州。

宋李心傳《建炎以來繫年要錄》卷一百八十三

(紹興三十年三月)癸未,資政殿學士、新知廣州樓炤薨。後謚
"襄靖"。

宋李心傳《建炎以來繫年要錄》卷一百八十四

（紹興十一年四月）王湛爲節制陝西諸路軍馬兼措置河東忠義參議官。王湛，字彦清，商州人，略讀書史，受業不專，多機尚詐。避兵於川中，會邵隆退在川中，湛屈己奉之。隆知商州，湛亦隨隆歸商州，漸補以官。隆料金人有交還河南之意，不久必復取之，乃作料理河南之策，書寫成帙授湛，使詣行在。湛至行在，匿隆所授之文，改爲己，投贄而見樓炤，炤未之信。既而金人許割三京地，炤大驚，以湛所投贄於宰相秦檜。檜喜，荐湛改官爲樞密院編修官，隨炤宣諭陝西。回金人敗盟，用爲節制司參議官。

宋徐梦莘《三朝北盟會編》卷二百六

（秦）檜兩居相位，凡十九年，每薦執政，必選世無名譽、柔佞易制者，不使干與政事，備官而已。百官不敢謁政府，州縣亦不敢通書問。若孫近、韓肖冑、樓炤、王次翁、范同、萬俟卨、程克俊、李文會、楊願、李若谷、何若、段拂、汪字、詹大方、余堯弼、巫伋、章夏、宋樸、史才、魏師遜、施鉅、鄭仲熊，皆不一年半年，誣以罪罷之。尚疑復用，多使居千里外。

宋徐梦莘《三朝北盟會編》卷二百二十

（紹興二年五月）丙戌，詔置修政局。時尚書左僕射吕頤浩既督軍于外，右僕射秦檜乃奏設此局。命檜提舉，而參知政事翟汝文同領之，又以尚書户部侍郎黄叔敖爲參詳官，起居郎胡世將、太常少卿王居正爲參議官，尚書右司員外郎吳表臣、屯田員外郎曾統、兵部員外郎樓炤、考功員外郎張嵲並爲檢討官，置局如講議司故事。

宋留正《皇宋中興兩朝聖政》卷十一

（紹興二年八月）辛亥，侍御史江躋、左司諫吳表臣並罷。壬子，程瑀、胡世將、劉一止、張嵲、林待聘、樓炤並落職與宮觀，皆坐秦檜黨,爲呂頤浩所斥也,自是臺省一空矣。

宋留正《皇宋中興兩朝聖政》卷十二

(紹興八年十二月)丁丑,起居郎劉一止試中書舍人,司農寺丞莫將賜同進士出身,除起居郎。都省翻黃下,吏部兼權吏部尚書張燾、試吏部侍郎晏敦復言:"仰惟陛下聖孝天至,痛梓宮之未還,念兩宮之未復,不憚屈己與敵議和,夙夜焦勞懇切,孜孜汲汲,惟恐後時。特以衆論未同,故未敢輕屈爾。幸而日者上自朝廷,下逮百執事之臣,小大一心,無復異議,朝夕進退,從容獻納。庶幾天聽爲回,卒不致屈,此宗社之福也。彼施庭臣乃務迎合,輒敢抗章,力贊此議,姑爲一身進取之資,不恤君父屈辱之耻,覈實定罪,殆不容誅,乃由察官超擢御史。夫御史府,朝廷紀綱之地,而陛下耳目之司也。前日勾龍如淵以附會此議而得中丞,衆論固已嗤鄙之矣。今庭臣又以此而躋橫榻,一臺之中,長貳皆然,既同鄉曲,又同腹心,惟相阿附,變亂是非,豈不紊國家之綱紀,蔽陛下之耳目乎?衆論沸騰,方且切齒,而莫將者又以此議由寺丞而擢左史。如淵、庭臣庸人也,初無所長,但知觀望。而將姦人也,考其平昔,奚所不爲?陛下奈何遽與此輩斷國論乎?至於議和,則王倫實爲謀主,彼往來北庭至再四矣。今其爲言,自已一二事之端倪,蓋亦可見自朝廷有屈己之議,上下皆已解體。儻成屈己之事,則上下必至離心,人心既離,何以立國?伏願陛下戒之重之,所有施庭臣、莫將除命,更合取自聖旨指揮。"於是將、庭臣皆不敢拜。時張燾既力詆拜詔之議,秦檜患之,燾亦自知言切,恐得罪,遂托疾在告。檜使樓炤諭之曰:"北扉闕人,上欲以公爲直院,然亦假途耳,公疾平,宜早出。"燾大駭曰:"果有是言,愈不敢出矣。燾乃不主和議者,若使草國書,豈能曲徇意旨哉?燾嘗思之,不過一去,今日之事其去在我?一受遷官,他日以罪去,則事由人矣。"檜不能奪,遂止。

(紹興八年十二月)庚辰,尚書右僕射秦檜見金國人使于其館,受國書以歸。前一日,從官既對,上乃召王倫責其取書事。倫見北使張通古以一二策動之,通古亦恐,遂請用明日。或曰時欲行此禮,檜未有以處,因問給事中樓炤,炤舉《書》"高宗諒陰,三年不言"之句以對,檜悟。於是上不出,而檜攝冢宰受書。通古猶索百官備禮迎其書,檜乃令三省樞密院吏朝服乘馬導從。時上特以皇太后故,俯從敵約,而檜必欲屈己,天下咎之。

宋留正《皇宋中興兩朝聖政》卷二十四

(紹興九年六月)壬申,簽書樞密院事樓炤至長安,留十餘日。李世輔因遂說夏人南歸,夏人多懷土,獨與願從者二千人來。炤聞之,因與宣諭,使周聿皆以書招世輔歸朝。

(紹興九年)八月己酉,復淮南諸州學官員。簽書樞密院事樓炤自鳳翔東歸。

宋留正《皇宋中興兩朝聖政》卷二十五

(紹興十年六月)壬戌,簽書樞密院事樓炤以父居明卒去位。

宋留正《皇宋中興兩朝聖政》卷二十六

(紹興九年)三月辛丑,樓炤簽書樞密院事。<small>自翰林學士承旨、知制誥除。</small>四月,上以陝西新復,不宜置宣撫使,當遣大臣諭以德意,乃詔簽書樞密院事樓炤往焉。

(紹興十年)六月甲子,樓炤罷簽書樞密院事。<small>以父憂去位。</small>

宋徐自明《宋宰輔編年錄》卷十五

(紹興十四年二月)是月,樓炤簽書樞密院事。<small>自資政殿學士、新知建康府除,尋兼權參知政事。</small>五月甲子,樓炤罷簽書樞密院事。御史中丞李文會等論:"端明殿學士、簽書樞密院事樓炤不可以居政塗。"甲子,詔

107

罷,依舊職提舉江州太平觀。

　　(秦)檜兩居相位凡十九年,每薦執政,必選世無名譽、柔佞易制者,不使干預政事,備員而已。百官不敢謁政府,州縣亦不敢書問。若孫近、韓肖胄、樓炤、王次翁、范同、萬俟卨、程克俊、李文會、楊願、李若谷、何若、段拂、汪勃、詹大方、余堯弼、巫伋、章夏、宋樸、史才、魏師遜、施鉅、鄭仲熊等,皆不及一年或半年,誣以罪罷之。尚疑復用,多是居千里外州軍,且使人伺察之。是時得兩府者不以爲榮,檜内深阻如崖穽不可測,喜贓吏,惡廉士,通饋遺。四方大帥、監司郡守饋獻者無虚日。凡欲投書啓者,以皋夔稷卨爲不足比擬,必曰"元聖",或曰"聖相"。

宋徐自明《宋宰輔編年録》卷十六

　　左司諫吳表臣論"勝非不可用,安國不當責",於是與張燾、程瑀、胡世將、劉一正、林待聘、樓炤等二十餘人,皆坐檜黨,並落職罷官。云應天變,除舊布新之象,臺省爲之一空。安國强學力行,以聖人爲標的,志於康濟時艱,見中原淪没,常若痛切於身。雖以罪去,其愛君憂國之心,遠而彌篤,每有君命,即置家事不問。然風度凝遠,蕭然塵表,視天下萬物無一足以嬰其心。故渡江以後儒者,進退合義,以安國、尹焞爲首。謝良佐嘗曰:"胡康侯如大冬嚴雪,百草痿死,而松柏挺然獨秀者也。"

元陳桱《通鑒續編》卷十五

　　秦檜未見國書,疑爲封册,欲帝屈己以受之。帝曰:"朕嗣守太祖、太宗基業,豈可受金人封册?"於是朝論籍籍。楊沂中、解潛、韓世良相率見檜,曰:"軍民洶洶,若之何?"退又白之臺諫。中丞勾龍如淵詣都堂與檜議,召倫責之曰:"公爲使,通兩國好,凡事當於彼中反覆論定,安有同使至而後議者?"倫泣曰:"倫涉萬死一生,往來虎口者數四,今日中丞乃責倫如此。"檜等共解之,曰:"中丞無他,亦欲激公了此事耳。"倫曰:"此則不敢不勉。"如淵謂檜曰:"但取金書納之禁中,則禮不行而事定。"給事中樓炤亦舉"諒陰三年"事以告檜,遂以檜攝冢宰,詣館受書。

監察御史施廷臣、司農丞莫將,附秦檜抗章,力贊和議,檜擢用之,朝論大駭。吏部尚書張燾率侍郎晏敦復上疏切諫,於是二人皆不敢受命。檜患之,使樓炤諭以美官,燾終不易前論。

(紹興九年三月),以樓炤僉書樞密院事。夏四月,命樓炤宣諭陝西諸路。

李世輔至夏,夏人問其故,世輔泣言:"父母妻子之亡,切齒疾首,恨不即死,願得二十萬人生擒撒離喝,取陝西五路歸於夏,世輔亦得報不共戴天之讐!"夏主曰:"爾能立功,則不靳借兵。"時有酋豪號青面夜叉者,久爲夏國患,乃令世輔圖之。世輔以三千騎晝夜疾馳,奄至其帳,擒之乃還。夏主大悅,即出二十萬騎,以文臣王樞、武臣嚛訛爲陝西招撫使,世輔爲延安招撫使。世輔至延安,總管趙惟清大呼曰:"鄜延今復歸宋,已有赦書。"世輔取赦文觀之,因與官屬列拜大哭,乃以舊部八百餘騎往見王樞、嚛訛,諭之曰:"世輔已得延安府見講和赦書招撫,可以本部軍歸國。"嚛訛不從,曰:"初經略乞兵來取陝西,今既到此,乃令我歸耶?"世輔知勢不可,乃出刀斫嚛訛不及,擒王樞縛之。夏人以鐵鷂子軍來,世輔以所部拒之,馳揮雙刀,所向披靡,夏兵大潰,殺死蹂踐無慮萬人,獲馬四萬匹。世輔揭牓招兵,每得一人,予馬一匹,旬日間得驍勇少壯者萬人,乃擒害其父母弟姪者,斬於東市。行至鄜州,有馬步軍四萬餘,吳玠遣張振撫諭之,曰:"兩國見議和好,不可生事。"世輔遂見玠於河池,玠遣詣樓炤於長安,炤承制以爲護國軍承宣使、樞密行府前軍都統制,送之行在。世輔乃率部下三千南來,帝撫勞再三,賜名顯忠。

樓炤承制以楊政爲熙河經略使,吳璘爲秦鳳經略使,屯興元,以保蜀;郭浩爲鄜延經略使,屯延安,以守陝。

（紹興九年八月）樓炤還自鳳翔。

（紹興十年六月）樓炤以父喪去位。

元陳桱《通鑒續編》卷十六

（紹興）十四年二月,萬俟卨罷,以樓炤僉書樞密院事。五月,樓炤罷,以李文會僉書樞密院事。

元陳桱《通鑒續編》卷十七

（紹興八年十一月）辛丑,詔:金國遣使入境,欲朕屈己受和,在朝侍從臺諫,其詳思條奏和好得失。於是（曾）開與從官張燾、晏敦復、魏矼、李彌遜、尹焞、梁汝嘉、樓炤、蘇符、薛徽言,御史方廷實,館職胡珵、朱松、張擴、凌景夏、常明、范如圭、馮時中、許忻、趙雍,皆極言不可和。

明薛應旂《宋元資治通鑒》卷三十三

（紹興十年六月）壬戌,樓炤罷。

（紹興十四年）二月丙午,萬俟卨罷,以樓炤簽書樞密院事。初卨自金還,秦檜假金人譽己數千言,屬卨以聞,卨難之。他日,奏事退。檜坐殿廬中批上旨,輒除所厚者官吏鈐紙尾進,卨曰:"不聞聖語。"卻不視。檜大怒,自是不交一語。諷言官李文會、詹大方論之,卨遂求去。

明薛應旂《宋元資治通鑒》卷三十四

（紹興十四年）五月乙丑,李文會劾樓炤,罷之,遂命文會代炤。自是執政免,即以言者代之。

明薛應旂《宋元資治通鑒》卷三十五

（紹興九年十月）甲寅，樞密行府準備差遣王晞韓以夏國招撫使王樞至行在。樓炤言："陝西新復，正與夏國爲鄰，此等留之無益，還之可使知恩。"乃詔閤門引見，令臨安府燕犒，差行在官館伴。秦檜又召樞至都堂，諭以講和意，並還近所獲夏人之俘百九十人歸之。仍命晞韓伴送樞至境上。

清畢沅《續資治通鑒》卷一百二十二《宋紀》

（紹興）二年六月，秦檜罷。時呂頤浩爲左相，檜爲右相。會桑仲上疏："願以所部收復京師，乞朝廷舉兵爲聲援。"頤浩信之，屢請出師。檜時已有傾頤浩之意，因諷人言："周宣王內修外攘，故能中興，今二相宜分任內外。"於是帝諭頤浩及檜曰："頤浩治軍旅，檜理庶務，如种、蠡分職可也。"乃命頤浩都督江淮荊浙諸軍事，開府鎮江。帝謂給事中程瑀曰："頤浩熟於軍事，在外總諸將，檜在朝廷，庶幾內外相應。然檜誠實，但太執耳。"瑀對曰："如求機警能順旨者，極不難得，但不誠實則終不可倚。"帝然之。頤浩至常州，桑仲已爲霍明所殺，前軍將趙延壽復叛，遂稱疾不進，尋召還行在。初胡安國嘗聞游酢論檜人才可方荀文若，故力言檜賢於張浚諸人。檜入相，安國時爲給事中。呂頤浩既還，憾檜傾己，欲去之，問計于席益，益曰："目爲黨可也。今黨魁胡安國在瑣闥，宜先去之。"會頤浩薦朱勝非代己都督，命下，安國奏："勝非正位冢司，值苗、劉肆逆，貪生苟容，辱逮君父。今強敵憑陵，叛臣不忌，用人得失，係國安危，深恐勝非上誤大計。"帝爲罷都督之命，改兼侍讀，安國復持錄黃不下。頤浩特命檢正黃龜年書行，安國爭之，遂落職，提舉仙都觀。侍御史江躋、左司諫吳表臣論："勝非不可用，安國不當責。"於是與張燾、程瑀、胡世將、劉一止、林待聘、樓炤等二十餘人皆坐檜黨落職，檜亦自求去。

（紹興八年）十一月戊戌，王倫入見。辛丑，詔曰："金國遣使入境，欲朕屈己就和，命侍從臺諫詳思條奏。"於是直學士院曾開當草國

111

書,辨視體制非是,論之不聽,遂請罷,改兼侍講。秦檜以溫言慰之曰:"主上虛執政以待。"開曰:"儒者所爭在義,苟爲非義,高爵厚禄弗顧也,願聞所以事敵之禮。"檜曰:"若高麗之於本朝耳。"開曰:"主上以盛德登大位,公當强兵富國、尊主庇民,奈何自卑辱至此? 非開所聞也。"復引古誼折之,檜大怒,曰:"侍郎知故事,檜獨不知也?"開又詣都堂,問計果安出? 檜曰:"聖意已定,又何言? 公自取大名而去,如檜,但欲濟國事耳。"開乃與從官張燾、晏敦復、魏矼、李彌遜、尹焞、梁汝嘉、樓炤、蘇符、薛徽言,御史方廷實,館職胡珵、朱松、張擴、淩景夏、常明、范如圭、馮時中、趙雍,皆極言不可和。

(紹興八年)十二月己未,以李光參知政事。秦檜既定和議,將揭榜,以吏部尚書李光有人望,欲藉之同押榜,以息浮議,乃請於帝而用之。光既受命,遂於尚書省榜諭:"金國使來,盡割河南、陝西故地,通好於我,許還梓宫及母兄親族,餘無需索。"時檜以未見國書疑封册,白帝。帝曰:"朕嗣守祖宗基業,豈受金人封册?"於是楊沂中、解潛、韓世良見檜,曰:"朝議籍籍,軍民洶洶,若之何?"退又白之臺諫。中丞勾龍如淵謂檜曰:"但取金書納之禁中,則禮不行而事定。"給事中樓炤亦舉"諒陰三年"事以告檜,遂以檜攝冢宰,詣館受書。而王倫亦以計説張通古,通古從之。檜至館見通古,受其書。通古欲百官備禮,檜使省吏朝服導從,以書納於禁中。

(紹興)九年春正月丙戌,以金人通和,大赦河南新復州軍,直學士院樓炤草赦文,略曰:"上穹開悔禍之期,大金報許和之約。割河南之境土,歸我輿圖;戢宇内之干戈,用全民命。"張浚在永州上疏言:"燕雲之舉,其鑒不遠。虜自宣和以來,挾詐反覆,傾我國家,蓋非可結以恩信者。借令虜中有故,上下紛雜,天屬盡歸,河南遂復,我必德其厚賜,謹守信誓。數年之後,人情益懈,士氣漸消,彼或内變既平,指瑕造釁,肆無厭之欲,發難從之請,其將何辭以對? 顧事理可憂,又有甚於此者。陛下積意兵政,將士漸乎,一旦北面事虜,聽其號令,小大將帥,孰不解體?蓋自堯舜以來,人主奄有天下,非兵無以立國,未聞委質可以削平禍難者也。"前後凡五上疏,皆不報。

明陳邦瞻《宋史紀事本末》卷十七

(天眷)二年夏四月己卯,宋遣使謝河南地。<small>考異:《繫年要錄》云:"正月,以金講和,下赦文,略曰:'乃上穹開悔禍之期,而大金報許和之約。割河南之境土,歸我輿圖;戢宇内之干戈,用全民命。'樓炤筆也。"《東南述聞》以爲檜門客所代草。畢沅《續通鑑》云:"正月,王倫簽書,充迎奉梓宮兩宮交割地界使,藍公佐爲副,與報謝使副韓肖胄、錢恫偕住,許歲貢銀絹各五十萬兩疋。尋以倫爲東京留守。三月,宗弼由沙店渡河之祁州,移行臺於大名。"</small>

(天眷)四年春正月癸丑朔,宋遣使來賀。己未,以宋使王倫爲平州轉運使。既受命復辭,罪其反覆,誅之。<small>考異:薛應旂《通鑑》云:"光宗紹熙元年十二月,賜王倫謚曰節愍。"湘山樵夫《紹興正論》:"時力排和議者,張浚、趙鼎、胡銓、胡寅、連南夫、張戒、常同、呂本中、張致遠、魏矼、張絢、曾開、李彌遜、晏敦復、王庶、毛叔度、范如圭、汪應辰、許忻、方廷實、韓訓、陳鼎、馮時行、洪皓、沈長卿、陳康伯、張壽、陳括、陳剛中,均坐貶謫。見《北盟會編》。"按:靖康初不主者李綱,而岳飛終身不主和議,被禍尤烈,均未載。汪應辰當海陵敗盟後,獻復和策,宜削而不書。又《南宋書》尚有尹焞、蘇符、薛徽言、方廷實、胡珵、朱松、張擴、凌景夏、常明、張九成、喻樗、樊光遠、元盥、梁汝嘉、樓炤,亦失載。趙彦衛《雲麓漫鈔》云:"韓紃,字子禮,紹興八年任潭州判官,上書論和議之非,知州李昭祖得其副本,申朝廷,得旨:'韓紃小官,動搖國是,編管循州。'後爲將官韓京所陷,舉家死。"</small>

清李有棠《金史紀事本末》卷七

丁亥,乾順殂,謚曰聖文皇帝,廟號崇宗。子仁孝嗣立。宋以其屬金,廢封册。秋八月乙亥,樓炤奏以保安軍寇成知環州。帝曰:"陝西沿邊,控制夏國,最爲險要,當擇久在軍中者。"己未,帝又諭大臣曰:"夏人乍臣乍叛,尤難保恃。今日邊防,尤不可忽。"冬十月甲寅,樞密行府準備差遣王晞韓以夏國招撫使王樞至行在。樓炤言:"陝西新復,正與夏國爲鄰,此等留之無益,還之可使知恩。"乃詔閤門引見,令臨安府燕犒,差行在官館伴。秦檜又召樞至都堂,諭以講和意,并還近所獲夏國之俘百九十人歸之,仍命晞韓伴送至境上。晞韓,興化軍人,宣和六年進士。樓炤宣撫關陝,辟爲屬,改京秩。朝廷欲借兵西夏,犄角金人,至是管押生番人口歸夏,道無疏虞。嘗和宣諭陝西方庭實詩云:"誰憐定遠不生還,驛騎翩翩出漢關。未肯西風回馬首,要傳飛檄過千山。"其風趣如此。

清張鑒《西夏紀事本末》卷三十三

(紹興)八年三月十七日,左朝奉大夫、試刑部尚書兼侍讀胡交修,翰林學士、左朝奉、知制誥兼侍講、資善堂翊善朱震,左奉議郎、試御史中丞周秘,右朝奉大夫、試戶部侍郎梁汝嘉,左朝請大夫、試工部侍郎兼侍講趙霈,左朝散大夫、試給事中兼直學士院兼侍講胡世將,左朝散郎、試中書舍人張燾,左朝奉大夫、權戶部侍郎兼詳定一司勅令王俁,左朝請郎、權禮部侍郎兼侍講吳表臣,左朝奉大夫、權禮部侍郎陳公輔,左朝請郎、守起居郎兼權中書舍人樓炤狀:狀文見正編《詳議徽宗皇帝祔廟配饗功臣奏》,兹從略。詔:依,令學士院降詔。

清徐松輯《宋會要輯稿》禮五九

(紹興九年)八月二十五日,簽書樞密院事樓炤言:狀文見正編《乞旌賞福德禪寺及雲臺觀奏》,兹從略。詔:各賜錢二千貫,令本路轉運司支給。

清徐松輯《宋會要輯稿》禮一一

僉書樞密、累贈太傅樓炤,諡襄靖。

清徐松輯《宋會要輯稿》禮五九

(紹興九年)四月,詔:簽樞樓炤往永興宣諭,秘少鄭剛中爲參謀,予衛卒千人。因制置移屯等事,宣諭之權,自此重矣。

(紹興九年)四月二日,詔:差簽書樞密院事樓炤前去宣諭陝西諸路新復境土，所有隨行合用軍馬，令殿前司差官兵一千人，將官二員，內馬軍一百人。其經過州縣，慮有嘯聚盜賊，令樞密院給降招撫金字牌、旗牓一十副，并令學士院降詔付陝西逐路州軍帥守施行。

（紹興九年四月）十五日，詔：已差簽書樞密院事樓炤往陝西諸路宣諭德意，合措置事非一，可令就便詢究，不拘三省、樞密院事，並逐一措置聞奏。

清徐松輯《宋會要輯稿》職官四一

（紹興九年）七月十七日，臣僚言："諸路常平錢物，昨罷提舉官，不無陷失。近既設官主管，而命經制司領之。若使本司常切拘催奉行，不許諸司支借移用，則此一司所積，緩急亦不爲小補。但其間有近降指揮令解付行在者，計天下諸司錢物亦多矣。雖未能盡如古人三分以一爲凶年之備，獨不可損此一項邪？蓋州縣之間有此一項錢物，豐年增價以糴，凶年減價以糶，物價自平，農末俱利。所濟既多，而又有以備朝廷之緩急，何苦而不爲？近見楚州乞將漣水縣所有常平錢五百貫文，準備奉迎兩宮及樞密樓炤宣諭回日支遣，户部已申明許行支用。夫楚州雖闕乏，何至少此五百緡哉！政恐開此端緒，使州縣各自侵用，非户部所當爾也。臣愚欲望聖慈特詔常平一司錢物，並遵守户部右曹敕條，雖內有近降指揮許解行在者，並令依舊法於所在處椿管，不許支用移易。仍追寢楚州許用常平錢指揮，庶幾有以爲國家根本之計，不勝幸甚！"詔令户部遵守見行條法。

清徐松輯《宋會要輯稿》職官四三

（紹興十四年）五月十四日，資政殿學士、左朝奉大夫、簽書樞密院事、同提舉詳定一司勅令樓炤罷爲提舉江州太平觀，職名仍舊。以臣僚論列故也。

清徐松輯《宋會要輯稿》職官七八

（紹興）九年七月十四日,時上諭輔臣曰:"陝西土彊已復,兵食最爲急務,首當經理營田,以爲積穀養兵之計。可令樓炤便宜措置。"

清徐松輯《宋會要輯稿》食貨二

紹興二十六年十二月九日,都省批下江東常平司申,相度到知宣州樓炤陳請,欲將上户斟酌定差,下户止輪差充大保長指揮。

清徐松輯《宋會要輯稿》食貨六五

（紹興）九年八月八日,僉書樞密院事樓炤言:"乞差楊順知保安軍,寇成知環州。"上宣諭曰:"陝西沿邊諸堡寨,自來控制夏國,最爲利害,尤當遴擇久在軍中、諳練邊事,或本土武人,方能保固障塞,沿邊細民得以安業。可劄付樓炤曉諭諸帥臣。"秦檜等退,竊歎:"主上留意疆場,愛惜生靈,可謂明見萬里之外。"

清徐松輯《宋會要輯稿》兵二九

紹興間,左史樓炤請命從臣舉監司,上從之。已而謂輔臣曰:"朕當書之屏風,以時揭貼。"

宋王應麟《玉海》卷九十一《器用》

（紹興）九年,復陝西。四月,詔簽樞樓炤往永興宣諭,秘少鄭剛中爲參謀,予衛卒千人,因制置移屯等事,宣諭之權自此重。

宋王應麟《玉海》卷一百三十二《官制》。又見清張英等
《淵鑒類函》卷一百九《設官部》四十九

兵部侍郎張燾力詆拜詔之議,秦檜患之。燾託疾在告,檜使樓炤諭之曰:"北扉闕人,上欲以公爲直院,宜早出。"燾大駭曰:"愈不敢出矣,若使草國書,豈能曲狗意旨哉?燾嘗思之,不過一去!"檜不

能奪,遂止。

> 宋謝維新《古今合璧事類備要》後集卷三十六《部門》。
> 又見宋佚名《翰苑新書》前集卷十八、元佚名《群書通
> 要》戊集卷五《官制門》、明彭大翼《山堂肆考》卷四十九
> 《臣職》、明陳耀文《天中記》卷三十一

紹興,金國使持盟書,要玉輅以載,百官朝服,迎於麗正。檜使人
諭以玉輅非祀天不用,且非可載書。輅雖不用,北使心欲百官迎拜,
檜許之。翌日,命省吏雜以緋紫,迎拜於麗正,班如儀。北使造庭,又
訝百官以立班上。既受書畢,百官呵殿綴北使以出。北使見向之緋
紫諸吏猶立於門,始悟秦計。又敵人至庭,必欲上興躬下殿受書,左
右相顧,莫敢孰何。時王汋在班內,起而語敵曰:"爾實有書無書?"敵
遂出書示之,汋奪書而進。敵計屈,歸其國,以生事被誅云。紹翁據
勾龍如淵《退朝錄》:紹興八年十二月二十七日己卯,上召王倫入,責
以取書事輕脫。倫見北使於館,以二策動之,北使皇恐,遂許。明日,
上詔宰執就館見北使,受書納入,人情始安。或曰:秦檜未有以處,給
事中樓炤舉'諒陰三年'之説以語檜,檜悟。於是上不出,而檜攝冢
宰,即館受書以歸,敵始知朝廷有人。紹翁嘗疑省吏及奪書一節得於
所聞,未敢遽載。如淵之論有據甚明,若就館授書,則省吏與奪書之
説,真"齊東"云。

宋葉紹翁《四朝聞見録》丙集

鄭剛中,字亨仲,紹興二年進士第三人,調溫州軍事判官。秦檜
薦除敕令所刪定官,改樞密院編修官,權太常博士兼權尚書右司員外
郎。時大臣主和議,公奏言:"敵不可信。"不聽,擢尚書考功員外郎、
監察御史,遷殿中侍御史,抗疏條奏和議利害尤詳。胡銓上書言不當
和,欲斬秦檜,帝大怒,禍將不測。公率臺屬夜半入諫,銓得編置。又

奏禮部侍郎曾開不當罷、左史施廷臣可逐、柳約召命可寢四疏，不報。趨宗正少卿，改秘書少監，簽樞樓炤出諭京陝，充參謀。還，除權尚書禮部侍郎兼詳定一司敕令，試尚書禮部侍郎兼權刑部侍郎，除寶文閣直學士、樞密都承旨，進學士，出爲川陝宣諭使。

元吴師道《敬鄉録》卷四

王師心，字與道，金華人。政和八年進士，初爲海州沭陽縣尉。敗劇賊宋江境上，詔改承奉郎。紹興以後，敭歷中外。金人來歸侵疆，樓炤使陝西，辟爲幹辦公事。又嘗充假金國生辰使。屢典大郡，歷江西、湖北、浙東、福建安撫使，皆有治績。

元吴師道《敬鄉録》卷五

前所書司封失典故，偶復憶一事，尤爲可笑。紹興二十八年郊祀赦恩，資政殿學士樓炤父已贈少師，乞加贈。司封以資政殿學士係只封贈一代，父既至少師，不合加贈，獨改封其母范氏、歐陽氏爲秦國、魏國夫人。蓋樓公雖嘗爲執政，而見居官職須大學士乃恩及二代，故但用侍從常格。

宋洪邁《容齋隨筆》三筆卷十

宋藝祖至哲宗七陵葬西洛，靖康之變，亦皆不免。紹興中，宗臣士㒟同張燾往省。燾歸，奏高宗曰："願陛下萬世無忘此賊！"時惟昭陵無恙，哲宗猶暴骨。初樞密樓炤同往，炤歸述昭陵之制曰：陵因平岡，種柏成道，周以棖橘，闕閣樓觀環之。神關内列石人、羊、虎、駞、馬等像，神臺三層，高二丈，俱植柏。下廣十五，爲水道。有五大門，門外石人對立。其號下宫者，乃酌獻之地，餘陵皆然。昔人謂"葬金玉而墳，是爲盜標識其處"，帝陵不加標識，猶將慮盜，况闕觀環之乎？下是官庶刻銘勒誌，亦未免有類金玉之標識。劉向曰："丘隴彌高，宫廟彌麗，發掘彌速。"要之葬也者，藏也，藏也者，欲人之不得見也，安事外飾以爲身累乎？

宋羅璧《識遺》卷二

（曾）開又詣都堂，問："計果安出？"檜曰："聖意已定，復何言？公自取大名而去，如檜，但欲濟國事耳。"然猶慮群言，乃詔："金國遣使入境，欲朕屈己受和。在朝侍從臺諫，其詳思條奏和好得失。"於是開與從官張燾、晏敦復、魏矼、李彌遜、尹焞、梁汝嘉、樓炤、蘇符、薛徽言，御史方廷實，館職胡珵、朱松、張擴、凌景夏、常明、范如圭、馮時中、許忻、趙雍，皆極言不可和。

明馮琦《經濟類編》卷三十二

（李）世輔揭榜招兵，每得一人，予馬一匹，旬日間得驍勇少壯者萬人，乃擒害其父母弟姪者，斬于東市。行至鄜州，有馬步軍四萬餘，吳玠遣張振撫諭之曰："兩國見議和好，不可生事。"世輔遂見玠于河池，玠遣詣樓炤于長安，炤承詔以爲護國軍承宣使、樞密行府前軍都統制，送之朝。世輔乃率部下三千南來，高宗撫勞再三，賜名顯忠。

明馮琦《經濟類編》卷六十五

中丞勾龍如淵詣都堂，與檜議，召倫責之曰："公爲使，通兩國好，凡事當於彼中反覆論定，安有同使至而後議者？"倫泣曰："倫涉萬死一生，往來虎口者數四，今日中丞乃責倫如此。"檜等共解之曰："中丞無他，亦欲激公了此事耳。"倫曰："此則不敢不勉。"如淵謂檜曰："但取金書納之禁中，則禮不行而事定。"給事中樓炤亦舉"諒陰三年"事以告檜，遂以檜攝冢宰，詣館受書。而倫亦以計說通古，通古從之。

明馮琦《經濟類編》卷六十九

119

（紹興）九年，和議成，簽書樞密院事樓炤宣諭陝西還，以金四千兩、銀二十萬兩輸激賞庫，皆取諸蜀者。

清閻鎮珩《六典通考》卷九十《市政考》

（吳）玠卒，授（吳）璘神龍衛四廂都指揮使。時金人廢劉豫，歸河南、陝西地。樓炤使陝，以便宜欲命二帥分陝而守，以郭浩帥鄜延，楊政帥熙河，璘帥秦鳳，欲盡移川口諸軍於陝西。璘曰：“金人反覆難信，懼有他變。今我移軍陝右，蜀口空虛，敵若自南山要我陝右軍，直搗蜀口，我不戰自屈矣。當且依山爲屯，控其要害，遲其情見力疲，漸圖進據。”炤從之，命璘與楊政兩軍屯內地保蜀，郭浩一軍屯延安以守陝。

明唐順之《武編》後集卷一。又見明陳元素《古今名將傳》卷十三、明黃道周《廣名將傳》卷三

金廢劉豫，歸河南、陝西地。樓炤使陝，以便宜欲命二帥分陝，盡移川口諸軍出隴。吳璘曰：“金人反覆難信，懼有他變。今我移軍陝右，蜀口空虛，敵若自南山要我陝右軍，直搗蜀口，我不戰自屈矣。當且依山爲屯，控其要害，遲其情見勢疲，漸圖進據。”未幾，金果敗盟趨蜀。

清鄧廷羅《兵鏡備考》卷七

樓炤奏以保安軍寇成知環州，帝曰：“陝西沿邊，控制夏國，最爲要害，當擇久在軍中、諳練邊事，或本土武人，方能保固障塞，民得安業。可劄付炤，令諭諸帥。”翼日，秦檜奏已行下諸帥如上旨。帝曰：“堡塞最沿邊急事，神宗戒陝西諸帥，悉出手批。然於器械，則稍變古法。新法弓稍短，不能及遠，又放箭拘以法，不能中的。朕自幼年，即習騎射，如拽硬、射親，各是一法。斗力至石以上，箭落不過三五十

步,如此何以禦敵耶!"

清胡林翼《讀史兵略續編》卷五

鄭剛中,字亨仲,金華人。紹興二年進士第三人,調温州判官,賑飢得法。用秦檜薦,爲勑令所删定官,累官尚書右司員外郎。時秦檜主和議,剛中爲陳虜不可信,不聽。擢殿中侍御史,抗疏條奏和議利害。而胡銓上書,遂欲斬秦檜以謝天下。帝震怒,禍且不測,剛中率同臺論救,銓得編管。改宗正少卿,遷秘書少監。樓炤出諭京陝,辟充參謀官。還,除禮部侍郎,再擢樞密直學士,出爲川陝宣諭使,尋充陝西分畫地界使。

明徐象梅《兩浙名賢録》卷十五

王晞亮,字季明,莆田令保隆之後。從兄晞韓,宣和六年進士。紹興間,樞密樓炤宣撫關陝,辟爲屬,還改京秩。屬朝廷欲借兵西夏,掎角金虜,差管押生蕃三百餘口歸夏國,道無疎虞。累遷大理少卿。

明鄭岳《莆陽文獻列傳》

(王)晞韓,興化軍人,宣和六年進士。紹興間,樞密樓炤宣撫關陝,辟爲屬,改京秩。朝廷欲借兵西夏,掎角金人,差管押生蕃三百餘口歸夏國,道無疎虞。累遷大理少卿。方庭實宣諭陝西,贈以詩,晞韓和之。時秦檜方主和議,誣以他獄,欲置之死。上閔其勞,移潯州,赦歸,卒。

清厲鶚《宋詩紀事》卷四十。又見清鄭傑《閩詩録》丙集卷六

王次翁,字慶曾,濟南人。入太學,禮部別頭試第一。歷廣西轉運判官,召對不合旨,出知處州。乞祠,歸寓于婺。吕頤浩帥長沙,辟

爲參謀官。頃之,乞致仕。秦檜召還,道出婺,次翁見之。樓炤言:
"頤浩與次翁同郡,頤浩相,次翁何貧困至此?"檜笑曰:"非其類也。"
檜相,乃累遷御史中丞。金人敗盟入侵,次翁爲檜言于高宗,謂:"無
使小人異議乘間而入。"按:《朱子語類》謂王次翁爲河東人,但樓炤明言頤浩與次翁
同郡,則《宋史新編》以次翁爲濟南人,似更有據。

清成瓘等《(道光)濟南府志》卷七十一。又見清
李文藻等《(乾隆)歷城縣志》卷三十五《列傳一》

(李顯忠)遂與惟清約以單騎回軍中,併殺夏國頭領,南歸朝廷。
顯忠回軍中,聲言生執到延安府官屬。是夜,王樞、嚅訨,具飲帳中,
夏軍悉全裝鐵甲,列寨下。顯忠入坐,酒三行,命執到延安府官屬入。
於是顯忠部下僞擁數人至,顯忠即起挈刀,一手執王樞,一手殺夏國
都統,帳下大喧,格殺數百人。迨曉,招諭餘衆,得馬二萬匹。至延
安,會樓炤宣諭陝西,顯忠見之。炤具揚天子德意,顯忠遂偕王樞至
行在,高宗撫勞再三,賜名,賜田鎮江。兀术犯河南,命顯忠爲招撫司
前軍都統制,與李貴同破靈壁縣,又敗兀术於合肥。

清譚吉璁等《(康熙)延綏鎮志》卷四《人物志》

簽書樞密院事兼權參政、知廣州樓炤,永嘉(康)人,紹興中,謐
襄靖。

清嵇璜等《續文獻通考》卷一百四十五《謐法考》

政和五年乙未科何桌榜:樓炤,詳見《政事》。

明胡楷等《(嘉靖)永康縣志》卷五

(知紹興府:)樓炤字仲暉,永康人。

清嵇曾筠等《(雍正)浙江通志》卷一百十四

（政和五年乙未何㮚榜：）樓炤，永康人，參知政事。

清嵇曾筠等《（雍正）浙江通志》卷一百二十四

樓炤：七十三。

清錢保塘《歷代名人生卒錄》卷四

樓炤：紹興八年十一月，以給事中兼權直院。九年二月，除翰林學士，三月，除簽書樞密院事。

宋何異《宋中興學士院題名》。又見宋洪遵《翰苑群書》卷十一

（紹興九年）四月辛亥，命樓炤宣諭陝西諸路。

清倪濤《六藝之一錄》卷九十五

樓炤，紹興九年四月，宣諭永興。

清沈青崖等《（雍正）陝西通志》卷二十一

（紹興九年）夏四月辛亥，命樓炤宣諭陝西。

清沈青崖等《（雍正）陝西通志》卷八十一

樓炤：秘閣修撰知。

明湯日昭等《（萬曆）溫州府志》卷七《秩官志》

樓炤：紹興九年三月，自翰林學士承旨、朝奉郎、知制誥，除端明殿學士、簽書。

樓炤：紹興十四年二月，自資政殿學士、知紹興府，移知建康府，過闕，以本官簽書兼權參知政事。四月，罷，提舉江州太平觀。

宋李攸《宋朝事實》卷十

123

樓炤：紹興十二年十月，以資政殿學士、左朝奉大夫知。十四年二月，召赴闕。

宋施宿等《（嘉泰）會稽志》卷二

樓炤：永康人，十二年。

明張元忭等《（萬曆）紹興府志》卷二十六《職官志二》

當時虜中諸將爭權，廢劉豫、以河南歸我，乃是獵辣。獵辣既誅，兀朮用事，又欲背約。是時命樓炤簽書密院，爲宣撫，辟鄭亨仲又一人記不全爲屬，至蜀，見吳玠。玠曰："某有一策，昔失陝西五路，最爲要害。今虜人以河南歸我，而陝西在其中，可謂失策，徐必悔悟。今不若移近蜀之兵，進而據之，則猶庶幾，稍遲則不及事矣。"樓云："此策固善，但某不敢專，須奏朝廷。"亨仲因力奏之，即莫奏。未數日，虜兵已下陝西矣。

秦老講和後，曾取得河南地、關中五路地，連河南盡得之。時令樓炤往守，鄭剛中在幕。吳玠云："今與之講和極是云云，今得五路，須急發兵守之。某守某處，令誰守某處，要急爲之。虜人只是不曾思量，恐覺便來取。"當時他人亦以爲常，惟鄭剛中擊節稱是，因言鄭才識高云云。樓曰："某來時，不曾得旨，須著入文字。"鄭曰："可。"急入文字。未幾，虜人取去矣。

宋黎靖德《朱子語類》第一百三十一

近下詔求賢，群公交薦長者，想不能久外臺也，更望爲蒼生一起，幸甚！子駿、子賤時時相從，促膝把盞，未嘗不奉思也。公他時不免一來，種種望見諭。若來武林，則不肖亦單騎，可同寓也。樓仲暉近亦至。但日來傳寇頗熾，恐不多，上游依大駕爲少安也。

某行役已次於潛，儒生以單身統衆，日夕危恐，得兵卒一路不擾，流言不至朝廷，幸已大矣！前途未知能勝責任否乎？胡正字傳示戒勅之語，公之愛我厚矣。此行亦無與晤語者，胡亦止留於潛，若帶行，非獨累他，亦累我也。程致道遽出，亦可怪。子賤必膺妙選，仲暉必有成命，須保護，勿使小人讒間其間。

今日可憂之事，不在敵國，特在廟堂耳。聞政局首及吏員及宦官，皆有所裁抑。此固在所先，然外間所傳已鬨然。至於堂吏及六部取會知幾之士，必知正黨自此傾矣。彼方呼吸羣凶，傍挾悍將，雖不為清議所容，至於宣淫兩路，流播敵境，有崇寧、宣和所不欲為者。蓋韓、姚諸妻皆聚於毗陵，卒伍能竊笑之，如此而使在廟堂總百寮，何以示天下，此修政所當議也。公所排擊之人，偃然坐政事堂，棄老父而提挈少妾以出，如此而欲望治，不亦難乎？仲暉未及奉書，修政一事不可不加察，天下大勢如此，乃欲一一裁抑，首及權倖，天下清議，孰曰不然？亦當斟酌輕重先後之序，量而後入，毋使小人得以為資也。……萬事不可盡言，不肖亦欲且乞宮祠，蓋如前所陳，實有不可為之勢也。所喜獨樓子稍遷，江子忽還爾。潘真勇決，蓋近年學佛之功也。久不通右相書，因見為言曲折，前者因二公書別紙諭今日事勢。若大駕止在臨安，終非有為之地。得捐一二十萬，稍葺行宮，略示經理之意，兩淮生靈必漸復業，所在小盜知畏戢耳。

李伯紀請入覲，已允，旦夕亦至。此公進退，前無古人，然其區區為國之心，則可恕矣。江西、湖南大饑，朝廷餽餉且不繼，何能賑給窮乏？事事可憂，雖促膝握手，未易言之。子賤已丁憂，然上極喜其為人，以告就賜，且賻以五百緡，宜何以報之？仲暉率一二日相見，故人可以語心者，惟此郎爾。民俗有大利病，願時以見告。

宋李光《莊簡集》卷十四《與程伯㝢書》

臣近嘗罄瀝誠悃，仰干天造，以衰疾丐間。伏蒙睿慈，特降詔旨，未賜矜允，銜恩跼蹐，不敢復有奏陳。伏念臣到郡踰年，黽勉職守，幸朝廷奠安,海道寧謐,今歲雨暘應期,民間豐稔,別無掣肘避事之嫌。實緣臣素有痰眩之疾,入冬以來,發作無時,職事委有妨廢。兼近承吏部關報,已除樓炤爲代,以親老家貧,力請補外。盛壯之年,諳曉民事,必能仰副陛下牧養之意。若使守待遠闕,實非人情。伏望聖慈,檢會臣前奏,除臣在外宮祠差遣一次,以養衰殘,庶幾兩便。謹録奏聞,伏候勅旨。

宋李光《莊簡集》卷四十九《再乞宮觀狀》

紹興初,高宗駐蹕臨安,外禦强敵,內綏疲民,六宮百司事務紛至,版曹帥漕鮮能稱職。惟縉雲梁公仲謨迭處三者,治繁以簡,轉難爲易,士大夫往往比漢趙張、唐晏巽而已。今觀奏稿近二十紙,當敵來求成,公數奏其情多詐,昔與遼人戰爭議和至十有二,卒墮其計,今豈可不審?旋詔遣歸朝。遼人北還,公引宣和、靖康覆轍及近遣趙榮、王威,彼皆用之,願爲龜鑑。時論方倚張俊、抑劉錡,公乞令俊分兵進屯廬壽,錡駐鎮江,以備江陰、許浦、福山,仍戒韓世忠臨敵持重,至有"二府不爲諸將所服,檢發英斷,毋失機會"之語。又乞召楊沂中速還,爲行在不測之衛。又言秦丞相檜用原樓炤謀,以川陝付胡世將,乞選知兵者助之。

宋周必大《文忠集》卷五十《跋梁仲謨尚書奏稿》

是秋,上欲用故相朱勝非代秦右相檜,先以侍讀詔,而給事中程瑀、中書舍人胡世將執不可。劉一止爲左史,公爲右史,次當書行,亦謂不可。又命左司林待聘、右司樓炤攝承,皆辭。六人並以宮觀罷。

監察御史施廷臣擢侍御史,太府寺丞莫將賜出身,超拜起居郎,皆上書迎合者,翻黃下吏部,公執奏曰:"故事遷除,未有如此之驟。"力詆兩人,引疾卧家。秦素厚公,命樓炤問疾,許直翰苑,公曰:"今日進退在我,遷官則在他人,某惟有去耳。"秦語人曰:"張公守正,官職不能動也。"

　　　　宋周必大《文忠集》卷六十四《資政殿大學士左大
　中大夫參知政事贈太師張忠定公燾神道碑》

　　今者議臣建配饗功臣之議則不然，曰欺、曰專、曰私而已。先之
以本朝之故事，惟翰苑得以發其議。抑不思列聖之廟有九，而廟之有
配饗者八；發配饗之議者非一，而出於翰苑者止於三。且如罷王安石
之配饗神廟，則司勳外郎趙鼎之言也；請以韓忠彥配饗徽廟，則刑部
尚書胡交修及中書舍人樓炤等之議也。豈盡出於翰苑哉？今舉其三
以自例，不顧其餘之不然，非欺乎？

　　　　宋楊萬里《誠齋集》卷六十二《配饗不當疏》

　　婺源之東，山水奇變，築室其上，自號且然居士。有古律詩二百
八十首，著書啓章奏百三篇，其所述作，初若寂然無營，忽揮翰如飛，
文不加點，雅善草聖。士大夫遊其門者，如周葵、樓炤、潘良貴、呂廣
聞、梁揚祖，皆爲世名臣。

　　　　宋楊萬里《誠齋集》卷一百二十四
　　《樞密兼參知政事權公墓志銘》

　　紹興虜使之來，張燾、晏復、魏矼、張九成、李彌遜、梁汝嘉、樓炤、
蘇符、蕭振皆以侍從爭之。於是自副同簽以至郎中、察院、館職、樞
屬，論奏踵至。

　　　　宋魏了翁《重校鶴山先生大全文集》卷十八《貼黃》

　　北山鄭剛中，字亨仲，婺州金華縣人。元祐四年戊辰五月二十三
日生，紹興二十四年甲戌以生日卒于封州，年六十七。政和二年辛卯
貢辟雍，紹興二年壬子進士第三人，年四十五矣。八年戊午入察，九

年己未以秘少從樞樞密炤,出論京陝,過從。十一年辛酉爲川陝宣
諭使。

元方回《桐江集》卷三《讀鄭北山集跋》

今讀公之帖,見其辭氣間無一毫自慊者,而尤信也,何者? 天下
大勢,惟關中可以舉山東,其次則蜀漢可以入關中也。自關中而舉山
東,周、秦、漢、唐咸以之;自蜀漢入關中,漢王之收巴蜀、定三秦,正用
此也。方敵之歸我關河也,朝廷以樓公炤撫京陝,由潼關入咸渭,人
有勸其守要害、據形便者,謂敵覺且復取矣。時公爲其屬,聞之擊節,
亟請於朝,重爲保關陝之計,此恢復之第一籌也。公言不用,而其事
卒驗。及公之使四川也,時權奸又決計忘讐,割地辱國,而公獨爭險
隘,肅號令,營關外之田以計軍實,使一旦得便,而出關陝也如探囊
耳,此恢復之第二籌也。權奸忌之,罷公於蜀,尋以罪去。失此二籌,
遺憾大矣。

元金履祥《仁山集》卷四《書鄭北山帖後代魯齋先生作》

(蕭)振之治政,歷歷可紀,其在西蜀有聲,故高宗爲發"前有胡世
將,後有蕭振"之歎。使無劾鼎一事,振能不得爲君子矣乎? 後世公
論之定,卒儕之何鑄、王次翁、樓炤、勾龍如淵、羅汝楫之間,號爲檜
黨,立身一敗,萬事瓦裂,豈不信然!

明宋濂《宋學士文集》卷三十七《翰苑別集》卷七《題顧
主簿上蕭侍御書後》。又見清顧有孝《明文英華》卷一

著述及其他

謝公詩名重天下，在宣城所賦爲多，故杜少陵以"謝宣城"稱之，在宣城宜有公之集矣。後公六百五十餘年，樞密樓公始克鋟之木。距今又六十四年，字畫漫毀，幾不可讀。是用再刻於郡齋，以永其傳。嘉定庚辰冬十二月望，鄱陽洪伋識。

南朝謝朓《謝宣城集》卷末洪伋跋

《謝宣城集》五卷，齊中書郎陳郡謝朓元暉撰。集本十卷，樓炤知宣州，止以上五卷賦與詩刊之。下五卷皆當時應用之文，衰世之事，可采者已見《本傳》及《文選》，餘視詩劣焉，無傳可也。

宋陳振孫《直齋書錄解題》卷十六

《謝宣城詩集》一函二冊，齊謝朓著，五卷，宋樓炤序，序後有宋洪伋識。《宋史》："樓炤字仲暉，婺州永康人。登政和五年進士第，歷官至僉書樞密院事兼權參知政事，爲李文會、詹大方所劾，與祠。久之，除知宣州。"此書序中稱"至郡視事之暇，鋟版傳之"云云，蓋即知宣州時所定。考其年月，係宋高宗紹興二十八年。陳振孫《書錄解題》云："集本十卷，樓炤知宣州，止以上五卷賦與詩刊之，下五卷皆當時應用之文，衰世之事，可采者已見《本傳》及《文選》，餘視詩劣焉，無傳可也。"所言皆本於炤序。序後有嘉定庚辰鄱陽洪伋識，庚辰爲宋寧宗嘉定十三年，故伋稱"樞密樓公鋟木距今六十四年，字畫漫毀，幾不可讀,用再刻於郡齋"。又考宋周必大《洪文惠公神道碑銘》載适孫十人,伋,奉議郎、荆湖南路提舉茶鹽司幹辦公事,未載其知宣州。蓋必大爲其祖适作碑銘時,尚在伋守郡前耳。御題:"李杜稱詩久,樓洪鋟版行。芸香資望古,藻繢足怡情。詎祇摛辭麗,頗多契理精。欲嗤劉刺史,何據五言城。乾隆乙未春,御筆。"鈐乾隆雙璽。

清于敏中等《天禄琳琅書目》卷三

《詩品》曰:"輕薄之士,笑曹、劉爲古拙,謂鮑照羲皇上人,謝朓古今獨步。而師鮑照不及'日中市朝滿',學謝朓劣得'黄鳥度青枝',自棄於高聽,無涉於文流矣。"案:"日中市朝滿",明遠《代結客少年場行》語;"黄鳥"句,未見於謝集,不知出何詩也。陳直齋云:《宣城集》本十卷,紹興中樓炤知宣州,止以上五卷賦與詩刊之,下五卷皆當時應用文字,衰世之事,可采者已見《本傳》及《文選》,餘視詩劣焉,以爲雖無傳可也。今世傳《宣城集》止上五卷,然則下五卷皆文字而無詩,嶸與朓論詩相善,所見故當不止此十卷耳。

清吴騫《拜經樓詩話》卷三

予以嘉慶丙辰重梓《宣城集》,用盧學士依宋校本。明年夏,過吴趨,顧千里茂才爲言黄蕘圃孝廉有兩宋本《宣城集》,俱佳。蕘圃因即録其序跋目録見遺,予喜過望,細讀之,蓋即陳直齋所云東陽樓炤原本,而鄱陽洪伋嘉定庚辰重刻者也。宋本全書體格較此稍異,每葉二十行,行十八字,目次行款亦多不同,亟取序跋補刊入集,并書顛末,以著良友之惠云。丁巳天中前一日騫識跋。

清吴騫《愚谷文存》卷五《補梓宋本謝宣城集跋書後》

《謝宣城集》五卷內府藏本,齊謝朓撰。朓字元暉,陳郡陽夏人,事蹟具《南齊書》本傳。案:朓以中書郎出爲宣城太守,以選復爲中書郎,又出爲晉安王鎮北諮議,南東海太守、行南徐州事,遷尚書吏部郎,被誅。其官實不止於宣城太守,然詩家皆稱謝宣城,殆以北樓吟咏爲世盛傳耶?據陳振孫《書録解題》稱:朓集本十卷,樓炤知宣州,止以上五卷賦與詩刊之,下五卷皆當時應用之文,衰世之事,可采者已見《本傳》及《文選》,餘視詩劣焉,無傳可也。考鍾嶸《詩品》稱"朓極與予論詩,感激頓挫過其文",則振孫之言審矣。張溥刻《百三家集》,合朓詩賦五卷爲一卷。此本五卷,即紹興二十八年樓炤所刻,前有炤序,猶南宋佳本也。

清紀昀等《四庫全書總目》卷一百四十八《集部一》

《雲溪居士集》三十卷,宋華鎮撰。鎮字安仁,會稽人。元豐二年進士,官至朝奉大夫、知漳州軍事。鎮原集本一百卷,又有《揚子法言訓解》十卷、《書記》三卷、《會稽覽古詩》一百三篇、《長短句》一卷、《會稽録》一卷,并附《哀文》一卷,通一百十七卷。紹興十三年,其子初成哀集刊刻,曾表進於朝。其集諸家書目皆不著録,惟焦竑《經籍志》載《雲溪居士集》一百卷,而其他著作亦均未載。兹於《永樂大典》中掇輯詮次,釐爲三十卷。雖未能頓還舊觀,然原刻卷數已得三之一矣。樓炤序其集曰"精深典贍,遒麗逸發",又曰"介然自重,不輕以求人之知,其名之不昭也固宜"。然觀其學術,大抵以王安石爲宗,且與蔡京、章惇輩贈答往來,干祈甚至。炤之所云,未必遽爲公論。特幸不爲京輩所汲引,故尚未麗名姦黨,身敗名裂耳。

清紀昀等《四庫全書總目》卷一百五十五《集部八》

《雲溪居士集》三十卷舊鈔本,宋華鎮撰。……又紹興癸亥八月晦日,資政殿學士、左朝奉大夫、知紹興軍府事、兩浙東路安撫使、馬步軍都總管樓炤序,稱:"君之文精深典贍,而詩遒麗逸發,其他衆制爛然,皆有體則。非涵養蓄蘊之厚,不能發之如此也。"今《揚子訓解》諸書已不傳,即《雲溪》亦僅三之一矣。

清丁丙《善本書室藏書志》卷二十八

　　《會稽覽古詩》按:鎮有《會稽覽古詩》一百三篇,《永樂大典》未經收入,今從厲鶚《宋詩紀事》中録出僅存九篇。鶚乃抄諸《會稽志》者,每題下各係本事。鎮作詩時,亦必自有解題,然於《雙筍石》題下,乃載及高宗末年及孝宗末年事。以年考之,鎮生當在仁宗皇祐三年,歷高宗之末年當百十四歲,孝宗之末年則百四十三歲,鎮即獲壽考,亦焉能及覩隆興以後事?況鎮子初成於紹興十三年以鎮遺集乞序於樓炤,則在高宗中,鎮死已久,尤顯然可證其所係解題本出《會稽續志》原文,特引鎮詩以証之,故載有高、孝兩朝時事。鶚初弗深考,而直據《志》漫録,紕繆甚矣。

宋華鎮《雲溪居士集》卷十三

　　《上國子豐祭酒書》按:鎮子初成狀云:"元豐之末,中書舍人孫公、國子祭酒豐公以先君應詔。"樓炤序亦云:"元豐間,孫覺、豐稷薦君堪博士。"則所謂豐祭酒者,必稷無疑。而《宋史·豐稷傳》乃無稷爲祭酒之文,蓋《宋史》列傳往往不詳歷官,亦闕事也。

宋華鎮《雲溪居士集》卷二十二

　　右小碑本在拱極觀,觀已久亡。萬曆中,有人掊地得此碑,置之嶽廟中,與宇文周碑並立。其碑文鄙淺無足采,然吾於是有以見宋人風俗之厚,而黄冠道流猶能念本朝而望之興復,其愈於後世之人且千萬也夫。紹興九年,高宗方在臨安,而金人有許和之約。考之於史,八年十二月丁丑,詔金國使來,盡割河南、陝西故地,通好于我,令尚書省榜諭。九年三月丙申,王倫受地于金,得東西南三京、壽春、宿、亳、曹、單州及陝西、京西之地。四月辛亥,命樓炤宣諭陝西諸路。十年五月,金人叛盟,陷永興軍。則此地之復歸於宋,蓋無多日。而雷道之一道士耳,能于干戈喪亂之際而繫思本朝,辭微旨切,以視夫士大夫之靦顔臣僕者,不大有逕庭邪?其没于土中,久而後出,豈陷金之後，觀主埋之，如鄭所南井中《心史》之爲邪？

清顧炎武《金石文字記》卷六。又見清王昶
《金石萃編》卷一百四十七

巨盜戚方破寧國，抵城下，(李)光即日下令戒嚴，民六十以下十五以上悉登城，違者論以軍法。光設牙帳於南壁，躬撫士卒。賊圍益急，或請光盡室從西門遁去。光曰："我一家獲全，其奈一城生靈何？"詰朝，誦言於衆曰："昨暮有教光攜家潛出者，當以軍法從事，姑且置之。城脱或不保，引劍之計已決，義不污賊手。"兵民感泣，其氣益倍。賊兵百道來攻，光隨宜應之。賊所屬意急攻者唯南壁，咸負户而登，守者束薪煞灌以油，作火牛，乘風投之，盡爇賊所負，其衆披靡。城中遙見昭亭山神數見，人心益安。南水門有神龍尾兩歧，見於光衣間。每賊攻急，龍輒至，光即其所立祠以禱，援兵至，賊自焚攻具請降，光不許，遂夜燒營遁去。據樞密樓炤《宣城事實》修入。

宋張淏《(寶慶)會稽續志》卷五

立重：大斂成服日同立，擇吉時立於靈駕前。俟將來發引日，捧擎至殯宮。其掩欑日，埋瘞於皇堂隧道。徽宗之喪，太常少卿樓炤言："故事，成服日立重，今來與故事不同。乞自聞喪次日立重，命太史局就日内擇時立重。"詔依。

清徐乾學《讀禮通考》卷六十九

謹案：宋代未赴徙所者，有蔡京、樓炤、吕祖泰、胡夢昱四人，明代未赴徙所者，有張羽一人，俱不録。

清阮元等《(道光)廣東通志》卷二百六十五《謫宦録四》

敬齋在府治西，宋紹興中樓炤立。

清何紹基等《(光緒)重修安徽通志》卷四十六

武義縣：宋參知政事、謚襄靖樓炤墓。《金華府誌》：在太平鄉。
傳詳《名臣》。

清嵇曾筠等《（雍正）浙江通志》卷二百三十九

鄉賢祠：戟門東爲屋三楹，宋寶祐四年知縣方夢玉建。祀樓炤、
林大中、陳亮。國朝成化間重建，增祀胡則、徐無黨、胡長孺。正德
初，增祀應孟明。十五年，增祀吳思齊、呂現。

明胡楷等《（正德）永康縣志》卷二

樞密院事樓炤奏："（趙）鼎之雄才，舉國莫及，爲不附和議，貶卒
於外。然其忠心貫於日月，誠不愧古之賢相也，致使陛下稱羨不已。
臣等亦當退思補過，以慰陛下之萬一。"高宗大悦，即下詔以趙鼎靈柩
歸葬。樓炤又奏曰："此鼎之初志耳，陛下若成之，即鼎九原感戴也。"
詔下清遠軍，當道官司優具表喪儀，將趙鼎靈柩歸鄉里以葬。

明熊大木《大宋中興通俗演義》第七十二回

附　善慧大士録

序

　　夫諸佛菩薩，現三身以遊十方世界，弘六度以攝五道衆生。衆生之性，邪見妄取，言將行違，性與理背。雖欲服勤冥奧，濫觴洪源，而智不能知，慧不能照，適足以爲名相，爲蓋爲纏，乃見讎魔怨，受制外道。倒屣六塵之境，攘臂三界之内，無復突圍陷陣，先鋒出而者。悲夫！聖人所以恢張逸網，爲大權之教。或昔爲能仁之師，今爲弟子；或祕菩薩之行，現聲聞之學。於是以清净爲戰場，以持戒爲守禦，以智慧爲鋒刃，以方便爲間諜，以會衆爲將士，以説法爲號令。遂與無數部伍，共破魔城，城内諸魔，悉皆降伏。歡喜踊躍，發菩提心者，無量無數矣。自雙樹涅槃之後，法輪輟軌，慧日韜暉，使六道衆生狴牢日固。故我諸佛菩薩，悲其若此，用威神之力，現無數身，將以解其扃鐍，而示之要會。故世之言雙林大士，自云是彌勒應身明矣。不然，何以有自然無師之智，超出凡夫之中，辯才無方，玄解經藏，恒以護持正法，發衆生之聾瞽。皆如經言維摩之奉戒清净，蓋以攝諸毁禁，俾歸正道者也。時梁武帝以皇王之貴，精勤佛寶，由是異人間出，共羽翼正教。如大士之時，比丘僧則有智者頭陀、慧集、慧和、普建、普成，居士則有傅普敏、徐普拔、潘普成、昌居士。皆六度四等，清心净行，以嚴持於身；放生蔬食，醫病救苦，以泛愛於物；造立塔廟，崇飾尊像，以嚴佛事；敷演句偈，闡揚經論，以廣多聞。此皆是不可思議之人，行不可思議之事。迭爲表裏，用度難信難化之人，欲使其得證無上之道，成當來之佛耳。穎以樊籠久翳，長夜未曉，恨不得於日月之下，親承鑒燭。猶願上生兜率，下會龍華。故以伐木思人，聞韶忘味，將恐芳塵散逸，後來無聞。遂追訪長老，編而次之，以爲傳八卷，以示于後云耳。菩薩戒弟子、國子進士樓穎譔。

善慧大士録卷第一

　　大士姓傅，名翕，字玄風，東陽郡烏傷縣稽亭里人。父名宣慈，字廣愛。母王氏，世爲農。以齊建武四年丁丑歲五月八日生。端靖淳和，無所愛著，少不學問。時與里人漁，每得魚，以竹籠盛之，沈深水中，祝曰："欲去者去，止者留。"時人以爲愚。梁天監十一年，年十六歲，娶妻劉氏妙光，生二子，普建、普成。普通元年，年二十四，泝水取魚於稽亭塘下，遇一梵僧嵩頭陀曰："我昔與汝毗婆尸佛前發願度生，汝今兜率宮中受用悉在，何時當還？"大士瞪目而已。頭陀曰："汝試臨水觀影。"大士從之，乃見圓光寶蓋，便悟前因。乃曰："鑪韛之所多鈍鐵，良醫門下足病人，當度衆生爲急，何暇思天宮之樂乎？"於是棄漁具，携行歸舍。因問修道之地，頭陀指松山下雙檮樹曰："此可棲矣。"遂結庵焉，自號雙林樹下當來解脱善慧大士。

　　躬耕而居，種植蔬果，時有盜菽麥瓜果者。見，即與籃籠盛去，或爲人傭作。如是與妻晝作夜歸，敷演佛法，苦行七年。一日宴坐，忽見釋迦、金粟、定光三佛，來自東方，放光如日，復見金色自天而下，集大士身，從是身常出妙香。每聞空中唱言，成道之日，當代釋迦坐道場，既而四衆常集，問訊作禮。郡守王烋，謂是妖妄，囚之數旬，不飲食，衆益歎異，釋之還山，愈加精進。遠近師事日衆，每旦鐘鳴，有仙人自空而下，隨喜行道。嘗謂弟子曰："我得首楞嚴三昧。"又曰："我得無漏智。"僉曰："此三昧唯住十地菩薩方能得之。"故知大士是十地菩薩示迹也。大士欲導羣品，先化妻子，令發道心，即捨田宅，請四衆設大會,而説偈曰:"捨報現天心,傾資爲善會。願度羣生盡,俱翔三界外。歸投無上士,仰恩普令蓋。"

是年饑饉,設會之後,家無斗儲,同里傅昉、傅子良等,入山供養。大士化諭妻子鬻身助會。妙光受命,乃曰:"唯願一切衆生,因此同得解脫。"大通五年三月,同里傅重昌、傅僧舉母,以錢五萬買之,大士得錢,營設大會。發願曰:"弟子善慧稽首釋迦世尊,十方三世諸佛,盡虛空遍法界常住三寶,今捨妻子,普爲三界衆生消災集福,滅除罪垢,同證菩提。"後月餘,傅氏遣妙光等還山。大士有僕亡匿爲盜,時有同里傅昉、傅旺,罄産來施,大士轉爲亡僕營救苦齋。周七七日,妙光紡績備貰,曾不少休。傅昉亦質妻子,得米來作供養。大士復轉給諸修道者,自後靈異益多。人或謗毀,大士倍生慈愍。

一日詣叔家,自稱我是彌勒,特來教化,叔可作禮,叔遂作禮。又欲往從祖孚公,孚初不信,妙光諫曰:"他謂汝失心,豈有叔祖作禮之義?"慎無往也。大士即撥胸前作金色,出天香以示妙光,妙光猶言勿往。大士竟詣孚所,説令設禮,孚固不從。大士歸,妙光問曰:"孚作禮否?"答曰:"今雖未禮,明日會當步步作禮。"是夜孚夢八人迎大士去,問之,叱曰:"汝高慢不從聖訓,今復何問?"俄見大士金相奇特,翔空而行。孚追之,但見石壁橫空。大士侍從,直過無礙。孚不得前,既寤悲悔,遲明入山。浸聞異香,遥見大士。雨淚稽首,願爲弟子。大士曰:"我從兜率天下,正爲相接耳。"孚即依止,得三業清净。時有沙門慧集至,大士爲説無上菩提,慧集願爲弟子。初大士夢項左出五色光。身昇虛空,從空而下,至所住山東南面頂上,及寤,慧集來,便留此山。爾後慧集處處教化。常言大士是彌勒應身。大士凡講説及作功德,請佛停光,兩眼常出金色光明。告衆曰:"學道不值無生師,終不得道,我是現前得無生人,昔隱此事,今不覆藏,以示汝等。"弟子禮拜。大士謂曰:"汝莫禮我。但禮殿中佛,即我形像。"又曰:"我於夢中憶過去師,名曰善明世尊。或問,善明世尊,得道時師耶? 發心時師耶?"答曰:"非發心時師也。彼佛出時,我爲國王供養彼佛。彼佛壽八萬歲,我作佛時壽量亦爾。我夢師名,悲感憶念,一夕雨淚。"又曰:"我夢釋迦以手掌來合我手,人問此是何相?"答曰:"此是我心與佛心相應耳。"

中大通三年,大士與弟子於雲黄山所居前十許里,開鑿爲精舍,種麻豆等。至秋稔,時有賜瀨里賈曇穎來捨其地,大士受之。大士居瀨里、雲黄兩處,林麓葱蒨,中多猛獸,人常畏之,大士以餘食飼之,自兹伏匿。六年,大士以雙林僻處,教化不廣,欲詣帝闕宣揚正教,以正月十八日,遣弟子傅旺,奉書於梁武帝曰:"雙林樹下當來解脱善慧大士,白國主救世菩薩,大士今欲條上中下善,希能受持:其上善以虛懷爲本、不著爲宗、無相爲因、涅槃爲果。其中善以治身爲本,治國爲宗,天上人間,果報安樂。其下善以護養衆生,勝殘去殺,普令百姓俱稟六齋。今大士立誓,紹弘正教,普度羣生,故遣旺告白。"旺奉書至都,詣太樂令何昌。昌見書難曰:"國師智者,尚復作啓,況大士國民,忽作白書,豈敢呈通?"旺曰:"頃從東來,恐無人爲達此書,乃心立誓燒手於御路側,庶得上聞。"昌聞是語,即將此書往同泰寺,見浩法師,共議以表進上。有詔赴闕,大士即以十二月十九日至將山,閏十二月八日晨時到闕。初帝聞大士神異,試令閽人預銷諸門。大士先知,作大木槌一雙,既至,扣一門,諸門悉啓,直入善言殿,唱拜不從,徑登西國所貢寶榻,此榻昭明太子、智者法師及大士得坐耳。帝問大士師事從誰?答曰:"從無所從,師無所師,事無所事。"設食竟。還鍾山定林寺,詔令資給,自是天下名僧雲集此處,常降甘露。

大同元年正月,帝幸華林園重雲殿,集四部衆。自講《三慧般若經》。於時公卿連席,貂綾滿座,詔爲大士別設一榻,四人侍接。時有劉中丞至,問大士何以不臣天子,不友諸侯,大士對曰:"敬中無敬性,不敬無不敬心。"講衆既集,帝陞殿,唯大士不起,劉又問。故大士對曰:"法地若動,一切不安。"時諸王公送嚫,請衆誦經,唯大士默然。

人問其故,對曰:"語默皆佛事也。"太子遣人問曰:"何不論議?"對曰:"當知所説,非長非短,非廣非狹,非有邊非無邊,如如正理。夫復何言?"講衆既散,帝賜水火珠,大踰徑寸,圓明洞徹。以大士山居,水火難致,故以此珠賜之,用取水火於日月耳。王公貴人有至大士所,見大士坐不正,問曰:"何不正坐?"答曰:"正人無正性,側人無側心。"一日帝延至壽光殿説法,至夜方出。四月復還雲黃山。至九月二日,又遣傅旺奉書於帝曰:"雙林樹下當來解脱善慧大士,白國主救世菩薩,今有如意寶珠,清净解脱,照徹十方,光色微妙,難可思議,欲施人主。若能受者,疾至菩提。"帝詔曰:"若欲見顧,甚佳也。"

大同五年,重入都,行至鍾山,以狀上帝曰:"帝豈有心而欲辯?大士豈有義而欲論耶?"帝答曰:"有心與無心,俱入於實相,實相離言説,無辯亦無論。"三月十六日,帝於壽光殿共論真諦。大士曰:"息而不滅。"帝曰:"若息而不滅,此則有色,有色故鈍。"大士曰:"一切諸法,不有不無。"帝曰:"謹受旨矣。"大士曰:"一切色像,莫不歸空。百川不過於大海,萬法不出於真如。如來於三界九十六道中獨超,普視衆生有若赤子、有若自身,天下非道不安,非理不樂。"帝默然。至十八日,大士以偈進帝,答前"息而不滅"義。其辭曰:"若息而滅,見苦斷集,如趣涅槃,則有我所。以無平等,不會大悲。既無大悲,猶有放逸,修學無住,不趣涅槃。若趣涅槃,彰於悉達,爲有相人。令趣涅槃,息而不滅。但息攀緣,不息本無,本無不生,今則不滅。不趣涅槃,不著世間,名大慈悲。乃無我所,亦無彼我,遍一切色,而無色姓,名不放逸。何不放逸?一切衆生,有若赤子,有若自身,常欲利安。云何能安?無過去有,無現在有,無未來有,三世清净,饒益一切,共同解脱。又觀一乘,入一切乘,觀一切乘,還入一乘。入觀修行,無量道品,普濟羣生,而不取我,不縛不脱,盡於未來,乃名精進。"帝又請講《金剛經》,大士陞座,揮案一拍,便下座。帝愕然,誌公問:"陛下會麼?"帝曰:"不會。"曰:"大士講經竟。"帝遂省。此數語是禪家提唱宗乘之寓言也。蓋誌公入滅後十餘年，大士方見帝。特録以示。再請講，大士索拍版陞座，唱四十九頌便去。

大士一日頂冠、披衲、靸履，帝問："是僧耶？"士以手指冠。帝曰："是道耶？"士以手指靸履。帝曰："是俗耶？"士以手指衲衣，遂出。故今雙林寺塑大士像，頂道冠、身袈裟、足靸履，仿此迹也。

六年，辭帝東歸，後數月以功德事復至都下，止蔣山。遣傅旺奉書於帝曰："雙林樹下當來解脫善慧大士，白國主救世菩薩皇帝，性合正道，履踐如如。大士爲菩提，下而故高。皇帝爲菩提，高而故下。機緣感應，故成佛事。今者故來普勸一切同修正道。"時何昌使外，此書未達。時有沙門問曰："大士今日大耶？後日大耶？"對曰："亦可今日小後日大，亦可今日大後日小。""何以故？""凡地修聖道，果地習凡因，常行無所踐，常度無度人。"時因啓帝置寺於雙檮間，號雙林寺。前此兩樹根株異植，枝葉連理，各有祥氣出木竅中，上有雙鶴和鳴棲翔。大士還，造佛殿，殿前先有白楊，枝葉秀異，經行其下，常聞天樂，時降甘露。大士令伐此木爲殿中像，未間，雕匠自至。復於樹所創磚塔九層，躬寫經律千有餘卷。白佛，誓願眾生離苦解脫。

大士三至京師，所度道俗不可勝計。七年，謂弟子曰："我於賢劫千佛中一佛耳，若願生千佛中，即得見我。"弟子問曰："有人障大士，還先知否？"答曰："補處菩薩豈不知耶。我當坐道場時，魔使此人爲作障礙，我當用之爲法門，不生瞋恚，汝等云何小小被障便生分別，天隔地殊，我亦平等度之，無有差也。"又曰："我是如來使，從如中來耳。"弟子曰："師既如是，何無六通？"答曰："聲聞辟支尚有六通，視我行業緣起若此，豈無六通？今但示同凡耳。"一日居眾曰："我捨此身期嵩頭陀暫過忉利，不久同還兜率，汝等若願生彼，即得見我。八年，立誓持上齋，作願文曰："弟子善慧，今啓釋迦世尊，十方三世諸佛，盡虛空遍法界常住三寶。弟子自念今生，無可從心布施，拔濟受苦眾生。自今立誓，三年持上齋，每月六日不飲食，以此饑渴之苦，代一切眾生酬償罪業，降促苦劫，速得解脫。以不食之糧，廣作布施。願諸衆生世世備足，財法無量，永離愛染，不作三業，得大總持，摧伏諸魔，成無上道。

十年，大士以佛像經文，委諸善衆，屋宇田地資生什物，悉皆捐捨，營立精舍，設大法會，啓白諸佛，普爲十方三世六道四生怨親，平等供養三寶及一切衆，以爲佛事。此世界十方無邊國土一切衆生，若著身口意業，造無量罪因，是墮大地獄，或復業報畜生，嬰受衆苦。或生人間，貧窮下賤，盲聾瘖啞，諸根不具。或復枷鎖徒流，牢獄繫關，無量苦厄。或不見佛，不聞法，不見僧，不值知識，解脫無因，以此供養。仰請世尊慈力除滅，速得解脫，遇善知識，聞法悟道，發菩提心。大士家資屋宅，傾捨既盡，無庇身地，別立草庵。妙光亦自立庵，草衣木食，晝夜勤苦，僅得少足。俄有賊至，以刃逼脅，大士無懼色，徐謂之曰："若要財物，任意取之，何爲怒耶？"賊去家空，猶有米二百餘斛，自念由有身故，乃生諸人罪業，壽終之後必墮地獄，長嬰大苦，遂乃捨米百斛，爲諸劫賊設會，供養三寶，爲懺罪惡。舍前小塘適涸，大士盡取蟲魚投大江中，死者葬於山下，牛犬死者亦葬之。深念是等，輪回苦趣，解脫無期，又捨米二百斛，爲魚犬等設會，供養三寶，而説偈曰："昔賢捨頭目，王子救虎身。慈尊推國走，修忍救怨親。今余聞此德，仰慕菩提因。傾資度牛犬，捨命濟魚身。願爲常樂友，共趣涅槃津。同爲俗無俗，齊證真無真。"

太清二年二月，大士復捨田園產業以設會。爲此土及十方世界六道四生怨親，平等供養三寶，請佛住世，普度羣生。乃説偈曰："傾資爲善供，歸命天中天。仰請停光照，流恩普大千。三塗皆解脫，六趣超自然。普會體無體，齊證緣無緣。"又偈曰："隱崖修正道，憩兹三十餘。遠媿山林友，歸命帝玄虛。設會宣經懺，爲彼盪塵墟。普願無瑕穢，心净等芙蕖。並契三空理，同證一如如。"

大士又欲持不食上齋及燒身爲燈，遍爲衆生供養三寶。三月十五日，乃謂衆曰："昔聞月光大士捨頭，弘施太子救窮濟乏，無悋命財，經中所明,此人不久成佛。故余不揆凡微,仰慕聖則,乃立心誓,捨身命財,普爲一切供養諸佛,謹持不食上齋,而取滅度,執志燒身爲大明燈,爲一切供養三寶。今取來月八日,先告衆曰:'莫懷憂惱。夫物有生死,事有成敗,天下恩愛,皆悉離別。今捨此穢身,當得無上清净法身,唯願徒衆無懷悲戀,生生世世,不相捨離,永爲眷屬,至成佛道。'但自相率共辦樵薪於雙林山頂,營作火龕,願以此因緣,當來世界必爲佛事,普度一切共同脱。"

四月八日,弟子劉堅意、范難陀等十有九人,各請代持不食上齋,及燒身供養三寶。又弟子朱堅固,燒一指爲燈。陳超捨身自賣,姚普、董智朗等備賃,各以所得供養師主。普願一切捨身受身,常值諸佛聞法悟道,並證無生。是月九日,弟子劉和睦、周堅固二人,燒一指燈。樓寶印刺心,葛玄杲割左右耳,比丘菩提、優婆夷駱妙德二人割左耳,比丘智朗、智品等二十二人割右耳,發願曰:"弟子菩提等,上啓釋迦世尊,十方三世諸佛,盡虛空遍法界常住三寶,伏爲師主,誓弘聖教,普度羣生。捨身命財,燒身爲燈,普爲一切供養諸佛。割耳刺心,用血洒地,奉代師主,普爲一切供養諸佛。伏聞大覺慈父,愍育含生,哀傷物命,大悲熏修,濟拔含識,動經塵劫,臨唱涅槃,諸天勸請。遂駐恒沙,隨喜凡聖,某等伏見師主,并山門眷屬二十許人,將欲莊嚴佛刹,雷動法音,震無畏鼓,廣利無邊,尅已灰身,成就勝德。此實難思上行,非凡境界。某等不以銜愆滯纍,罪垢深重,謹割耳燒指,殷勤勸請,譬若窮子伶俜失父,況乃含胎喪母,則暗墮冥壑,杳無智日。像法即頹,慧光隱没,衆生擾擾,没溺愛河,痛哉傷悼。伏願師主,停威駐影,久留世間,顧念含靈,慈悲六趣。接養孤窮,利安貧老,遍使迷徒,咸蒙覺悟,等契無生,俱歸寂滅;伏願大慈,一垂降許。次有比丘尼法脱、法堅等十五人,各持三日不食上齋,留師久住,闡揚正教。復有比丘普濟、居士傅長、傅遠等四十二人稽首和南大士膝下,伏聞佛日初輝,思惟三七,爲衆生根鈍,著樂癡盲,寧不説法,疾入涅槃,於是釋梵祈勸,即轉法輪,爾所年中,常注法雨,利益無量。潛光八樹,委法四依。師主協本誓願,超然挺拔,端坐雙林,不辭勤苦。欲廣弘佛法,流通正道,如何便欲克日闍維。嬰孩失母,未足爲喻,海船破没,亦非爲苦,本師世眼,智月已虧,慈氏明導,慧日未朗,當今長夜,正須照燭,濟等決志刺心洒血塗地。特乞留心,卒閻浮壽。"

太清三年,梁運將終,災禍競興,大士鄉邑逢。所有資財散與饑貧,課勵徒侣,共食野菜𪎉粥,人人割食,以濟閭里。大寶元年二月,大士又課徒衆煮粥,如太清故事。其年春作,里無耕牛,大士乃遣弟子自植,將牛助人耕地,取足自用,唯耕畝半。承聖元年正月十六日,大士又捨田園家業,牛犢倉庫,奉設法會。自是每年正月十日,捨米二千斛,奉設法會,偈曰:"傾資爲羣品,奉供天中天。仰祈甘露雨,流注普無邊。六道咸蒙潤,四趣等皆然。普會實無實,齊證堅無堅。"

紹泰元年四月二十日,告衆曰:"我聞大覺世尊,曠劫以來,捨頭目財法,利安六道。又聞經言,佛法欲滅,先有衆災雲集,人民困苦,死亡者多。次有水災,如今所見,次第當至。誰能普爲一切衆生,不惜身命,復持不食上齋,燒身滅度,以此身燈,普爲一切供養三寶,請佛住世,普度衆生?"六月二十五日,弟子范難陀奉持上齋,遂於雙林山頂燒身滅度。九月十五日,比丘法曠,於始豐縣天台山下燒身滅度。太平元年三月一日,優婆夷子嚴於雙林山頂赴火滅度。陳永定元年二月十八日,告衆曰:"今世界衆災不息,人民困劇。誰能苦行燒指爲燈,普爲一切,供養三寶,請佛住世,普度羣生?"時有比丘惠海菩提法解、居士普成等八人奉命,比丘法如、居士寶月二人鉤身懸燈。又曰:"誰能割耳出血,和香洒地,普爲一切供養三寶?"時有比丘智雲等一十二人、沙彌惠普等十人、普和惠炬等二十三人、小兒善覺等一十七人,總六十二人割耳出血,和香洒地。又曰:"誰能持不食上齋,請佛住世?"時有比丘曇展等二十六人、沙彌尼慧堅等十人、小兒法極妙真、優婆夷平等法貞等十人、道士陳令成、徐尹等,總四十九人奉持不食上齋。乃謂衆曰：“我同度衆生之伴，去將盡矣。唯潘、徐二人不出其名，如弟子傅普敏則是文殊，沙門慧和本亦聖人，今作我解義弟子，行位卑居。慧集上人是觀世音，昌居士則是阿難。”昌之形容行業，還示闇劣，人或輕之，捨命之後，大士乃告人曰：“汝等莫輕忽昌，觀其捨命甚易，無餘痛惱，顏色鮮潔，倍勝平常，知是阿難化作耳。”

　嘗有沙門詣大士曰：“聞大士修菩薩行，夫菩薩行者，乞頭與頭，乞眼與眼，國城妻子，皆所不吝。今乞大士手中香鑪，若與即真菩薩，不與即非也。”大士曰：“捨與不捨，悉非菩薩。”沙門强持去，十許日，復來問曰：“前來逼奪香鑪，於意云何？”大士曰：“得如本有，失如本無。惟願上人擎爐焚香供養諸佛，生生世世增進菩提，常爲善友。”沙門懷愧，送爐還之。先有沙門僧朔等四人，自信安來遊雙林，我慢不禮，忽見大士身高丈餘，金色晃耀，不覺稽首願爲弟子。後隨入都，住蔣山下定林寺。一日見白光在大士座前，疑是白疊，以手取之，光還大士，即無覓處。大士曰：“爾後設有所見，不用取也。”時定林寺草木常降甘露，諸蟲來食，從物雲集，殺傷至多。大士欲遷他處，是夕露止蟲去，遂止，尋還雲黃。天嘉元年，慧榮等欲建龍華會，大士曰：“汝可作請佛停光會，龍華是我事也。若從吾言，定見龍華矣。”又曰：“吾悟道已四十劫，釋迦世尊方始發心，蓋爲能捨身苦行，所以先我成佛耳。”二年大士在山行道，常見七佛在前，維摩從後，謂弟子云：“七佛之中唯釋迦數與我語，餘佛不也，數數如是。”問曰：“餘佛何爲不語？”答曰：“釋迦今正綜此世界，我當紹繼。是故世尊數與我語。”問曰：“何不見他方佛，但見七佛耶？”答曰：“七佛雖去世綿遠，由共綜此世界故也。”問：“大士知人心中所念否？”答曰：“不也。我常遊無生至理，轉勝於昔。”問：“經云，一受不退常寂然，云何失宿命智乎？”答曰：“我今作凡夫，用有興廢，然用中始終亦不失矣。今不具足，坐道樹時乃當具耳。然諸弟子遠行當歸，亦自知其到日，此少分宿命智耳。”有會法師者欲試大士，率八十餘人忽來索食，大士常繕纏給四人，妙光憂之。大士手自行飯，衆悉飽足。四年正月十二日，大士又捨五百斛米、三十束絹，奉設法會，乃作偈曰："竊聞佛法將欲滅，憂愁怖畏實難當。衆災亂起數非一，含識遭值盡中傷。如何衆生遭此苦，悲念切抱益皇皇。今與妻兒捨田業，身命財物及餘糧。遍爲十方設三會，并燒塗末雜薰香。煙雲妙色獻三寶，願爲如意出芬芳。奉供人天大慈父，啓請調御法中王。唯願哀愍諸羣生，留情久住放慈光。照燭六道四生類，盈虧悟解等金剛。增加神通恒自在，堅固勇猛救危荒。蕩除世界災穢惡，安泰皎潔若西方。金池玉沼皆湧出，珍華寶樹悉鏗鏘。適悦羣生無短乏，尊榮富貴壽延長。得修無爲入正道，齊超不二涅槃常。"

五年甲申正月十七日營齋，至二月八日，轉《法華經》二十一遍。又於會稽鑄寶王像十軀，設無遮法會。其月九日，又建禳災無礙法席。十日轉《涅槃經》一部，燃長命燈。自後五年，凡設六會如前。嵩頭陀入滅，大士心知，乃集諸弟子曰："嵩公已還兜率，我同度衆生之人，去已盡矣。我決不久住於世，乃作還源詩十二章。"先是雙林、雲黃兩處房前皆生瑞梨樹，其上常有甘露，四時不絶，乃忽萎黃，漸至枯死，此大士涅槃將至之先徵也。大建元年已丑夏四月丙申朔，大士寢疾，告其子普建、普成曰："我從第四天來，爲度衆生故。汝等慎護三業，精勤六度，行懺悔法，免墮三塗。"二子因問曰："脱不住世，衆或離散，佛殿不成，若何？"大士曰："我去世後或可現相。"至二十四日乙卯，大士入涅槃，年七十三，肉色不變，三日舉身還暖，形相端潔，轉手柔軟。更七日，烏傷縣令陳鍾耆來結香火緣，因取香火，次第傳四衆，次及大士，大士猶反手受香。沙門法璿等曰："我等有幸，預蒙菩薩示還源相，手自受香，表存滅非異，使後世知聖化餘芳。"

初大士之未亡也，語弟子曰："我滅度後，莫移我牀，待後七日，當有法猛上人，送織成彌勒佛像，來鎮我牀上，用標形相也。"及七日，上人果持佛像，并一小銅鐘，安大士牀上，作禮流淚，須臾不見。大士疾時,弟子恐其滅度,乃問曰:"大士滅後,靈柩若爲安厝?"答曰:"將我屍於雙林山頂如法焚之,以其灰骨分爲二分。一安山頂塔中,一安塚上塔中。兩塔中各作一彌勒佛像,用標形相也。"又問曰:"若不遂所囑,欲依世俗禮葬,若爲安置?"答曰:"若不獲我願,則不須材器,但累甓作牀,即舉我屍於其上,以三尺屏風繞之,以絳帳覆之可也。"又囑弟子徐普拔等曰:"我去後若猶憶我,汝當共迎慧集上人遺形還山,共爲佛事。"滅後弟子不奉初命,而特用漢禮,并迎集上人屍於潛印渚松山之隅,與大士鄰葬。四年九月十九日,弟子法璿,菩提智瓚等,啓陳宣帝,請立大士并慧集法師慧和闍梨等碑。於是帝詔東海徐陵爲大士碑,汝南周弘正爲慧和闍梨碑。

大士在日,常以經目繁多,人或不能遍閱,乃就山中建大層龕。一柱八面,實以諸經,運行不礙,謂之輪藏。乃立願曰:"登吾藏門者,生生世世,不失人身。勸世有發菩提心者,至誠竭力,能推輪藏,不計轉數,是人即與持誦諸經功德無異,隨願獲益。"今天下所建輪藏,設大士像,實始於此。山有古松,大士嘗於松間發願度眾生,以斧爲誓。至今松木斧痕猶存。飼虎餘飯棄擲林間,化而爲石,青白錯雜,可作數珠,謂之"飯石"。靈異之迹,豈容思議耶?

善慧大士録卷第二

陳大建五年,菩提等上啓宣帝,請爲本寺護法檀越,帝答書可之。菩提等又作書與朝貴以下曰:"伏惟亡師大士,在世之時,頻詣梁武帝,弘通正道,多逢惱障,請朝貴爲護法檀越,並蒙弘獎,今徒衆弟子奉遵遺教,紹繼慈旨,輒依先志,請爲護法,特願垂許。"於是自朝貴以下,至於士庶,具題爵里,願爲護法檀越者甚衆。

禎明元年,大士長男普建法師燒身滅度。

隋開皇十五年二月十五日,文帝作書與大士弟子惠則等曰:"皇帝敬問惠則法師,如來大慈,矜念羣品,救度一切,爲世津梁。朕君臨天下,重興法教,欲使三寶永崇,四生蒙福。汝等皈依正覺,宣揚聖道,想勤修梵行,殊應勞德。秋暮已寒,道體如宜也,今遣使人指宣往意。"

十八年,帝又與書曰:"朕受天命,撫育黎元,尊崇三寶,情深救護,望十方世界一切含靈,蒙茲福業,俱登仁壽。汝等棲身净土,投志法門,普爲羣生宣揚聖教,又知比來爲國行道,勤修功德,當甚勞心。汝等弘此慈悲,精誠苦行,廣濟羣品,深慰朕懷。既利益宏多,勿辭勞也。"

仁壽元年正月十五日,帝又書曰:"朕尊重聖教,重興三寶,欲使一切生靈,咸蒙福力。法師捨離塵俗,投志法門,專心講誦,宣揚妙典,精誠如法,深副朕懷,既利羣生,當不辭勞倦。"

大業元年,煬帝書曰:"朕欽承寶曆,撫育萬方,思弘德化,覃被遐邇，況復昔居藩屏，作鎮江都，所管之内臨踐日久，興言唯舊，有異常情。今者巡省風俗，爰屆淮海，山川非遠，瞻望載懷。薄寒，道體清豫。廣修净業，實足津梁，既以弘濟爲心，不爲勞也。是後僧徒住持，自朝廷至于郡縣官司，多保護之。”

其大士遺跡，雖歲月淹久，至今在者稽亭塘下漉魚潭一所，佛殿及九層塼塔各一所，法猛上人織成彌勒像及小銅鐘子一口，大士卧牀一張，莞蕝一領，木帳一具，木枕一枚，牙塔子、牙菩薩二軀，白石像一軀，甆像二軀，甆硯一面，甆插筆架一具，甆水罌一口，扣天門槌一雙，武帝水火珠一顆，塵尾扇一柄，香奩一具，遮日扇兩柄，張僧繇畫菩薩兩鋪，西國獻獨榻牀一張，其餘屋宇園池等，皆大士在時所有。其事煩碎，不復具載。

大士凡所著述，不以文字爲意，但契微妙至真之理，冀學者因此得識菩提之門耳。其爲衆説法，不過數句，而聽者各隨性分得解也。

初大士與弟子等説大乘道，未嘗告倦。時比丘智雲從容啓大士曰：“師主常説六度四等，未知云何是度？云何是等？”答曰：“雖行布施，而不畢竟住於喜捨；雖行持戒，而不畢竟住於調伏；雖行忍辱，而不畢竟住於無瞋；雖行精進，而不畢竟住於忘身證法；雖行禪定，而不畢竟住於無動；雖行智慧，而不畢竟住於空解；雖行無相，而不畢竟住於永寂；雖行無度，而不畢竟住於無得；雖行無起，而不畢竟住於無生。是爲六度摩訶般若波羅蜜也。雖行慈心，而不畢竟住於常念；雖行悲心，而不畢竟住於忍苦興濟；雖行喜心，而不畢竟住於欣悦正法；雖行捨心，而不畢竟住於無著。此四心並離於色相。怨親等濟，盡於未來，是爲四等四無量也。”

大士更説摩訶正法忍，無礙功德少分，以釋上義，曰：“若能受持摩訶正法忍，能爲摩尼珠，遍照十方；能爲如意珠，充滿諸行願；能令行者如虚空，色相不能染；能使行者離足迹，猶如鳥飛空，當成無上道，疾證天中天；能紹諸佛法，普度諸羣生；能爲衆妙藥，療治生死病；

能令行者無所依,疾證離名字;能弘三菩提,普利無邊際;能降諸結賊,疾證一無爲;能爲大日月,照了諸世界;能令行者利己永安寧;能令疾證不動地,澄寂無涯底;能成聖中王,名聞普世界;能爲法寶藏,日用無窮盡;能令疾證大乘道,能載無限量。"

大士又説陀羅尼三昧法門少分偈:"是法法中明,猶如星日月。是法法中燈,能破無邊暗。是法法中地,荷戴遍十方。是法法中母,出生諸佛種。"

爾時大士見衆生雖有肉眼,不識罪福之由,因説三盲之義:一瞋恚盲,二慳貪盲,三憍慢嫉妒盲。瞋恚盲者,由起瞋恚,後墮地獄,出受蛇身,人見便打。汝自思惟,起此瞋心,定是損誰,爲損己耶,損他耶? 瞋若不生,得涅槃樂。由起瞋心,墮三惡道,受極大苦,不得受涅槃大樂,此非大盲耶? 慳貪盲者,由起慳貪,墮大地獄,從地獄出,受餓鬼身。汝更思惟,起此慳貪,定是損誰,爲損己耶,損他耶? 慳貪不生,得涅槃樂。由起慳貪,墮三惡道,受極大苦,不得受涅槃大樂,此非大盲耶? 憍慢嫉妒盲者,先墮地獄,從地獄出,作糞中蟲及猪犬等下賤之身。汝重思惟,起此憍慢嫉妒之心,定是損誰,爲損己耶,損他耶? 憍嫉不生,得涅槃樂。由起憍慢嫉妒心故,墮三惡道,受極大苦,不得受涅槃大樂,豈非大盲耶?"

大士又常勸人素食,開示曰:"如我不欲人加諸我,我亦不應加諸人。我不欲人殺害於我,我亦不應殺害於他。我不殺彼,彼不殺我,是世正理。汝持不殺戒,法應如此,就佛何求。若犯殺戒,落刀劍林、鑊湯爐炭地獄。不盜戒者,我不欲人劫盜於我,我亦不應劫盜於他。我不盜彼,彼不盜我,是世正理,汝應持不盜戒,就佛何求。若犯盜戒,死受地獄重苦,出墮餓鬼,後爲牛馬,割肉償其債主,百千萬劫,無有休息。"

弟子問曰:"從來啓佛文詞,只啓釋迦十方佛,而獨不道彌勒,何耶?"答曰:"十方諸佛,共一法身,何須一一列名? 自説因緣,如昔有人作好飲食,供養聖僧。爾時聖僧化凡僧形,來受其食,主人見之,即罵辱言:‘我本供養聖僧,何得汝來受我供養?’然此凡僧,即聖僧身,主人自不識耳。”

大士閒居,謂弟子言:“我初學道,始於寺前起一草庵,如守瓜屋,內外泥治甚周,時有客來敍話。我於對客之際,見一佛身長丈六,放金色光,從天上來,東面而下,其光赫焱,遍虛空中,作黃金色,都不見有屋及四壁所在,如坐虛空。佛既至地,我即禮拜,佛亦隨我作禮,唯我獨見,客不見也。”

又言:“我修道時,常自思惟諸佛世尊,並以何道能度眾生,今學何法當得此道,我資用乏,肆力耕鋤,暝還山中,竟夜思惟度眾生法,心猶未明,發聲慟哭,雨淚交流。念三塗地獄之苦,彌日累夕,乃豁然開悟,自識來處,方知諸佛不除地獄,深有所以。若除地獄,則無人修善,故知善惡二法,互相維持,世界乃得安立。如王治國,設法垂制,人有所犯,則隨事刑戮,輕則鞭捶,重則刀鋸,以令於世,以行禮樂,以立信義。若無王威憲制,偷劫怨家,侵掠無已。”

又謂弟子曰:“我初悟道時,得少分宿命智通,識本來處,知從天來,本身猶在天上。”又言:“我在山中打磬,六時禮拜,空中常有四眾同我禮拜。”

弟子問曰:“六篇中言近皆天宮,是何天耶?”答曰:“非是第一義天,祇是欲界第四天耳。”

又問曰:“未審得宿命智見去來事,如人眼見物不?”答曰:“不也,我但得少分宿命智耳。今作凡夫,非具足神通時,坐道場時,乃當具足。”

又問曰:“少分宿命智,見知若何?”答曰:“我但心知,實無所見,如我遣傅暀奉書白國主,自知當有大德沙門爲影響之人。”

又常與弟子說無爲大道諸法因緣曰:“無爲大道者,離於言說。何謂離言說?說者無示,聽者無聞,學者無得。何謂說無示?聽無

151

聞,學無得。"

曰:"說者無方,故無示;聽者無受,故無聞;學者無取;故無得。何以故爾?法無色,離形相故;法無受,離取捨故;法無行,離足跡故;法無名字,離分別故。如是道者,即是無爲真一。真一之道,即無漏道。何謂無漏,斷絕攀緣,究竟無染,上不爲結使所牽,漏落三界,流轉生死,下不爲結使所牽,漏落三塗地獄,受諸苦惱,故言無漏。無漏之道,即寂定無爲,歸然常住。何謂爲常?雖復俗去時移,常存不異,常住之道,即是聖道。何謂聖道?聖者正也,正即不動,不動即定,定即調直,調直即平,平即和,和即僧。僧者復有三義,一者意業無所作,二者口業無所作,三者身業無所作,亦名法師。法師者復有三意:一者履踐如如,體一無相,二能弘宣正典,曉真不二,三能善巧方便,化彼羣生,同歸一源。"

問曰:"何不一法即真,而須方便?"答曰:"衆生習氣剛强,深愛諸有,不可卒除。要須方便,稍遣攀緣,緣累既盡,方乃悟道,理會無上,即真不二。是以諸佛菩薩,大悲憐愍,開方便門,常勸出家。出家之法有二,一形出家,二心出家。形出家者,所謂剃除髮鬚,同於法身。心出家者,出一切攀緣諸有結家。若就世而論,形出家爲勝。何以故?不爲公私所牽,獨脫無累,蕭然自在。若就理而論,形心無二,故復義有事理二種出家:一事出家者,出慳家、瞋家、貪家、殺害家、食噉衆生家、偷盜家、邪淫家、損他利己家、妄言綺語家、惡口兩舌家、嫉賢妒能家、憎愛家、怨親家、互爭勝負家、相淩易家、相鬭打家、貢高家、我人家、不慈孝家、無慚愧家、背恩義家、不謙讓家、誹謗家、毀訾家、世間非道理家、不恭敬家、六塵家、一切諸慢家,我慢、邪慢、憍慢、高慢、不如慢、慢慢、增上慢、多聞廣知慢、持戒慢、禪定慢、師慢、僧慢、貴慢、富慢、端正慢、丈夫慢、勢力慢、技能慢、大宅慢等家,出三界一切有爲諸結家,是名事出家。此家何過,應須出難?蓋此家中,常有無量怨家債主,手把刀劍,常待我來,殺害於我,應須出離。又有無量虎狼獅子，常待我來，瞰食我身，應須出離。又多諸惡蛇蜈蚣等屬，常待我來，惱害我身，應須出離。又有無量三塗地獄種種諸苦，常待我來，楚痛我身，應須出離。又多諸郎主，常待我來，使役我身。何謂郎主？慳心是郎主，貪心、瞋心、殺害心、食瞰衆生心、偷盜心、邪淫心、損他利己心、妄言綺語心、惡口兩舌心、嫉賢妒能心、憎愛心、怨親心、彼我心、互爭勝負心、相淩易心、相鬭打心、貢高心、我人心、不慈不孝心、無慚無愧心、違恩背義心、不謙讓心、誹謗心、相毀訾心、世間非道理心、不恭敬心、六塵心、一切諸慢心等，皆是郎主。眼貪華豔色，耳貪非法聲，鼻貪非法香，舌貪非法味，身貪細滑，意緣惡境，凡一切有爲諸行，悉是郎主。此諸郎主，能使役，能罵辱，能捶擊，能繫駐，能枷鎖，能殺害，能煮炙，能瞰食我身。世間有人屬他使役，尚言辛苦，不可嬰當，況係屬如此郎主，備嬰衆苦，復可當乎？是故應須出離。二理出家者，出八聖道家、十力四無所畏家、十八不共法家、五眼六通家、三明家、他心家、宿命智家、大慈悲家、平等家、覺知第一義家、佛法僧家，是名理出家。」

或曰：「既有出家，必有入家，何不略說？」曰：「須知理出家者，即是入家。今更略說。入偏寂家、大動家、現色身家、無住家，若如是者，即是大乘，何以故？若以無生妨生，是人遠離無生。若無滅妨滅，是人遠離無滅。是故經言，生死是涅槃，無退無生故。何故無退無生？謂來無所從故。何謂來無所從？謂去無所至故。何謂去無所至？謂遠離三世有故。何謂遠離三世有？謂隨順諸法性故。何故隨順諸法性？謂教化羣生等至涅槃故。是故雖得佛道，轉於法輪，不捨菩提之道。何以故？不虛本願故。」

問曰：「何謂來無所從？」答：「謂不依一切諸行故。」「何謂去無所至？」「謂於一切法無所取故。」「何謂遠離過去有？」「謂不住過去足跡，離於名字，無所分別故。」「何謂遠離現在有？」「謂現在心不染有無二法故。」「何謂遠離未來有？」「謂心不取未來，證法無爲故。」「何謂遠離

三世有?""謂有爲諸法,無所得故。""何謂隨順諸法性?""謂住無所住
故。""何謂住無所住?""謂興無限大慈大悲故。""何謂興無限大慈大
悲?""謂教化羣生等至涅槃故。""何謂成就阿耨多羅三藐三菩提?"
"謂離有爲諸法,證寂無爲故。""何故不成就阿耨多羅三藐三菩提?"
"謂不住證寂無爲諸法故。""何謂得無所得?""謂不得有無二法,如虛
空住無所住故。"

問曰:"如上所説,斷絶攀緣,究竟無染,不爲結使所牽,是解脱
者,何用坐禪繫念數息耶?"答曰:"坐禪數息者,乃是入道初門。正爲
衆生習氣剛强,深愛五欲,煩惱熾盛,折挫方調,是以諸佛菩薩方便,
令繫念數息,廢其心慮,不緣世間麤惡之事。又令觀身過患,厭離生
死,精勤修習。累月經年,修習既久,攀緣稍静,心得調柔,乃能斷慳
貪瞋等有爲一切諸行。諸行既盡,心會實相。證寂無爲,是名得道。
若人雖復坐禪繫念數息,不斷瞋等有爲諸行者,終不得道。何以故
爾? 道是無爲法,諸行是有爲因,今行有爲因,希望無爲果,不亦
難乎?"

又説三乘及外道魔業曰:"第一聲聞乘者,不能廣濟,但觀身患,
厭離生死,斷一切攀緣有爲諸結,安心實相,證寂無爲,是名聲聞乘。
第二緣覺乘者,厭離生死,斷一切攀緣有爲諸結,觀十二因緣性空,覺
悟實際,取證涅槃,是爲緣覺乘。第三大乘者,息一切攀緣有爲諸結,
修行四等六度,廣濟羣生,怨親平等,迴向三菩提,不證三菩提,修行
一切法,而離諸法相,是故非世閒非不世閒,非涅槃非不涅槃,不縛不
脱,永爲三界父母,廣濟羣生,盡未來際,是名大乘。何謂外道業? 修
有漏善,厭下攀上,修諸苦行及諸功德,妄希高昇自在,永受無爲安
樂,是爲外道業。何者是魔業? 有爲諸行,皆是魔業。何謂諸行? 慳
心、貪心、殺害心、食噉衆生心、偷盗心、瞋心、邪淫心、損他利己心、調
戲心、歌舞心、妄言綺語心、惡口兩舌心、嫉賢妒能心、愛憎心、彼我
心、互爭勝負心、相淩滅心、相鬪打心、一切諸慢心、懈人心、不慈不孝

心、無慚無愧心、違恩負義心、不謙讓心、相誹謗心、毀訾心、世閒非道理心、不恭敬心，眼貪華豔之色，耳貪非法之聲，鼻貪非法之香，舌貪非理之味，身貪細滑，意緣惡境，凡一切有爲諸行，若善若惡，皆是魔業。此諸行因，流轉生死，無有休息，常處闇宅，永劫長夜，無有光明，急須遠離。”

又問曰：“何謂魔？”答曰：“魔者邪也。生心取外，即是爲邪。生心取內，即是爲邪。生心取中閒，即是爲邪。心不生即不動，心不動即爲正也。”

又問曰：“夫人何故輪迴生死，無有休息？”答曰：“輪迴生死不由於他，皆由三業所致，故應控制諸根，不令放逸。人言死去更復何知，夫死之與生，本無差異。何以故？夫有身者，皆爲四大所成，識神合體，遍在其中。今所以知寒知熱知苦知樂，悉是識神所知，非四大知也。若言不然，何故識神去後，死屍不知苦樂耶？以此推之，死生不異，皆是識神領於苦樂耳。今若不能忍受饑渴寒熱燒焠割炙之痛，後入地獄，豈能受乎？若不肯調心爲善，恣意殺生，作諸惡者，死入三塗，刀山劍樹、鑊湯鑪炭、銅柱鐵牀、鋸解磨磨、灰河沸屎、八寒八熱、阿鼻地獄，及餓鬼畜生，種種諸苦，豈可當乎？”

頌曰：“生落苦神界，轉轉五道庭。久幽閉長夜，累劫無光明。刀山多劍樹，毒刃互崢嶸。生有履霜人，時刻無暫寧。餓飡鐵丸炭，渴飲冶火精。流浪三塗中，豈識形與名。念子不知命，苦哉傷我情。”

又有人言：“天下人民學道，不盡菜食，大士何獨執菜食耶？”答曰：“何謂聖道？聖者正也，理正世正。學道之人，應修理正，理正者心不在內，亦不在外，不在中閒，一心澄寂，猶如虛空。若生心貪著世閒非理之味，何爲正乎？又學道之人，應修世正，世正者，貴不凌賤，富不凌貧，智不凌弱，強不凌弱，非正不言，非道不行。若損他利己，復何爲正乎？且畜生之類，皆是罪人所作，自念無力，不能救護，今貪口腹，反助煎迫，一者乖慈，二者乖理，三者亦是罪業生死根本，一切人民，何故輪迴衆苦，無有休息，由不自用道理，更相淩易，互相殺害，爲此流轉三塗，受無量苦。是故執心菜食，畢命不移。

又問曰：“菜食經久，或致疾病，如何？”答曰：“夫人何故有病，但由前身造作衆惡，感今病苦。今若復造衆惡，又感未來病苦。譬如有人，故年鐵椿刺身，今年痛惱，爲痛惱故，又刺新椿，此寧得愈。應須挑故椿，不刺新椿，痛乃得愈。何謂挑故椿不刺新椿？謂已作之罪，歸命三寶，發露懺悔，未作之惡，誓不更作，乃獲生生世世無復苦惱也。”

又問言：“非道覓財，供養三寶，其事何如？”答曰：“竊聞經言，非法財作佛，不聽禮此佛。以此推之，故知佛不許人惱害衆生，非道覓利，供養三寶。”

又有人言：“合家不殺，但常食已死之肉，如何？”答曰：“食者不止，殺亦不住，若食者住，殺亦自止。”

人問云：“我爲諸惡，又能廣誦衆經，經云，能讀誦一句一偈，能滅無邊重罪，能增長無邊功德，斯說如何？”答曰：“斯乃諸佛菩薩慈愍方便，故誘進在前，決斷在後。若衆生讀經，心得悟道，遠離諸惡，改心爲善，即一句一偈，實能滅無邊重罪，增長無邊功德。今若廣誦衆經，心不斷惡，亦不能滅罪生福，何以驗之？竊聞善星比丘，讀誦十二部尊經，利如瀉水，但爲惡不住，生身陷入阿鼻地獄。以此推之，故知多聞讀誦，心不斷惡，終不能滅罪生福也。”

有人問曰：“世間有人，常諳經律，知惡不惡，知罪不罪，知犯不犯，又外能齊整威儀，內心不斷諸惡之行，此理如何？能脫諸苦不？”答曰：“如人內心具知苦樂因緣，外形又能齊整威儀，但不自愛，仍以五百鐵椿內於衣裏，於意云何，此人爲當無痛苦耶？若今學道之人，外現威儀，內不斷惡，其事亦爾。後爲怨家所得，繫身闇獄，受其衆苦，無有邊際，如此苦痛，豈可嬰乎？望諸仁德，更相勸勉，制心一處，斷除諸緣，究竟無染，使心虛寂，冥會實相，即脫衆苦，證無爲樂。是故經云，滅苦之道，實是真道，更無餘道也。”

又曰：“有人身患六欲之病，求師受戒，既受不持，病得愈否？”答曰：“如人重病，尋覓良醫，求索良藥，既得藥方，而不肯服，病當愈否？今人得戒，受而不持，其事亦爾。若不斷除六欲之因，將來必成六十諸行旃陀羅果，此六十諸行牽入生死，殺身無數。”

問：“此諸行旃陀羅，從何所生？”答曰：“若貪色，即具受想行識。若貪聲，即具受想行識。若貪香，即具受想行識。若貪味，即具受想行識。若貪觸，即具受想行識。若意貪世法，即具受想行識。如是一中備五，五六合成三十旃陀羅也。若貪出世色，具受想行識。若貪出世聲，具受想行識。若貪出世香，具受想行識。若貪出世味，具受想行識。若貪出世觸，具受想行識。若貪出世法，具受想行識。如是一中備五，五六合成三十，并前總爲六十旃陀羅也。何謂出世味觸，謂貪涅槃生法愛也。此六十諸行旃陀羅應遠離。智者應須觀察審諦思惟，使心不外不内亦不中間，猶如虛空，無所依止，即得解脫生死之苦，證真涅槃常樂。”

或難曰：“常説爲善感樂，何故有人修善，反貧窮困苦？”答曰：“多是大權菩薩慈愍廣濟，現身修善，嬰罹衆苦，食困愈堅，不貪世樂，精勤懺悔，惟願捨身，感見諸佛。何以故爾？正爲衆生初發道心，信根未立，多逢怨障，恐其道心退没，引令堅固，趣向佛道。是故經言，説悔先罪，不説過去解脫，以己之疾愍於彼疾也。”

又難曰：“常説爲惡感苦，何故有人生不爲善，現身富貴安樂，子孫盈堂？”答曰：“得富貴者不由一生，皆由前生修行布施，廣作功德，果感今生富貴安樂。今雖爲惡，未即受苦。譬如有人殺害百人，百人恨心甚重，常欲報怨，但彼有千人守護，未能得便。意欲千人去後，百人取而殺害，受苦無量也。”

又問曰：“畜生之類，愛念眷屬，何如於人？”答曰：“雖復形差體别，至於貪生畏死，情同狎愛，不異於人。今人自稱有智慧眼，見生死苦樂之路,而作五痛五燒之因,永劫長夜,受諸苦惱,無有休息,不知遠離,何得稱爲有智慧乎?"

　　大士又謂人曰:"夫人何故常被五痛五燒之苦,蓋由自造五痛五燒之因。譬如有人五百鐵椿刺於身上,晝夜痛楚,不可嬰當,今欲爲諸仁德,拔除其椿,令得安樂,無復苦惱,於意云何? 欲得階梯拔,欲得併拔。若有人受佛三歸,一不殺戒,月持六齋,齋日菜食,喻拔一百椿;有人受佛五戒,月持六齋,齋日菜食,喻拔二百椿;有人持佛十善戒,月持六齋,年三長齋,齋日菜食,喻拔三百椿;有人持佛聲聞戒,諸惡不作,諸善奉行,長年菜食,六時行道,喻拔四百椿。是爲階梯拔。有人受持佛菩薩戒,諸惡不作,諸善奉行,長年菜食,六時行道,愛護正法,不惜軀命,崇弘聖道,廣化羣生,共同解脫,喻拔五百椿,是爲併拔。今諸仁德,何故恣心造惡,死入三塗,受苦無量? 若能制心爲善,壽終之後,上生天上七寶宮殿之中,姿容端正,相好殊特,尊豪富貴,無爲自在,欲有所得,隨念如意,四城銀池,林苑圍繞,寶樹鏗鏘,華葉陰映,香風飄拂,金枝玉葉,奏衆妙樂,適悅人心,永劫歡娛。"

　　頌曰:"調心作牛車,牽人至梵天。梵天諸宮殿,皆悉自光明。譬如春月華,衆色悅人情。愛樂此華者,永離諸塵嬰。"

善慧大士録卷第三

四相詩

生　相

識託浮泡起，生從愛欲來。
昔時曾長大，今日復嬰孩。
星眼隨人轉，朱脣向乳開。
爲迷眞法性，還卻受輪迴。

老　相

覽鏡容顏改，登階氣力衰。
咄哉今已老，趨拜禮還虧。
身似臨崖樹，心如念水龜。
尚猶耽有漏，不肯學無爲。

病　相

忽染沈痾疾，因成臥病身。
妻兒愁不語，朋友厭相親。
楚痛抽千脈，呻吟徹四鄰。
不知前路險，猶尚恣貪瞋。

死　相

精魄辭生路，遊魂入死關。

只聞千萬去，不見一人還。
寶馬空斯立，庭花永絕攀。
早求無上道，應免四方山。

心王銘

觀心空王，玄妙難測。
無形無相，有大神力。
能滅千災，成就萬德。
體性雖空，能施法則。
觀之無形，呼之有聲。
爲大法將，心戒傳經。
水中鹽味，色裏膠青。
決定是有，不見其形。
心王亦爾，身內居停。
面門出入，應物隨情。
自在無礙，所作皆成。
了本識心，識心見佛。
是心是佛，是佛是心。
念念佛心，佛心念佛。
欲得早成，戒心自律。
净律净心，心即是佛。
除此心王，更無別佛。
欲求成佛，莫染一物。
心性雖空，貪瞋體實。
入此法門，端坐成佛。
到彼岸已，得波羅蜜。
慕道之士，自觀自心。

知佛在内，不向外尋。

即心即佛，即佛即心。

心明識佛，曉了識心。

離心非佛，離佛非心。

非佛莫測，無所堪任。

執空滯寂，於此漂沈。

諸佛菩薩，了此安心。

明心大士，悟此玄音。

身心性妙，用無能改。

是故智者，放空自在。

莫言心王，空無體性。

能使色身，作邪作正。

非有非無，隱顯不定。

心性雖空，能凡能聖。

是故相勸，好生防慎。

刹那造作，還復漂沈。

清净心智，如世黃金。

般若法藏，盡在身心。

無爲法寶，非淺非深。

諸佛菩薩，了此本心。

有緣遇者，非去來今。

又頌曰：

遍瞻四大海，觀尋五陰山。

如來行道處，靈智甚清閒。

寶殿明珠曜，花座美玉鮮。

心王明教法，敷揚般若蓮，

净土菩提子，蓋得天中天。

觀此色身中，心王般若空。
聖智安居處，凡夫路不同。
出入無門户，觀尋不見蹤。
大體寬無際，小心塵不容。
欲得登彼岸，高張智慧帆。
清净明珠戒，莊嚴佛道場。
身作如來相，心爲般若王。
願早登蓮座，口放大圓光。
廣照無邊界，爲物作橋梁。
開大毗尼藏，名傳戒定香。
觀達無生智，空中誰往來。
永超三界獄，不染四魔胎。
遊戲蓮華上，安居法性臺。
天人悉瞻仰，冥空讚善哉。
有緣逢廣化，般若妙門開。
夜夜抱佛眠，朝朝還共起。
行住鎮相隨，坐卧同居止。
分毫不相離，如身影相似。
欲知佛何在，只這語聲是。
寂是法王根，動是法王苗。
涅槃既不遠，常住亦非遥。
迴心名净土，煩惱應時消。
欲過三塗海，勤修六度橋。
定當成正覺，喻若待來潮。
伏藏不離體，珠在内身中。
但向心邊會，莫遠外於空。
萬類同真性，千般體一如。

若人解此法,何用苦尋渠。

四生同一體,六趣會歸余。

無明即是佛,煩惱不須除。

貪瞋癡

不須貪,看取遊魚戲碧潭。

只是愛他鉤下餌,一條線向口中含。

不須瞋,瞋則能招地獄因。

但將定力降風火,便是端嚴紫磨身。

不須癡,癡被無明六賊欺。

惡業自身心所造,愚迷披卻畜生皮。

十　勸

勸君一,專心常念波羅蜜。

勤修六度向菩提,五濁三塗自然出。

勸君二,夫人處世莫求利。

縱然求得暫時間,須臾不久歸蒿里。

勸君三,人身難得大須慚。

晝夜六時常念佛,勤修三寶向伽藍。

勸君四,努力經營修善事。

莫言少壯好光容,未委前程是何處。

勸君五,尋思地獄真成苦。

眼前富貴逞容儀,須臾不久還歸土。

勸君六,第一莫喫眾生肉。

若非菩薩化身來,便是生前親眷屬。

勸君七,萬事無過須的實。

朝三暮四不爲人,此理安身終不吉。

163

勸君八，喫肉之人真羅刹。

今生若也殺他身，來生還被他人殺。

勸君九，天堂地獄分明有。

莫將酒肉勸僧人，五百生中無脚手。

勸君十，相勸修行須在急。

一朝命盡入黃泉，爺娘妻子徒勞泣。

頌二首

空手把鋤頭，步行騎水牛。

人從橋上過，橋流水不流。

有物先天地，無形本寂寥。

能爲萬象主，不逐四時雕。

還源詩十二章

還源去，生死涅槃齊。

由心不平等，宛爾有高低。

還源去，説易運心難。

般若無形相，教君若是觀。

還源去，欲求般若易。

但息是非心，自然成大智。

還源去，觸處可幽棲。

涅槃生死是，煩惱即菩提。

還源去，依理莫隨情。

法性無增減，妄説有虧盈。

還源去，何須更遠尋。

欲求真解脱，端坐自觀心。

還源去，心性不思議。
志小無爲大，芥子納須彌。

還源去，解脱無邊際。
和光與物同，如空不染世。

還源去，何須次第求。
法性無前後，一念一時修。

還源去，心性不沈浮。
安住三三昧，萬行悉圓收。

還源去，生死本紛綸。
橫計虛爲實，六情常自昏。

還源去，般若酒澄清。
能治煩惱病，自飲勸衆生。

浮漚歌

君不見驟雨近著庭際流，水上隨生無數漚。
一滴初成一滴破，幾迴銷盡幾迴浮。
浮漚聚散無窮已，大小殊形色相似。
有時忽起名浮漚，銷竟還同本來水。
浮漚自有還自無。象空象色總名虛。
究竟還同幻化影，愚人喚作半邊珠。
此時感歎閑居士，一見浮漚悟生死。
皇皇人世總名虛，暫借浮漚以相比。
念念人間多盛衰，逝水東注永無期。
寄言世上榮豪者，歲月相看能幾時？

獨自詩二十章

獨自山，茅茨草屋安。
熊羆撩人戲，飛鳥共來殽。

獨自屋，何意此勤劬。
翹心尋本性，節志服真如。

獨自眠，寂寞好思玄。
休息攀緣境，不著有無邊。

獨自坐，靜思觀無我。
調直個身心，慈悲成薩埵。

獨自處，本誓如應語。
示道在經中，扣破無明主。

獨自行，見色恰如盲。
輕軀同類化，蠕動未曾驚。

獨自戲，問我心中有何爲？
若見無記在心中，急斷令還般若義。

獨自往，觸處隨緣皆妄想。
妄想心內逼馳求，即此馳求亦非往。

獨自歸，登山度嶺何所依？
比至所依無定實，熟觀此境竟何爲。

獨自作，問我心中何所著？
推檢四運併無生，千端萬緒何能縛。

獨自語，問我心中何所取？
照了巧説並皆空，咽喉脣舌誰爲主。

獨自情，其實離聲名。

三觀一心離萬品，荊棘叢林皆自平。

獨自美，迢迢棄朝市。

追昔本願證無生，不得無生終不止。

獨自佳，禪味朝飡不用鰕。

備此搏食如應與，假借五陰以爲家。

獨自樂，但欲求無學。

急斷三界繩，得免泥犁惡。

獨自好，決求苦薩道。

萬行爲眾生，未取泥洹寶。

獨自歡，試取世緣看。

捉此無常境，一理向心觀。

獨自奇，正是學無爲。

迴思多許念，運向涅槃池。

獨自足，願心無限局。

怨親法界語圓真，始得應身化羣育。

獨自宿，意裏心儲蓄。

爲作良友繫衣珠，歷劫彌生根會熟。

**爾時大士語諸弟子晝夜思惟觀察自心生而
不生滅而不滅止息攀緣人法相寂是爲
解脱也乃作五章詞曰**

一更始，心香遍界起。

敬禮無上尊，心心已無己。

二更至，跏趺静禪思。

通達無彼我，真如一不二。

三更中，觀法空不空。

無起無生滅，體一真如同。

四更前，觀法緣無緣。

真如四句絶，百非寧復煎。

五更初，稽首禮如如。

歸依無新故，不實亦不虚。

行路難二十篇并序

　　夫心性虚凝，量同法界，真如絶相，無作無緣。湛爾常存而無住，法流滿界而不遷。妙道歸空，而普同萬有；法王依此，而喻説金堅。故借言欲顯其相，而復不爲言之所詮。然觸事該羅，而事無不攝；性本解脱，而本無十纏。緣所不起，呼之爲妙；言方不及，故號自然。常與世和，而世法不染；恒爲俗體，而亦不爲俗之所牽。爾乃虚玄絶妙，空廓坦蕩。雖無狀而現形，雖有形而無象，散合無方，而非還非往。雖聚歛而不促，設開舒而不廣，實非物而有音，具大音而稀響。性寂虚沖，非一非兩。廣照分明，徒自明而自朗。未曾暫有，而全體現前；雖復現前，而難習難仿。細於毫末而不微，生偏三千而不長。理決定而無形，事微妙而忽悗。生死坦然，非因育養。十類含生，同斯法網。就悟名爲涅槃，而不知者説爲憶想。斯則真實無疑，能柔能强。廣望則世界不容，息念則舉體皆空。乃是無色之色，恬静淵洪。止之則爲無量無邊之體，合之則爲非隻非雙之宗。普周萬國，無遠弗到，包羅太虚，無物不容。非凡非聖，非智非愚，唯有無心質士，合此虚宗。會之者豁冥昧，照之者朗迷蒙。遮那湛然，無減無增，四生三有，闃爾還空。若乃幽微寂寞，難見難知。莫立一名相，而不合不離，非斷非常，而二邊俱會。無明無暗，非慧非癡，此非世間智辨照之所能及，是無生慧者之所深思。斯乃自悟虛心，即長生而不滅。見而非見，無著無依，世有九十六種外道，亦所不及。唯是無上佛法，要切良基。余既瞥聞，不能默已，抱愚竭智，聊述拙辭。雖不會妙理，然其語意大指，終歸真如。煩責羣迷，制斯遣慮，願高明正士，見者不嗤。

第一章　明心非斷常

君不見自心非斷亦非常，普在諸方不入方。

亦復不依前後際，又復非圓非短長。

湛然無生亦無滅，非白非黑非青黃。

雖復念慮知諸法，而實不住念中央。

衆生入而無所入，雖取六境實無傷。

智者分明了知此，是故號曰法中王。

自悟知此無知法，因爾智慧等金剛。

不藉外緣資內府，戒定慧品自閑防。

安住普超三昧頂，憶想顛倒永消亡。

覺諸煩惱真如相，稱此空名爲道場。

爲衆頒宣真常教，如此妙義未曾彰。

行路難，路難微妙甚難行。

若以無知照諸法，現前證得本無生。

第二章　明真照無照

君不見真照分明性無照，通鑒坦蕩復無平。

安住無明知明照，了達明照之無明。

一心永斷於諸行，始復勤行於不行。

一心非心亦非一，無一無心行不生。

識心即是無生法，非離生法有無生。

若知諸緣性無起，隨心顛倒任縱橫。

解了空心無隔礙，世間言論不庸爭。

若復苦欲爭言論，方爲貪癡之所盲。

是故經言樂知見，五陰塵勞隨復生。

若能專心復本際，自得正道坦然平。

性正心平無有正，假説平正引羣生。

行路難，路難常居五陰山。

涅槃虛玄不爲寂，雖有生死獨清閒。

第三章　明心相實相

君不見心相微細最奇精，非作非緣非色名。

雖復恬然非有相，若凡若聖己之靈。

此靈無形而常應，雖復常應實無形。

心性無來亦無去，緣慮流轉實無停。

正覺圓明真常覺，方便鹿苑制尊經。

爲度妄想諸邪見，令知寂滅得安寧。

廣説菩提與諸行，而此二法即音聲。

了達音聲處非處，三毒煩惱不虧盈。

又達五陰皆空寂，正慧無生制六情。

於茲六情隨念滅，即是真了涅槃城。

行路難，路難無往復無還。

貪瞋不在於內外，亦復不在於中間。

第四章　明無相虛融

君不見決定法中無決定，虛妄顛倒是菩提。

若心分別菩提法，分別菩提還復迷。

若了此迷無分別，迷與分別即菩提。

分別菩提非一異，恒一同體不相離。

安住性空真實性，空性無空亦不齊。

同體大悲含一切，故知真性不乖迷。

只此昏迷即無性，亦復不論齊不齊。

若捨塵勞更無法，喻若蓮花生淤泥。

如來法身無別處，普通三界苦泥犁。

三界泥犁本非有，微妙誰復得知蹊。

行路難，路難本自是泥洹。

內外身心併空寂，顛倒貪癡何處安。

第五章　明凡聖非一非二

君不見煩惱茫然非是一，雖復非一亦非多。

若能照知其本際，即是真身盧舍那。

入於微塵亦無礙，無癡體寂遍娑婆。

凡聖兩途非二處，生死涅槃常共和。

雖復強立和名字，只個愛癡真佛陀。

般若深空智非智，以無心意制眾魔。

余既誠心學此術，聊抽拙抱作斯歌。

行路難，路難心性實極寬。

貪欲本來常寂滅，智者於此可盤桓。

第六章　明心性無染

君不見智人求心不求佛，諸法寂滅即貪淫。

愛欲貪淫從心起，我亦徵心於無心。

若也求心復不得，自然無處起貪淫。

貪淫無起亦無滅，顛倒非淺亦非深。

又亦不得非貪欲，無得不得妙難尋。

三毒性中恒如此，具足常同堅固林。

余事貪淫爲佛事，更無三毒横相侵。

若求出離還沈没，分別出没還復沈。

諸佛善得於三毒，衆生虚妄不能任。

我亦勤修三毒性，更不願求諸佛心。

行路難，路難心中本無物。

無物即是净菩提，無見心中常見佛。

第七章　明般若無諍

君不見般若真源本常净，生死根際自虚微。

即此生死真般若，離斯外覓反相違。

心若分別於生死，諸苦毒難竟相追。

今若事之爲功匠，虚妄顛倒不能歸。

而此但假空言語，净穢兩邊俱不依。

無心捨離於生死，涅槃無心亦不追。

涅槃無心即生死，生死無心般若暉。

般若明心無照用，無照無用斷言辭。

亦復不欲有諸見，即是法王無上醫。

善解於此無心藥，三有諸病盡能治。

行路難，路難遣之而復遣。

識此遣性本來空，無心終是摩訶衍。

第八章　明本際不可得

君不見本際之中無復本，無本真際無人知。

若人無知了斯際，清净微妙不爲奇。

知與無知常自爾，苦樂等同於大悲。

三界衆生乃迷驁，於其實録是無爲。

亦復無此無爲法，强自生心自苦疲。

苦疲皆空如炎響，生滅不住不分離。

能知此心無隔礙，生死虛妄不能羈。

而此一心皆悉具，八萬四千諸律儀。

亦復不墮於人法，嶮巇絶危而不危。

一切法中無有法，世人遑遽欲何爲？

行路難，路難心中無可著，

昔日嘗言諸佛遠，今知貪瞋是涅槃。

第九章　明無斷煩惱

君不見文殊妙德非爲遠，三障三毒即二空。

五分法身纏五陰，六入無知爲六通。

四倒四果何曾異，八邪八正體還同。

七覺菩提性無別，七識流浪會真宗。

一切煩惱皆空寂，諸佛法藏在心胸。

恒將法忍相隨逐，只自差舛不相逢。

諸佛如來住何所，併在貪淫愛欲中。

今勸斷貪淫愛欲，但是方便化童蒙。

貪欲本相真清净，假説空名名亦空。

行路難，路難心中非是心。

寄語真修無念士，慎勿分別毀貪淫。

第十章　明寂滅無心常行精進

君不見寂滅性中無寂滅，真實覺中無覺知。

亦復無有無知覺，清虛寂寞離方規。

法性自爾無因致，憶想顛倒性無爲。

正使飄流遍三界，於其心中實不移。

無去無來亦無住,善達無住亦無虧。
諸佛世雄非尊大,三毒四倒亦非卑。
欲尋緣心無所得,無緣心中緣復彌。
若欲速求無上道,無知三毒性能資。
三毒生於三解脱,七識還生七覺支。
倒心去來無有實,去來無急亦無遲。
覺諸煩惱觀前境,但自徵心而卻推。
心本無根何有本,六塵五欲不能拘。
行路難,路難微妙甚希奇。
昔日殷勤勇精進,不知精進背無爲。

第十一章　明法身體用自在

君不見大士自觀身中法,身是如來净法身。
虚空往還最迅速,獨脱自在不由人。
出入毛孔而無礙,愛取塵時不染塵。
現處凡情等諸聖,離斯求道更無真。
建立諸法而無法,即是真如無上真。
億劫本有而非故,於今現覺亦非新。
成就大我而無我,具足大人無有人。
聖體無明不可説,爲復方便名心神。
即此心是真常法,亦是涅槃之上珍。
願諸學人同此悟,自各守門而禁津。
行路難,路難名異理無分。
若能了於無生死,便得消除生死雲。

第十二章　明金剛解脱

君不見金剛語句非真實,萬象森羅同一無。

而此空無爲佛母,復是真如無上珠。
世人不知求此寶,貧窮忽忽六趣如。
不事身中法身佛,穴穴向外禮浮圖。
乍看而欲似精進,檢責身中皆併粗。
用個粗心逞言語,不了真源猶是愚。
隨情憶想而分別,五陰六賊競來誅。
不肯尋求無上道,但知虛妄取名譽。
口雖唱善還生惡,空言真實反成虛。
余今反虛特作實,亦不證實入無餘。
行路難,路難舉世皆虛妄。
十纏五陰性無知,愚人於中自生障。

第十三章　明寂静無照無得

君不見諸法但假空施設,寂静無門爲法門。
一切法中心爲主,余今不復得心源。
究檢心源既不得,始知諸法并無根。
用此無根心照境,照智分別彌復惛。
即此惛心還自照,正照智理未曾存。
照智與境俱無異,是故智士不能論。
世人矻矻强分別,無由照見亂精魂。
若能智照亡所照,分別智照復還原。
諸法本爾誰人作,寂静無静亦無喧。
故知衆生顛倒想,還是衆生無上尊。
行路難,路難捨癡而復癡。
飛禽走獸我能伏,只個心賊獨難治。

第十四章　明三空無性

君不見諸佛聖人心無礙,爲通道化說三無。

雖説三無實無説，心爲萬境所由居。

正使顛倒造五逆，隨情所作併歸如。

抱樸澄神念無念，亦不分別滅無餘。

所以安心不擇處，了知真俗體非殊。

息慮心空不捨事，明理言行自相符。

不依六塵心搖動，真如無作順空虛。

無去無來常不住，心神竭盡亦非無。

不壞於身隨一相，不斷貪淫而不拘。

若謂無差還自縛，言其體異轉傷軀。

猶如夢幻無真實，本來非有若爲除。

行路難，路難頓爾難料理。

凡夫妄見有差殊，真實凝心無彼此。

第十五章　明空有不違

君不見邪見非邊不離邊，顛倒分別亦非緣。

自心非心念非念，常來常去實無遷。

猶若金剛難沮壞，諸佛用此喻金堅。

世人稱譽涅槃妙，余道生死最深玄。

即是無生之上忍，又是摩訶無礙禪。

正士由心於是定，不爲八風之所牽。

天樂自在無心戀，小小財色豈能纏。

隨逢苦樂心無變，永別憶想妄憂煎。

虛心無人無我所，任性浮沈如似顛。

實照常法知無定，知法無性號爲賢。

行難路，路難非空亦非有。

有無雙遣兩俱存，俱存無遣亦無受。

第十六章　明魔怨叵得

君不見大道寂寞叵思尋，融通萬象盡皆深。

一切恬然無起滅，顛倒分別併從心。

智者求心無處所，茫然絕相離貪淫。

了了分明何所見，猶如病眼睹空針。

若人體知顛倒想，不爲妄苦所漂沈。

世間諸法如陽焰，行者慎莫致怨嫌。

恒以空心而反照，無上佛道亦能任。

行路難，路難微妙實無雙。

若識六情空非有，衆魔結賊自然降。

第十七章　明法性平等

君不見法性無知不可説，有漏無漏并虛通。

雖復乖差作諸地，尋其本際盡皆同。

亦復無同可同法，亦不以空持作空。

若欲知斯殊妙道，但自窮搜五陰叢。

如實無來亦無去，亦不的在六情中。

即是無原真法界，湛然常存無始終。

行路難，路難苦樂何未央。

時往西方無量壽，或復託化現東方。

第十八章　明不思議佛母

君不見愛欲貪淫諸佛母，諸佛世尊貪欲兒。

從來菩薩爲我匠，今使我爲衆匠師。

昔日千端外求佛，佛在衣中今始知。

無量癡心本是道，三毒四倒不思議。

虛妄行慈愍衆苦，不知諸苦是慈悲。

177

瞋恚無明最微妙，世間智者不能思。

昔日辛勤學知見，不知知見自無知。

四趣三塗悉非有，三障三脱不分離。

行路難，路難無有俱併亡。

了知煩惱無生相，即是如來坐道場。

第十九章　明無覺精進

君不見正心修行諸佛子，以見非心故不憂。

知心非心意非意，八風侵逼豈懷愁。

隨風東西無我所，獨脱逍遥不繫舟。

設使住時終非住，走遍十方而不流。

不見我時與無我，善哉適性任沈浮。

世間妄想無真實，吾於此中何所求？

只用非心覺非覺，亦復正修於不修。

若人不知如此處，不應稱名作比丘。

爲個癡心作奴僕，愛結纏之不自由。

而此更增諸苦惱，永劫長塗三界囚。

生死相連彌復甚，盼不能得永長休。

行路難，路難無令過諸念，

無念之念乃爲真，真念無真還自炎。

第二十章　明菩提微妙

君不見無上菩提最爲近，四大五陰皆深奧。

其實清净妙難知，不悟此心真卒暴。

和合性中無有實，是故稱爲諸法要。

於中無妄亦無真，只用無爲作微妙。

尋其體寂不應言，假爲眾生立名號。

若知名號即非名,解了衆生知佛教。
覺知無因之正因,當得無因無果報。
善達貪愛得無生,無明去來無動搖。
不見聖果異凡情,分別聖凡還復倒。
若人無願亦無修,必定當爲世間導。
行路難,路難非穢亦非净。
是非雙泯復還存,泯存回得見真性。

行路易十五首

佛生俱一體,生佛本來同。
觸目皆如此,無心自性中。
行路易,路易不修行。
有無心永息,只個是無生。

衆生是佛祖,佛是衆生翁。
三寶不相離,菩提皆共同。
行路易,路易真無作。
持經不動口,坐禪終日卧。

無生無處所,無處是無生。
若覓無生處,無生無處生。
行路易,路易坦然平。
無心真解脱,自性任縱橫。

菩提無處所,無處是菩提。
若覓菩提處,終身累劫迷。
行路易,路易真不虛。
善惡無分別,此則是真如。

有無皆解脱,累息在無生。

菩提是顛倒，生死最爲精。

行路易，路易人莫疑。

解我如是語，修道不須師。

東山水上浮，西山行不住。

北斗下閻浮，是真解脫處。

行路易，路易人不識。

半夜日頭明，不悟真疲劇。

猛風不動樹，打鼓不聞聲。

日出樹無影，牛從水上行。

行路易，路易真可憐。

修道解此意，長伸兩腳眠。

佛心與衆生，是三終不移。

虛空合真理，人我在無爲。

行路易，路易真難測。

寄語行路人，應須大努力。

人道行路難，我道行路易。

入山十二年，長伸兩腳睡。

行路易，路易莫思量。

刹那心不二，終日是天堂。

須彌芥子父，芥子須彌爺。

山海平坦地，燒冰將煮茶。

行路易，路易真寂寞。

菩提在心中，世人元不覺。

有無來去心永息，內外中間心總無。

欲覓如來真佛處，但看石牛生象兒。

行路易，路易須及早。

不用學多聞，無言真上道。

無明是無作，無作是無心。

若見無心處，楊花水底沈。

行路易，路易真無得。

講説千般論，不如少時默。

無情正是道，木石盡真如。

達時遍處是，不悟永乖疏。

行路易，路易真可樂。

刹那登正覺，不用披三教。

無知真無事，無事少人知。

無爲無處所，無處是無爲。

行路易，路易人莫驚。

無有無爲事，空有無爲名。

無我無人真出家，何須剃髮染袈裟。

欲識逍遥真解脱，但看水牛生象牙。

行路易，路易君諦聽。

無覺無菩提，無垢亦無净。

率題六章

第一章　歎佇歸珠至今未獲

攜明是今日，感應在明陽。

想思深洞盡，企子實難當。

朝憶生眷戀，夕望動心傷。

若期靈樹下，度脱不相忘。

忍見孤憔悴，俱願普趨蹡。

雙飛白日頂，出氣紫雲光。

神龍左右梵，散花來芬芳。

菲菲常樂境，藹藹升金堂。

第二章　歎蘄高克遂元志
近背天宮樂，念苦暫羈斯。
舒散金來抱，流緇布交知。
唯仰相隨善，依領使忘疲。
同登八德境，共樂寶蓮池。
肉身變金體，妙果遂衆奇。

第三章　勸修無上道
改緇素容轉，體净得金蘭。
從修無上道，常樂自然完。
拂拭明珠朗，發光遍界看。

第四章　歎不厭苦任自纏嬰
肯入七寶車，寧歸地獄所。
刀山已傷形，劍樹方應處。
日日痛難當，年年無暫弭。
流洩三塗中，憔悴玉容毀。
不用余今訓，爾時先步阻。

第五章　勸請仁賢背苦就樂
願子從爲善，名價身爲呈。
諸天散花下，梵釋來相迎。
同升珍寶殿，處處皆光明。
共居常樂境，齊悦證無生。

第六章　勸趣至真解因緣縛
唯願趣真道，研慮蕩衆緣。
累盡超妙國，逍遥無畏天。

有沙門問大士那不出家答曰不敢住家不敢
出家爾時又爲東鄉侯率題二章略明理要

脱中如不如，縛中穆如相。

乃會三菩提，如如等無上。

法相並非雙，恒乖未曾各。

沈浮隨不隨，搖漾泊無泊。

勸諭詩三首

持戒如天日，能明本有軀。

照見家中寶，兼聞額上珠。

直超三有海，徑到薩雲衢。

並會等無等，齊證拘無拘。

破戒如船淦，没溺大江海。

臨窮方喚佛，志操不能改。

命如風中燈，迅滅寧相待？

身死罪猶存，牽向阿鼻門。

千苦俱時至，萬痛切神魂。

獨嬰燒煮炙，困劇事難論。

修空截三有，精進作醫王。

共弘調御法，甘雨注無方。

澤潤羣生等，慧解悉芬芳。

普會三菩室，齊證真如房。

率題兩章

罷世還本源，離有絶名相。

栖神不二境，體一上無上。

性地無彼此，心田不去歸。
逍遙空寂苑，悅意境忘依。

檀波羅蜜布施頌 附

施門通六行，六行束三檀。
資生無畏法，聲色勿相干。
二邊純莫立，中道不須安。
欲識無生處，背境向心觀。

尸羅波羅蜜持戒頌 附

尸羅得清淨，無量劫來因。
妄想如怨賊，貪愛若參辰。
在欲而無欲，居塵不染塵。
權依離垢地，當證法王身。

羼提波羅蜜忍辱頌 附

忍心如幻夢，辱境若龜毛。
常能修此觀，逢難轉堅牢。
無非亦無是，無下亦無高。
欲滅貪瞋賊，須行智慧刀。

毘離耶波羅蜜精進頌 附

進修名焰地，良爲慧光舒。
二智心中遣，三空境上祛。
無明念念滅，高下執情除。
觀心如不間，何啻至無餘。

禪波羅蜜禪定頌 附

禪河隨浪静，定水逐波清。
澄神生覺性，息慮滅迷情。
遍計虛分别，由來假立名。
若了依他起，無別有圓成。

般若波羅蜜智慧頌 附

慧燈如朗日，蘊界若乾城。
明來暗便謝，無假暫時停。
妄心猶未滅，乃見我人形。
妙智圓光照，惟得一空名。

示諸佛村鄉歌 附

諸佛村鄉在世界，四海三田徧滿生。
佛共衆生同一體，衆生是佛之假名。
若欲見佛看三郡，田宅園林處處停。
或飛虛空中擾擾，或擲山水口轟轟。
或結羣朋往來去，或復孤單而獨行。
或復白日東西走，或復暗夜巡五更。
或烏或赤而復白，或紫或黑而黃青。
或大或小而新養，或老或少舊時生。
或身腰上有燈火，或羽翼上有琴箏。
或遊虛空亂上下，或在草木亂縱橫。
或無言行自出宅，或入土坑暫寄生。
或鑽木孔爲鄉貫，或編草木作寨城。
或轉羅網爲村巷，或卧土石作階廳。
諸佛菩薩家如是，只個名爲舍衛城。

善慧大士録卷第四

傅大士碑文

菩薩戒弟子東海徐陵撰

夫至人無己，屈體申教；聖人無名，顯用藏跡。故維摩詰降同長者之儀，文殊師利或現儒生之像。提河獻供之旅，王城列衆之端。抑號居士，時爲善宿。大經所説，當轉法輪；大品之言，皆紹尊位。斯則神通應化，其可思議者乎？東陽郡烏傷縣雙林寺傅大士者，即其人也。昔巖谿蘊德，渭浦呈祥。天賜殷宗，誕興元相。景侯佐命，樊媵是埒；介子揚名，甘陳爲伍。東京世載，西晉重光。惟是良家，降神攸託。若如本生本行，或示緣起。

子長、子雲，自叙玄系，則云補處菩薩，仰嗣釋迦；法王真子，是號彌勒。雖三會濟濟，龍華之道未孚；千尺巖巖，穰伽之化猶遠。但分身世界，濟度羣生，機有殊源，應無恒質。自叙因緣，大宗如此。按《停水經》云，觀世音菩薩，有五百身在此閻浮提地，示同凡品，教化衆生。彌勒菩薩亦有五百身在閻浮提，種種示現，利益衆生。故其本迹難得而詳言者也。爾其蒸蒸大孝，肅肅惟恭。厥行以禮教爲宗，其言以忠信爲本。加以風神爽朗，氣調清高，流化親朋，善和紛諍。豈惟更盈毀壁，宜僚下丸而已哉。

至於王戎吏部，鄧禹司徒，同此時年，有懷棲遁，乃隱居松山雙林寺。棄捨恩愛，非梁鴻之並遊；拜辭親老，如蘇耽之永別。自修禪遠壑，絕粒長齋；非服流霞，若殣朝沆。太守王烋，言其詭詐。乃使邦

佐,幽諸後曹。迄至兼旬,曾無飲食。於是州鄉塊伏,遠邇歸依,逃迹
山林,肆行蘭若。又自叙云:"七佛如來,十方並現,釋尊摩頂,願受深
法。"每至椎槌應叩,法鼓裁鳴,空界神仙,共來行道。其外人所見者,
拳握之内,或吐異香;胸臆之間,乍表金色。

時有信安縣比丘僧朔,與其同類遠來觀化,未及祇肅。忽見大士
身長丈餘,朔等驚慚,相趨禮拜。虔恭既畢,更覩常形。又有比丘智
緦,優婆夷踐滿願等,伏膺累載,頻覩異儀。或見腳長二尺,指長五寸
餘。兩眼光明,雙瞳照耀,皆爲金色,朗若金鏡。譬李老而相侔,同周
文而等狀。姜嫄所履,天步可以爲儔;河流大展,神足宜其相比。支
郎之彦,既恥黄睛;瞿曇之師,有慚青目。既而四空妙定,勳修已成;
八解明心,莊嚴斯滿。時還鄉黨,化度鄉親,俱識還源,並知迴向。或
立捨鬚髮,如聞善來,大傾財寶,同修净福。

大士熏禪所憩,獨在高巖。爰挺嘉木,是名檽樹。擢本相對,似
雙槐於俠門;合榦成陰,類雙桐於空井。厥體貞勁,無爽大年。值霜
停雪,寒暑葱翠。信可以方諸堅固,譬彼娑羅,既見守於神龍,將謂疑
於雙鶴。乃於山根嶺下,創造伽藍,因此高柯,故名雙林寺矣。大士
亦還其里舍,貨貿妻兒,營締支提,繕寫尊法。嘗以聚沙畫地,皆成圓
果;芥子菴羅,無疑褊陋。乃起九層磚塔,形相嶪然;六時虔拜,巡繞
斯託。又以大乘方等,靈藥寶珠,眷言山谷,希得傳寫。龍鄉思其曉
照,象駕乏其流通。

復造五時經典千有餘卷,與夫鬻子而葬,同其至誠;嫁妻而隱,無
殊高節。若寄摶黍,如因賣花;共指菩提,有成親眷。至如一相無相
之懷,虛己虛心之德。化雞在臂,方推理於自然;毒蛇傷體,終無擾於
深定。門徒肅肅,學侣詵詵。通被慈悲,義無偏黨。

大通元年,縣中長宿傅普通等一百人,詣縣令范胥,連名薦述。
又以中大通四年,縣中豪傑傅德宣等道俗三百人,詣縣令蕭詡,具陳
德業。夫以連城之寶,照廩之珍,野老怪而相捐,工人迷而不識。胥

等體宥流俗，才無鑒真，亟欲騰聞，終成虧怠。

梁高祖武皇帝，紹隆三寶，弘濟四生，迹冠優填，神高仙豫。夫以陳蕃靜室，猶懷天下之心；伊尹躬耕，思弘聖王之道。況有我慧日明炬，如風寶車，濟是沈舟，能升彼岸。固宜光宣正法，影嚮人王者乎！於是以中大通六年正月二十八日，遣弟子傅旺入都，致書高祖，其辭曰：「雙林樹下當來解脫善慧大士，白國主救世菩薩：今條上中下善，希能受持。其上善以虛懷爲本，不著爲宗，無相爲因，涅槃爲果。其中善以治身爲本，治國爲宗，天上人間，果報安樂。其下善以護養衆生，勝殘去殺，普令百姓，俱稟六齋。夫以四海之君，萬邦之主，預居王土，莫不祇肅。」

爾時國師智者法師，與名德諸衆僧等，言辭謹敬，多乖釋迦之書；文牒卑恭，翻豫山公之啓。大士年非長老，位匪沙門，通疏乘輿，過無虔恪。京都道俗，莫不嗟疑。旺至都，投太樂令何昌，并有弘誓，誓在御路燒其左手，以此因緣希當聞達。昌以此書呈同泰寺僧浩法師，師衆所知識，名稱普聞，見書隨喜。勸以呈奏，皇心歡悅，遽遣招迎，來謁宸闈，亟論經典。同泰寺前臨北闕，密邇南宮，仍請安居，備諸資給。後徙居鍾山之下定林寺，遊巖倚樹，宴坐經行。京洛名僧，學徒雲聚。莫不提函負衺，問慧諮禪。居蔭高松，臥依盤石。於是四徹之中，恒泫甘露；六旬之內，常雨天華。豈非神仙影響，示現禎祥者乎？

帝於華林園重雲殿，自開講《三慧》、《般若經》，窮須真之所問，御法勝之高堂。百千龍象，圍繞殫聽，黑貂朱紱，王侯滿筵，國華民秀，公卿連席。乃令大士獨榻，對揚天宸，并遣傳詔及宣傳左右四人，接受言論。爾時納撲之於臺內，司隸之在殿中。杜預還朝，馬防親貴。舊儀懸席，皆等庶僚。以大士絕世通人，故加其殊禮矣。及玉輦升殿，雲蹕在階，宴然箕坐，曾不山立。憲司譏問，愈見凝跱，但答云：「法地若動，則一切不安。」應對言語，皆爲爽異。昔漢皇愛道，樂大不臣；魏祖優賢，楊復如客。河上之老，輕舉臨於孝文；嚴子之高，閒臥

加於光武。方其古烈，信可爲儔。帝又於壽光殿，獨延大士講論玄
賾。言如重頌，句備伽陀，音會宮商，義兼華藻。豈惟寶積獻蓋，文成
七言；釋子彈琴，歌爲千偈而已。固非論經於白虎之殿，應詔於金馬
之門，説義雲臺，受釐宣室，可同年而語哉？自火運將終，民無先覺。
雖復五湖内矗，蒼鵝之兆未萌；四海橫流，夷羊之牧將現。大士天眼
所照，預覿未來；摩掌之明，夙鑒時禍。哀羣生之版蕩，泣世道之崩
淪，救苦爲懷，大悲爲病。誓欲虛中閉氣，識食爲齋，非服名香，但資
禪悦。方乃燒其苦器，製造華燈。願以此一光明，遍照十方佛土，勸
請調御，常住世間。救現在之兵災，除當來之苦集。於是學衆悲號，
山門踊叫。弟子居士徐普拔、潘普成等九人，求輸己命，願代宗師。
其中或馘耳而刊鼻，或焚臂而燒手。善財童子，重覿知識；忍辱仙人，
是馮相輩。大士乃延其教化，更住閻浮，弘訓門人，修行衆善。於是
弟子居士范難陀、弟子比丘法曠、弟子優婆夷子嚴等，各在山林燒身
現滅。次有比丘法如、居士寶月等二人，窮身繫索，掛錠爲燈。次有
比丘慧海菩提等八人，燒指供養。次有比丘尼曇展、慧光、法纖等四
十九人，行不食齋法。次有比丘僧拔、慧品等六十二人，割耳出血，用
和名香。奉依師教，並載在碑陰，書其名品。

夫二儀大德，所貴曰生；六趣含靈，所重唯命。雖復夢幻影響，同
歸摩滅；愛使迷情，唯貪長久。自非善巧方便，漚和舍羅，照以慈燈，
沾其妙藥。豈或捨不貲之軀，而能行希有之事。若令割身奉鬼，聞半
偈於涅槃；賣髓祀天，能供養於般若。理當刳心靡吝，擢骨無疑者也。
大士小學之年，不遊黌舍；大成之德，自通墳典。安禪合掌，説偈論
經。滴海未盡其書，懸河不窮其義。前後講《維摩》、《思益經》等。比
丘智瓚，傳習受持。所應度者，化緣既畢。

以大建元年，朱明始獻。奄然右卧，將歸大空。二旬初滿，三心
是滅。爾時隆暑，便已赫曦。屈伸如常，溫暖無異。洗浴究竟，扶坐
著衣。色貌敷愉，光彩鮮潔。爰經信次，宛若平生。烏傷縣令陳鍾

耆,即往臨赴,猶復反手受香,皆如疇昔。若此神變,無聞前古。雖復青牛道士,白馬先生,便遁形骸,本慚希企。若其滅定無想,彈指而石壁已開;法王在殯,申足而金棺猶啓。非斯邈迹,莫與爲儔。遺誡於雙林山頂,如法燒身。一分舍利起塔於冢,一分舍利起塔在山。又造彌勒像二軀,置此雙塔。莫移我眠牀,當取法猛上人,織成彌勒像,永安牀上,寄此尊儀,以標形相也。於是門徒巨痛,遂爽遺言。用震旦之常儀,乖闍維之舊法。四部皆集,悲同白車;七衆攀號,哀踰青樹。弟子比丘法璿、菩提智瓚等,以爲伯陽之德,貞桓紀於賴鄉;仲尼之道,高碑書於魯縣。亦有揚雄弟子,鄭玄門人,俱述清猷,載刊玄石。於是祈聞兩觀,冒涉三江。爰降絲綸,克成豐琰。陵雖不敏,夙仰高風,輒課庸音,乃爲銘曰:

大矣權迹,勞哉赴時。或現商主,聊爲國師。卑同巧匠,屈示良醫。猗歟開示,類此難思。當來解脱,克紹迦維。妙道猶祕,機緣未適。弗降雞頭,寧開狼迹。北地爰徙,東山攸宅。族貴泥陽,宗分蘭石。莫測其本,徒觀其跡。貌有蒲塞,心冥世雄。明宣苦苦,妙鑒空空。汲引三界,行藏六通。爰初隱逸,宴處林叢。食等殽露,齋疑服風。敬禮珍塔,歸依靈像。儼若天尊,躬臨方丈。慧炬常照,慈燈斯朗。釋梵天仙,晨昏來往。濟濟行法,詵詵談講。德秀臧丈,風高廣成。來儀上國,抗禮承明。妙辯無相,深言不生。撞鐘比説,擊鼓慚英。樂論天口,誰其與京。乍現仙掌,爰標神足。色豔沈檀,香踰蒼蔔。我無邊際,隨機延促。誓毀身城,當開心獄。忽示泡影,俄如風燭。噭噭門人,承師若親。寧焚軟氎,弗燎香薪。合窟爲窆,方墳以埋。須彌據海,變灰揚塵。净土無壞,靈儀自真。何時湧塔,復覩全身。

智者大師惠約傳 _附

智者大師,俗姓樓氏,名靈璨,字德素,烏傷縣竹山里人。以初生膚體璨然光白，不似赤子，故以爲名字焉。八世祖晙，仕吳至散騎常侍，即故侍中玄之弟也。晙生陜，宣威將軍，陜生胤，康樂令。自胤生豐，至法師祖考，世爲郡掾吏，並有美名。初，法師母劉氏，夢見長人，手擎金像，令吞之。又見紫光入戶，繞身數帀。因而體重，遂有娠而生法師。時宋文帝元嘉二十九年壬辰。法師誕育之日，一室盡明，又有神異之香。年六歲，識性開敏，每與諸兒同戲，但累甎爲高座，聚沙爲佛塔而已。舍南有果林，熟時，諸小兒争來拾果，更相毀鬥，法師以所得分與諸兒。

　　法師叔父少好射獵，每得禽獸，還家剝剔，羣兒競觀，法師獨不窺。人問之，答曰：“麞鹿於草中各自覓活，叔父逐而殺之，令兒心中痛楚，不忍見也。”家人以獵肉與之，法師不肯食，於是更他處求得魚肉與法師，亦不復食。家人言：“此非叔父所殺也，魚，水中物耳。”答曰：“雖非叔父所殺，水中岸上，痛苦一等。”家人感其言，遂不復强也。劉夫人感此事，遂亦不食。法師又常悲桑蠶纏縛生死，因此遂不衣緜纊，以戒行終身。家世本奉道，法師幼童之時，忽白其父母言：“兒欲事佛。”父母怪而問言：“我家世世奉道，汝那獨知佛耶？”答言：“兒心中自如此耳。”年八歲，遇遊僧過門乞飲，法師歡喜，自將飲與之。欲問佛法而未及言，道人因舉手指東方曰：“剡中有佛法。”法師當時不解剡中是何處，更欲發問，便失道人所在。還，問其父母曰：“剡在何處？”遂言見道人之狀，舉家驚怪，尋覓道人，並無見者。因語法師，剡縣此去二百餘里，境内多事佛。法師請父母求往剡，父母以其尚幼，不許，至年十二始許焉。

　　法師既至剡中，遍遊諸寺，彌年忘返。家人亦遂其雅操，糧餉優給，不復禁也。法師乃究窮經藏，妙盡根本，闔境道俗，咸相敬重，號爲居士，乃爲謠曰：少達妙理樓居士。在剡六年，年十七始有出家之志。因還鄉里辭親友，兼念叔父迷於射獵，苦諫甚切，叔父乃僞許之，心實不從。是夜叔父夢見赤衣使者，將力士數人，手持矛戟謂之曰：

"汝毋殺害衆生，菩薩諫汝，何爲不從!"因提矛欲刺之，有頃驚覺，汗流浹背。遲明即馳見法師，求壞獵具。法師歡喜，乃與叔父行達射獵之處。其地名較田，山上有鹿十餘頭，從山上緣草而行，送法師數里，遂至烏傷縣，望見人家，羣鹿愕然齊住。法師顧而彈指曰："令汝老壽，當之深山曠野，無近射獵。"鹿乃徘徊躑躅，似相戀惜，其德感通如此。

　　法師還剡，泰始四年，遂往上虞東山寺落髮出家，法名惠約，師事比丘惠静爲和尚。惠静，吳興餘杭人也，本姓邵氏，秣陵南林寺業法師弟子也，才識清遠，爲宋世名僧，著《命源佛性論》，見重於世。惠静乃與法師還山陰天柱寺，後復同住梵居精舍，尋移西臺寺，講經看論，窮觀山水。所至輒採雜果，搗治服之。惠静深相賞異，謂法師曰："非直吾遺聲餘論，因子不朽，冀興崇釋氏，非子而誰?"及惠静泥洹之後，法師復還天柱。方覃思於《大品》諸經，窮盡奧義。

　　齊竟陵文宣王出鎮會稽，聞法師名德，深相敬重。復有釋智秀等諸僧，亦負當時德望，同在王所，見王致殊禮於法師，有不悦之色。王曰："此上人者，豈今日法師也？乃釋氏之領袖耳!"羣僧乃服。是時齊中書侍郎周顒爲剡令，少好佛理，慕法師名德，法師亦重顒有隱逸之志，遂出剡與顒相見，深相敬重。及顒去官，遂攜法師至都草堂寺。時河南褚淵爲司空，始請法師講《净名經》《勝鬘經》。後淵有疾，頓伏衾枕，法師參問，淵晝睡未及見，忽夢云："菩薩來也。"遂覺，命左右求之，無有見者。閽人曰："適約上人來，聞公睡眠，去矣。"淵遂遣人追請於路，及之，得與偕至淵所。静坐良久，淵病不覺自瘳。由是舉家敬奉，謂爲神異。後淵爲尚書令，啓敕令法師於省中居住。時左僕射琅琊王儉，亦崇信佛法。及淵薨後，又啓法師依舊居省中。至儉爲丹陽尹，亦攜在郡廨。講通《法華》《大品》，禮敬殊特，人問法師曰："既絶穀清虛，高蹈物表，今朝貴接請，常有喜色，得無以勢乎?"法師答言："貧道意樂便往，不知物議也。"周顒聞之，謂人曰："法師外身爲法，所在宏濟萬物。宰相天下具瞻，一人信向，四方仰則，教化之所因，是以喜也。法師行菩薩心，豈以遊朱門爲貴寵耶？"齊給事中樓幼瑜者，法師之族祖也。以儒學知名，年已耆宿，每見法師輒起作禮。或問之，幼瑜曰："此人乃菩薩身耳，方爲天下師，豈惟老夫耶？"時人多以幼瑜呼法師爲菩薩，笑之，惟王儉、周顒，以幼瑜之言爲信。

及王儉薨後，法師還草堂。周顒時爲太子僕，與吳興沈約，同在東宮，情好甚睦。約於此始得至寺，與法師相識，屢相嗟歎，以爲道安惠遠，無以尚也。約常白法師曰："瞻仰致敬，誠在無已，但法師非弟子所得致屈耳。脫可致屈，願法師不忘。"法師曰："貧道齋戒禮佛，觸處而可，豈有難致耶？昔褚、王二公，常供養於尚書省、僕射省，檀越後若作此官，能見要請，豈敢不從？"約曰："法師若此言，恐今身無緣矣。"初，法師二親既歿，墳壠未修，乃欲東歸改葬，到隆昌元年促裝登途。會沈約除東陽太守，聞法師此行，遂與之同舟。及到郡營葬事，賵贈甚厚。墓成，法師遂遊金華山，住赤松澗，採藥服餌。時有道士丁德靜，隱居此山，爲山精所惱。後德靜醉臥，忽有青蛇嚙足而死，觀宇空廢。縱有道士，輒爲精蛇所嬈，竟不能居也。長山縣令徐伯超聞之，曰："山精爲害，由道士皆不能精進所致耳。試推此觀與約公，必能清衛。"於是乃共入澗請法師，法師不辭，直移入觀。居住良久，畫臥，忽見二青衣女子，資質姝麗，攜手歌吟，從澗水中出，法師徐起正坐，語之曰："汝等二精魅，放橫來久，然此地已屬我，汝等何敢來也？"仍説法化之，女子承受，頂禮而退，自此後觀中無復妖怪也。

法師在觀，逾年餌藥斷穀，所進麻棗而已。會沈約被代，因更相隨入都，還居草堂寺。天監元年，沈爲尚書僕射，啓敕請入省住。十一年，臨丹陽尹。無何，而歎有憂生之嗟。師謂曰："檀越前生作福，今生受報既足，方便輪轉。貧道在此世界未得滅度，猶應助世教化，別有緣會，當非復此屋也。"約曰："弟子此時得見法師否？"答言："不見也。"約因指同來客應豐之曰："伊年少，見否？"答言："不見也。"約不憚而退，其年約薨。後法師還居草堂寺，至後年應豐之又亡。豐之者，南頓人，奉道精進，多有感通，爲沈約所知。始病，弟子進藥，豐之曰："何用服此，約公言驗，吾必不起矣。"數日而終。其年武帝始請相見，禮敬甚優。宣諭後堂齋講。上每與師説法清談，動經晨夜，賞遇榮信無與比者。上將受菩薩净戒，乃妙擇法門，窮推戒行。時大德僧四方雲集，師道所向，獨歸法師。

　　十八年二月二十九日，詔取四月八日當受菩薩戒。又於杜姥宅設無遮僧尼供，分千僧入華光殿設會，祀皇天后土社稷五嶽四瀆，賑濟天下孤獨惸寡，放生天下物命。宣敕七日四更，從杜姥宅，行城南門，入到會所。是日丁巳，詔曰："《梵網經》云，居帝王位者，應先受菩薩戒。故知貴爲天子，富有四海，宜修身戒心以宏治道。朕宴居儼思，深念至歸，不發宏誓，願受菩薩戒，豈能起慈悲心，行平等行，觀視衆生，猶如一子？所以受持正法，在予不疑。欲以億兆，同兹福慶，凡天下罪無輕重，咸赦除之。"是日延法師於等覺殿，上受菩薩戒，修八關齋，設無遮大會，朝野白黑十餘萬衆，香花伎樂，法事之盛，振古未有也。

　　是日皇帝欲令法師先示現形相，乃詔請四字導師。爾時僧徒有千餘人，舉座無能道者，咸推法師焉。法師爲其文曰："願皇成佛。"午後，皇帝方欲受戒，先頂禮於法師而請曰："弟子頂禮法師，勿使外人知之。"於是法師遂合掌入澡瓶中。少選，化成五色雲臺而出，法師在瓶中結跏趺坐。須臾之間，便即復身如初，謂皇帝曰："貧道化身入瓶中，亦請陛下無令外人知之。"遂於等覺殿佛前東面説法受戒。皇帝披福田之衣，對佛北面受戒。受戒畢，自親執弟子之禮。上與法師語，呼爲闍梨，與臣下言，稱爲智者。他日法師入內，常施漆牀於東面。法師入，就榻立，上先作禮，然後並坐焉。爾後皇儲王公以下，舉國臣民，一切盡敬。六宮妃主，莫不受業。京邑名僧，朝野士庶，蒙度脫著録者，四萬八千人。法師尊重極焉。始受戒時，有一乾鵲歷階而上,無所畏懼,戒畢而去。又兩孔雀俱欲昇階,驅之不飛,行至戒壇,宛頸聽法。上曰:"此鳥必欲滅度,更受他果報耶?"法師重爲説法,及後數日同時而死。

初,郡孝廉有樓道一者,法師之族祖也,齊永明中,年八十餘,傳言云:"我少時常隨法師曾祖道蓋,憩其墓側,聞道蓋歎曰,昔有墓師指相吾家山云:'後代當有苦行達道,爲王者師。今吾子孫但好射獵,寧有此望哉?'"自道蓋歎後三十許年,而法師生焉。及生而神異,爲帝者師,故知相者之言驗矣。法師才思清迥,制作文章,亦皆臻妙。嘗與湘東王諮議范貴友善。及貴亡,法師乃臨其喪,賦詩曰:"我有數行淚,不落十餘年。今日爲君盡,併灑秋風前。"此詩傳於天下,爲世所重。是後精修經藏,深證無生,世間辭句,則鄙而不爲也。中大通四年,師夢見舊宅盡朱門白壁,及寤,便發心以宅爲寺。遂奏請置寺,謂此地本是我生育之所,因立名爲本生寺,又詔改所居竹山里爲智者里焉。

大同元年秋八月,法師知緣盡,乃使人伐寺門外樹枝曰:"鑾輿當至,此枝妨道。"至九月六日,現身有疾,北首右脅而臥,謂弟子曰:"我夢四部大衆,幡花迎我,我淩虛而去,此間福報當盡。"至十六日,詔使舍人徐儼入寺問疾,法師曰:"今夜當去。"及至五更二唱,有異香滿室。法師又謂弟子曰:"夫生有死,自然恒數。汝等當以定慧存心,勿起亂想。"言畢而滅,時年八十四。是日皇帝及百辟,果來臨喪。先是法師臥疾時,見道場内有老翁被髮執錫,乃謂人曰:"汝見此否?"及遷柩日,衆僧議葬寺之東巖。至二十九日壬申,詔葬於獨龍山,與寶誌菩薩鄰墓。故知病時見老翁者乃誌公也。法師臨終時,常所乘青牛忽大鳴吼,涙涕交橫,遂不飲水草,日向羸瘠。每至朝暮哭臨時,又鳴吼如初。及葬日,詔使牽從部伍,自寺至山,亦涕泣聲鳴不絶。又始建墓之日,有雙白鵠飛來繞旋悲唳,馴狎於人,有若家禽,至葬後三日,則不復見矣。大同三年,詔使從都載龍虎甀,於本生寺前招魂,爲壠一所。令於本生寺樹碑,使國子祭酒蕭子雲爲之文。又於草堂寺樹碑,令度支使王筠爲之文。

嵩頭陀法師傳 附

　　法師名達摩,不知何國人。所居在雙林北四十里,巖谷叢林之間,其地多楓香樹,因號爲香山法師。居此已久,無人知者。後有採薪人遇見,形甚枯槁,神氣爽邁,獨坐大樹下,因就與語,甚悅。法師謂曰:“此處堪造寺,恨力寡不能自致耳。”樵者力請法師出山,向俗人家供養。法師曰:“有不種五辛處,吾乃往矣。”樵者思惟,乃有一家先世已來,未嘗種此。即將法師往其家。於是邑聚之人,迭供養之。乃與人相攜向所居之處,以四木作臬,釘地曰:“此可置寺矣。”後因暫游松峭山南,遇梁常侍樓偃。偃亦有倫鑒,見法師眉目秀異,知非常人,因與語,大悅。法師謂曰:“貧道是外國凡僧,頭陀至此,與檀越過去深有因緣。今欲共宏佛事,舟航羣生。”乃與偃期,來歲八月至所居松林下相見。於時佛法尚劣,偃猶未識心之所期,又疑其或是聖人。故至時芟薙荆棘開路,向二十里,方達法師所。見法師披糞掃之衣,跏趺而坐,歡然謂偃曰:“菩提之道,利益處廣,當與檀越共崇建三寶,蕩沃六塵。若身失正報,曠劫不復人身,盲龜遇孔,豈可復期?”偃聞是言,乃與從者共發道心,崇宏正法。法師乃與偃等瞻視地勢,見千巖秀出,四向環繞。因號向者四臬所釘之地爲龍腋,遂共立一精舍,名香山寺。又於其傍造一小倉,止容一斛許米,狀甚樸陋,法師令糴米一斛以實之。日取此米供僧及施貧乏,將盡,人即送米,未嘗空匱,時人號爲常滿倉。後人或嫌此倉太小,更廣大之,加以彫飾,則一空之後,竟歲無施米者。其倉至今猶在,時村邑聚落,信向者多捨稻田,以給四方學道者。

　　後有山賊數十人,皆持軍器,來劫財物。法師但閉房安坐,無有怖畏,賊既不能得入,但揚聲大罵,令僧逐出。法師於房徐謂之曰:

“我狀貌惡，不堪與檀越相見。”須臾，羣賊手足皆不得搖動，如被人繫縛，因即頓地，精神潰亂，不復相知。賊率惶怖謝罪，良久方得醒悟。是時鄉中士庶，謂此賊巨蠹，共縛以上郡。賊徒令其母入山詣法師所請，法師但軟言謂之曰：“且莫大憂，復當自解。”至四月八日，果遇赦免。爾時寺中共建靈刹，設無遮法會，道俗萬衆，共引麻絟舉刹。絟忽中斷，引者皆顛躓，莫知何計。法師乃發念曰：“有何魔事，使之然乎？”因出身上銀瓶水瀉於鉢裏，乃內外攪之，忽大悲泣。須臾咒而作禮，禮畢欣然而笑，即捧鉢繞刹一周，刹乃不假人功，屹然自立。

爾時有沙門惠凱，暫辭還家，其母密爲烹雞。凱意無人知，遂與其母私食之。及明還山，法師已冥知之，因訶責之。復次有人於市鬻菜果以爲齋供，遇主人不在，遂竊少薑還，以備供養。及中時，僧徒咸坐，主人次第行食，法師盡受諸物，唯不受薑，因謂曰：“不與而取，何爲濫竊？”主人蹙踖而已。

普通元年八月三日，縣令蕭子睦，將往寺頂禮法師。先過村落，受百姓酒食之饋，醉飽然後入寺。法師閉房不出，唯傳言：“明府速返矣。”蕭令勃然作色，心欲放火焚寺而未發。因更欲稍前，良久不得進，遂卻還縣。明日近寺檀越來問法師曰：“昨明府拜謁，何以不前，法師何以不出？”答曰：“遊戲相過，貧道是以不出。立心放火焚寺，明府是以不前。向後此境當三十年大旱。”常侍樓偃，遽以此言白蕭令。大恐，即馳至寺，虔誠禮謝懺悔，師因爲說菩提妙道，蕭令悅受而去。法師以其年三月十四日，始往近村赴齋會，便不肯還山。衆人苦請，法師誓不北顧，乃言曰：“貧道緣會而來，緣盡而去。”於是士女悲戀涕泣，相繼道路。是日法師率爾南行，望見南山有紫雲蓋上，乃喜曰：“此處可以置寺矣。”行至佘山，江山泛濫，船人不肯渡。法師乃布繖水上，手把鐵魚磬，截流而渡。南至稽亭塘下，見大士泝水求魚，因發大士神妙之迹，并示以修道之所而去。行至萊山，當紫雲蓋處遂止，而立精舍於其山頂，號萊山寺。法師常謂人曰：“萊山王而不久，香山久而不王。"此寺從是信施者多，財物殷贍，僧徒來者相繼，隨事能給。自數十年之外，其地既依據林嶺，或時有鬼物，故居者甚不安隱，稍稍引去，遂至荒廢。後近村長老，共移此寺額於直北十里平川中置，乃得安堵。香山則貧富適中，至今如初。法師又於寺南山中多種果樹，每晨夕躬自履行，於道上重逢大士，甚悅。因摩大士頂曰："自念余當西邁，不值菩薩道興，遂各還其所居。"法師至寺數日，乃留住鐵魚磬。而鐵魚磬者，以鐵爲之，狀似魚形。此寺晨昏至今擊之，法師西至金華縣界南山下曰："此亦可以置寺矣。"又以杖刺地曰："此亦可以穿井矣。"爾後竟以此地置龍盤寺，以杖刺地鑿井，井不甚深，雖亢暘不竭。法師又西行至龍丘界，望見南山，巖勢孤秀，又曰："此亦可以置寺矣。"因居止其中，建立蘭若，後號此爲龍丘巖寺。

寺成後，法師更西行。入萬善山口，見山盤勢紆，又欲置立精舍。忽遇三檀越，乃指示其所。三人遂共發願言，當給施糧食，以獎成此功德。法師問曰："檀越家居遠近？"答曰："不近不遠，是此間地主耳。"乃各自稱姓，一曰陳氏、一曰趙氏、一曰蘇氏，並不言其名字。及精舍向成，號曰離六塵寺，三人遂相與辭別而去，莫知所終。法師又西行至孟度山，此山先有白鹿，及常聞鐘磬之響，更於此地置立精舍，號三藏寺。

始法師發迹置香山寺，及此凡七所，得山川之形勝，黑白供養，迄今猶然。三藏寺畢，法師卻還龍丘巖寺，及入滅。大士心自知之，乃謂諸弟子曰："嵩公已還兜率天宮中待我，我同度衆生之人去已盡矣。"

慧集法師傳 附

法師俗姓王，名蛇之，吳郡富春右鄉大括里人。家本貧賤，常有執隸之苦。於時身有郡縣徭役，恐被追攝，逃匿天台山，剃髮爲僧。頭陀苦行，精勤佛法，既避官事，不恒一處。聞有東陽大士，深解大乘，遂夜行往雙林。既不的知方所，但任運而往，每至四衢道口，一心閉目，從其所趨，乃得路，直至大士所。先大士念言："我捨財寶，爲三界受苦衆生設法會，爾後心小憂。即於是夜，夢見釋迦佛慰諭我言："汝勿憂也，我當遣一沙門來助汝。'復於是夜夢中，口生一小兒，仰臥我膝上，熟看我面。我謂小兒曰："汝識我否？'答曰："何以不識，彌勒佛耳。'小兒墮地，即成大德沙門。"覺後三日，法師至。大士與解説法門，遂朗然開悟。

是時梁武帝廣招英俊，四方雲集，惟雙林大士尚未延請。大士從容謂法師曰："上人若能修習無漏聖道者，當爲我詣國捨頭相證，誓使解脱。"法師因爾依止大士，爲苦行弟子，乃發菩提之心，宏闡正法。不悋軀命，遂求詣國，自陳説大士行願度衆生之意。法師至都，突進，自陳大士德業，因被訶責，自理得免。續詣宮門擊鼓，將陳所由，得罪付錢署一年，在役中教化，造立甎塔數層。主者伏其勇猛精進，啓請釋放，後得還山。道俗謂大士是白衣人。而有沙門弟子，多生疑惑，及與毁謗。法師乃與居士傅普愍，共議於三寶前立志誓曰："若大士道法不宏，各隨苦行，宏布正道。"普愍乃劓鼻燒指，廣作佛事。續詣縣令蕭詡，宏道布教。普愍曰："實心爲法。"左右曰："君心在内，云何見？"普愍即出外，借刀割耳一隻，以表心志。蕭令及左右讚美。先大士常謂人曰："慧集是觀音，普愍是文殊。"及此迭相證盟，毁傷形體，非此不能也。

法師自是布施放生，救苦治病，遊行郡國，不以艱苦告勞，自唱無量樂。因説偈曰："大士兜率來，震動遊諸國。蓮華帀地生，特許迎彌勒。普光初學道，無邊世界動。迴天復轉地，并入一毛孔。"爾時人間唱此偈者，多不領解。或有會其理者，謂大士既是彌勒佛分身，法師又爲觀音降迹。經云：彌勒下生，雨花遍地，觀音登覺，方成普光如來。偈言：震動諸國，即彌勒下生之時也；迴天轉地，即是觀音應變之迹也。

法師常至會稽龍華寺，見一跛，扶兩杖而至，曰："病已四十年，乞療。"法師曰："但一心念我。"跛者從之，少頃法師令放一杖，跛者從之。次復令放一杖，便拂衣而去，跛者依之便能趨走。法師又於市中見一老人病耳聾，云已多載矣，良醫不能治。法師亦曰："一心念我。"念已，即使人喚之，聾者稍聞，三喚全愈，乃去。至太末縣，有景連道人，心有癥結疾，又一僧久患白癩。二僧俱來乞療。法師又令各一心念我，遂皆愈。又於信安縣，遇一比丘尼，積年癩癎，亦來求療。法師又令一心念我，念已亦愈。法師凡所救治，皆不俟湯藥，惟令一心念我，又令以財物布施，則其疾隨時而愈，不可勝紀。其後時有疾愈者來相報，法師受之，迴施乞人。

法師或於道路逢遇乞人衣服破敝，即脫衣而與之，換著惡衣去。又好放生，每見人家有網罟之具，輒取焚之。見賣生物，不論貴賤，直投水中，然後令賣主取值。又至長山縣豐江村，與漁人並行，苦乞筐中魚放之，漁人不與，而提筐浴於江側。法師因是取筐投之江中，漁人大怒，拳捶無度，法師深自引咎。又於東陽市魚欲放，遇有一人與法師爭買，以充家饌。法師不得魚，因謂爭買者曰："食放生魚，恐致腸痛，其人不信，將還，與家人食之，皆心腸楚痛，轉就困篤。彼即追悔，求法師懺罪。即往其家，少頃隨愈。又至會稽市中買生，見有兩船載生，法師即盡覆之水中，置錢而謂魚主曰："此是放生之錢耳，不宜多取。"法師行放生之事，至死不替。常於道路值大雨雪，衣服不沾，香潔倍常。

法師精心苦行，履歷險阻艱辛，無有厭倦。因燒兩指而爲法炬，供養三寶，後即燒六指供養諸佛。行至迮溪，遇魚四船，苦求買放，既無現物，求立券約，至於潛白山取直，仍相隨行。緣路放生，衣資略盡。即以其月十三日，入於潛上牧里靈山尼寺，更燒二指，指既燒盡，進燒二臂。又有人來苦求法師所燒之臂血，用以治病，法師欣然舉臂刺血舉之。是日又燒舊瘡，光明洞然，其臂既盡，乃以其夜滅度。時大同四年正月二十一日，年四十七。諸僧共葬於潛印渚。初，法師之未亡也，謂徒衆曰："我死後七日，當示瑞相。"及至時，諸道俗設無遮大會，爾時平明，有神光五色，徧繞剎柱，久而不散，又於寺內放大光明，一日一夜。大衆咸覩，皆發菩提心。

慧和法師傳 附

法師俗姓馬氏，本扶風茂陵人。遠祖以衣冠世族，晉永嘉年中，隨吳王南遷蘭陵，子孫居焉。法師年數歲時，舉家不在，獨處私室。忽見一人金色，與之共戲。爾後行遊，金人擺排出入。至十餘歲，遊興皇寺，志公見之，旋繞三帀，歎伏久之。年二十得度，居敬愛寺，於是考論經律，微妙奧義，靡不周究。時有雲法師者，法門博贍，道俗所歸。一見法師，深相賞遇，恒令覆講。不盈旬時，盡曉經中微旨，雲公已仰之不逮矣。年未三十，已究諸佛祕藏，講論無敵。當時復有頭陀寺隱法師者，名稱高遠，四方歸依。法師乃賣身供養，鞠躬諮稟。隱公云：“若能於空山曠野、城邑聚落唱《首楞嚴三昧》法名，其利甚深，能成衆行。”法師從之，每下講後，輒於岐路間高唱是言。時有不逞弟子，或罵辱毆捶，法師怡然自若。及隱公將欲遷化，法師乃計謀後事曰：“誰可依止？”答曰：“東陽傅大士，自然智慧，深解大乘，可依爲師。”於時大士在都，居蔣山，與梁武帝紹興正教。法師禮謁，請爲弟子。初寓會稽彥闍梨所，彥曰：“我是懈怠人，豈可見和法師耶？”乃更循飾衣服，沐浴清净，引入房內，綢繆久之。法師遂辭，往東陽。時東陽徒衆，知法師將到，居士普愍往縣，過上甲侯語。忽道和闍梨於都立誓，爲大士弟子，今當故來供養家師，今將至矣。甲侯聞是語，抗聲罵言，普愍貢高合治。皇太子數請和闍梨尚不能致，豈有遠來見大士義。普愍不答，後十一日，法師果至。上甲侯即往禮問訊，問曰：“那忽至此？”答曰：“故來禮大士。”上甲侯心大慚惡，因隨法師入山頂禮，并設檀會。大士見法師已至，歡喜讚歎，爲說無上菩提之道，法師伏膺，供養不避艱苦。

梁大同元年，法師語其弟子法泉曰：“急須買甌桸、糗屑食具及行竈。"人或不知其故。至明年十一月,僞北齊王高洋遣使迎接,法師遂去。則知甌桸等具,果是行裝矣。既至鄴郡,深見禮接。供養數月,師因示有疾,洋躬往看侍醫藥,遂於鄴都定國寺滅度,時年六十。法師未疾之日,遺語謂智瓚等曰:"祇憂死後,諸人葬我土中耳。"智瓚曰:"既不葬土中,則若何而可?"法師曰:"意願舉置野澤中,以肉施,須者食之。願令食者發菩提心,汁流落地,潤十方世界中草木悉成藥,治一切衆生病苦,餘骨風吹一一微塵,在一佛所變成如意寶珠供養。然後普雨十方世界,爲飲食物,給與衆生。"

及滅度後,智瓚對衆人説之,衆人不從,遂共殯葬如法。師自幼及長,僧祇八部,佛覺三昧,研竅幾盡。檢校秦篆,多知宏益,又講《大乘義》一百二十遍,《大涅槃》五十遍、《首楞嚴》四十餘遍,在廣陵誦出《大乘義》六十九科,諸學徒共執筆録出爲十八卷,名教一卷,并序一卷,合二十卷,《法華義疏》十卷,傳於世。初始創寺,有素法師,嘗夢見人捧大束文字云,是和法師善簿,因問曰:"我有此否?"答曰:"有。"遂出一小卷,曰:"此是也。"明日法師來説此夢,乃是法師拈香火結緣。法師稟性謙恭,不曾受人禮拜,拜則答之。每與人講説義,得財施則先將奉佛,次將布施。齋會處見立像,則起立不敢坐。爲人授戒,得嚫悉還世尊,曰:"授此戒者,是佛。"慧和奉述而已,豈可受施?法師性又儉約,坐卧不御氈被,但用葛麻,堪耐風寒則可也。有人捏作法師像於塔龕中,法師遽令打碎,其謙挹如此。

紹興壬戌,住寶林寺定光大師元湛攜唐進士樓穎所撰《善慧大士録》以示,予端憂之暇,取而觀之,病其文繁語俚,不足以行遠,且歲月或舛焉,乃爲刊正,總爲四卷。凡大士應跡終始,及所著歌頌悉備矣。一時同道之人,亦附見於末。紹興十三年三月望,資政殿學士、左朝奉大夫、知紹興軍府事、充兩浙東路安撫使樓炤謹題。

附　録

傅大士像贊

非道非儒,釋無所釋。窮盡太虛,體何曾隔?般若妙旨,只在撝尺。普應萬機,原是彌勒。大用難思,甚奇甚特。

大士一日頂冠、靸履、披衲,見武帝,帝問:"是僧耶?"士手指冠,帝曰:"是道耶?"士手指履,帝曰:"是俗耶?"士手指衲,遂出。後或詰其究竟是何,即所謂"二邊不著,中道不安"者也。俗,有也;道,無也;釋,中也。在有不著有,在無不著無,中亦無所住。三諦寂然,無住亦無。三諦宛然,住即無住,無住即住。妙萬象而互融,徧法界而無盡,且大士現有無相,而化有無之衆,普入圓融中道妙性已矣。非外道所云:"三教原來共一家。"又近時諸外教亦云:"我教與佛教一理。"此皆未知出世聖位高懸,妄言三教相齊,褻佛甚矣。

世有外道崇傅大士爲祖,以其是俗也,殊不知大士現不思議奇特相,乃非凡情所測。觀斯集中,句句圓融中道妙義,汝等邪執徧重,所解所行,毫無大士意思,何得妄作貂續?是爲欺聖,報在阿鼻。

傅大士集後序

謹按:大士以齊明帝建武四年丁丑五月八日降真,至梁武帝大通六年冬,應詔詣闕,允契聖心,恩禮殊遇。往復雙林,緇素嚮風,動以萬計。在所住處,天降甘露,乃於陳宣帝大建元年己丑四月二十四日乙卯,入涅槃。後七日,烏傷縣令陳鍾耆來奉香火,還以反手受香,靈異化機。言簡法具,如釋迦而少劣焉。大建五年七月五日,敕開國侯徐陵撰碑文。迨唐文宗開成二年,被御史大夫元湛禎索取蕭、陳二主書詔碑録,共一十三軸,泊侯安都等名氏諸事迹,盡匿於其家,皆無存焉。惟存頂骨一具,舍利叢生其曰,飼虎餘殘,化而爲石;照影池;自轉藏樣;擊門椎;袈裟而已。其舍利骨塔,高以七級,屹立於雲黃山頂。凡爇鐙時,四遠神火,悉至朝奉,猶爲可驗。昔有檀越賈曇穎捨地建寺,迨宋紹興三年賈廷佐復興舊業。其子孫到今繁衍,永爲佛親,往來不輟。所有傳語,於昔甚多,樓穎編輯,定爲八卷,失記年月。至高宗紹興十三年,樓炤復删爲三卷,附録一卷,年深月久,字多訛舛,板亦無存。於是廣求殘編斷簡,繕對較正,重繡於梓,惜其法語不盡傳於世。由儒林人删定,第可以獨擅文場,於宗門下事,寧知其奧乎!是爲可痛。敬將大士始終詳略,撮集成文,俾觀者悉可易曉。時諸見聞喜捨,共成功德之人,皆列名叙次如左云。大明正統元年丙辰冬陽月望日,金華府雲黃山雙林廣濟禪寺住持沙門茂本清源焚香拜題。

傅大士集重刻序

　　謨始事黃白,不識象教。周章旁午,日馳逐傀儡場中,而無解脱期。偶於戎事之暇,閱古韜鈐。忽於笥底得是録,一展讀之,拂心眼之塵翳,洗肺腸之垢濁,使心境洒落,真妄俱空,不覺快然叫絶曰:"天壤有是境乎?"乃知鹿苑龍宮,信愈雲臺麟閣也。遂拂袖歸。謨時信佛益篤,因念佛云"汝等欲求寂静無爲安樂,當離憒鬧獨處,則帝釋諸天所共敬重",乃僦居於寶林之雲黃山,朝梵夕唄,暮鼓晨鐘,賞夏景於蓮華,泛春光於貝葉。甫及月餘,照見五蘊皆空,迴視世路,一切諸有,如夢如幻,一切煩惱,是魔是賊。而余數年奔走,争名競利,真如小兒舐刀之蜜,而飛電浮生,懸藤逝水,更何實相?推念及此,大士之發我靈,不既多乎?而我其負之也。雖然,未得乘之機也。忽一日,沙門招余循歷古迹於聖殿隅,見《語録》板,盡皆朽腐,余慨然悲焉。私計以爲是可效能于大士者也,顧謂沙門曰:"若能化之,余當董若事。"沙門慨然應允,選吉執疏下山。乃足未歷十方,名已遍一簿矣。是固人之樂輸於佛,亦佛之素感于人也。余計其所入,足償所出,于是鳩彼剞劂。思昔之以梨板朽,而壽之棗,思昔之以明書襄,而重之宋。詎意百神呵護,伽藍助靈,人心踴躍,不逾月而是役告成。爾時我心大歡喜,繞殿三帀,欣欣而語之人曰:"是録之未重刻也,大士心靈將淪落于不可知之境,而後無復效法。今一新之,則實教再興,玄宗益闡,如日月已晏而復中天,江河已壅而復行地。後之披覽者,魯魚無誤,若獲如意之珠。遵依者,亥豕不訛,得證正宗之果,三千大千,受清涼而出火宅,天上天下,持戒筏而越迷津矣。則所藉于諸檀越、衆沙門重刻之力,豈淺尠哉!"獨謨不能釋然焉。夫謨一甲胄流耳,胡然而慕之?胡然而感之?胡然而贊是役以成之?此其間當有陰以使之、默以制之者在。噫,奇矣!奇則必書,因敍其始終事迹於簡端。弟子龔廷謨譔。

傅大士集重刻序

上章執徐之歲,月在畢相。傅姓以《大士語録》板燬,捐資重刊,而屬余序之。蓋自金人入夢,寶筏渡迷,塔建赤烏,經馱白馬,魏晉以降,象教滋興。澄什來而神異昭,支慧出而微言顯。雖暢宗風之旨,未宏佛日之輝。惟大士生自四天,證越十地,法相不動,妙香自聞。開達摩東渡之先聲,修祇夜南翻之正覺。從此甘露降樹,黃雲覆山,門任緅開,經隨輪轉,救衆生苦,兜率遲歸,繼七佛蹤,釋迦早引。上善宗其不著,至理悟於無生。而是録也,計籌度人,對機立教,法乳一滴,天花競飛,爲暗室而懸燈,置恒河而寄水,久已機鋒勘破,音樂搖空。乃玄談屢輯於二樓,而浩劫不遺於雙樹。修羅雨仗,難留貝葉之書;焰摩降災,兼壞麻沙之本。同歸一炬,幾終二星。幸而喜捨檀那,重摹蓮偈,鳩工甫葳,龍象欣瞻。凡夫甆硯揭心,銅鐘九乳,金銀寫經之卷,水火鎮山之珠,猛上人彌勒織儀,張僧繇菩薩畫像,亦既聚如電露,散作雲煙,只此一編,依然千古。傳向劫灰而後,仍逮津梁;讀從飯石之旁,倍珍靈蹟。昔長法嗣,焚身入滅,次則灌頂通微。六世孫玄朗禪師,定慧雙修,空有皆捨,衣不傳而無垢,燈以續而長明。今雖種種塵因,遙遙華胄。而剖同功之繭,可補福田;採紫蘭之材,即成香國。七尺之楊枝易苗,一家之勝果重圓,洵可以施奈爲林,而拈花微笑者矣。顧或者謂:大士虛懷爲本,無相爲因。諸法則不有不無,正理則非長非短。今乃立語言而垂教,示色相以參禪。得毋多緇流影附之詞,非白法真如之舊乎?不知普照者智光,堅持者定力,證菩提之智智,皆本善法爲資糧,超解脫於非非。先以幻妄觀諸色,如大士對梁武所云,乃言辟支後之净覺海,非言精進時之堅固林也。而況言瘢法痕,出自迷悟之表;一花半果,拾從話墮之餘。僧以此爲導師之化城,佛亦以此爲普賢之願海。亦猶周顒設空假,逞辨才而論三宗;摩訶得聲聞,贊經義而明百法。不得謂本因無文字,遂等諸瞎棒之鋪張也。或又謂釋氏類編,幽玄洞達;梵文祕笈,微妙難參。何以五痛三盲,坐禪菜食,行路而徒歌難易,出家而惟析形心,將靈指之未標,問真言其安在?不知慧業雖能成佛,凡夫端賴指迷。天下識窟少而愚相多,故《語錄》植善根而敷經教。誠使羶蛾離焰,智慧開芽,貪瞋癡三業俱清,根塵識一絲不挂。一旦風忘離合,雲化癡愚,梅子熟時,木樨開後。本來無物,燒木像而皆空;如是我聞,倒刹竿而亦得。斯則《魏書》所云"其間階次心行,等級非一,皆藉微而爲著,緣淺以至深",若符節也。此大士度世之苦心,顧可以執文而滯相哉?一新生同梓里,少謁蓮臺,未觀龍樹之衣,曾聽魚山之唄。鬟雲千佛名經,則前度題來;花雨諸天結習,則何年參透?勉循羣諾,弁此叢談,佛頂雖污,塵心不染。愧乏碑文奇麗,亦同饒舌於雙林;欲知法要圓明,早喝當頭之一偈。邑人蓉生朱一新撰。

傅大士集重刻後跋

　　傅大士者,彌勒菩薩所降世也。德道雙林説法,皇宮化蹟神奇。自天子以至庶人,一以應機普化,所以度人無量也。及滅久之,有國子進士樓穎者,受佛戒之弟子也,謹録大士一代聖跡成編,定爲八卷。宋高宗間,樓炤復删爲三卷,附録一卷。自來抄刻,不知有幾。而光緒庚辰,住僧與傅姓募鎪,字句多誤,梓工欠精,版仍傅姓所藏,欲印不遂。傅姓即大士同族之後也。光緒辛丑,愚徒慧泉住雙林,因過其寺數次,見是《語録》,惜未傳諸方。然而菩薩應蹟,必然行於天下。迄光復初,愚較初卷,改正一二。因事無暇,後即請常熟張鍾瑾居士較訂,又改"語録"二字而定名曰"集",遂刻於虞山。戊午秋,移版于揚州藏經院。會普陀印光法師亦在,因而閲之,曰:"誤字猶多矣,刻亦未精,理當重梓,方可流通。"由是請法師重爲較正,悉按文義,正其字句,使復本真,畢登梨棗。嗚呼! 書欲流通,當遇智目,否則誤矣。印光法師蘊道育德,慧眼圓明,一見而條晰焉。後之願登龍華,親覿彌勒者,必由見聞是集,而信解以果遂也。民國辛酉,天台山觀月比丘興慈募鎪謹跋。

徵引文獻

〔南朝〕謝朓：《謝宣城集》，清吳騫拜經樓本。

〔南朝〕傅翕：《善慧大士语録》，卐新續藏第六九册。

〔宋〕陈振孙：《直齋書録解題》，清文淵閣四庫全書本。

〔宋〕陳淵：《默堂先生文集》，四部叢刊三編景宋鈔本。

〔宋〕程俱：《北山小集》，宋寫本。

〔宋〕杜大珪：《名臣碑傳琬琰集》，清文淵閣四庫全書本。

〔宋〕范浚：《范香溪先生文集》，明萬曆十三年刻本。

〔宋〕何异：《宋中興學士院題名》，清光緒二十二年繆氏刻藕香零
　　拾本。

〔宋〕洪邁：《容齋隨筆》，明弘治間刻本。

〔宋〕洪遵：《翰苑群書》，清文淵閣四庫全書本。

〔宋〕華鎮：《雲溪居士集》，清文淵閣四庫全書本。

〔宋〕黎靖德：《朱子語類》，明成化九年陳煒刻本。

〔宋〕李光：《莊簡集》，清文淵閣四庫全書本。

〔宋〕李彌遜：《筠溪集》，清文淵閣四庫全書本。

〔宋〕李心傳：《建炎以來繫年要録》，清文淵閣四庫全書本。

〔宋〕李攸：《宋朝事實》，清文淵閣四庫全書本。

〔宋〕林季仲：《竹軒雜著》，清文淵閣四庫全書本。

〔宋〕留正：《皇宋中興兩朝聖政》，清嘉慶宛委別藏景宋鈔本。

〔宋〕劉才邵：《檆溪居士集》，清文淵閣四庫全書本。

〔宋〕劉一止：《苕溪集》，清景宋鈔本。

〔宋〕羅璧：《識遺》，清文淵閣四庫全書本。

〔宋〕施宿等：《（嘉泰）會稽志》，民國十五年景嘉慶十三年刻本。

〔宋〕蘇籀：《雙溪集》，清文淵閣四庫全書本。

〔宋〕孫覿：《鴻慶居士集》，文淵閣四庫全書本。

〔宋〕王洋：《東牟集》，清文淵閣四庫全書本。

〔宋〕王應麟：《玉海》，元至元六年慶元路儒學刻明修本。

〔宋〕王之望：《漢濱集》，清文淵閣四庫全書本。

〔宋〕魏了翁：《重校鶴山先生大全文集》，四部叢刊景宋、明刊本。

〔宋〕吳芾：《湖山集》，清文淵閣四庫全書本。

〔宋〕謝維新：《古今合璧事類備要》，清文淵閣四庫全書本。

〔宋〕熊克：《宋中興紀事本末》，清雍正景鈔宋本。

〔宋〕徐夢莘：《三朝北盟會編》，清文淵閣四庫全書本。

〔宋〕徐自明：《宋宰輔編年錄》，清文淵閣四庫全書本。

〔宋〕楊萬里：《誠齋集》，清文淵閣四庫全書本。

〔宋〕葉紹翁：《四朝聞見錄》，清文淵閣四庫全書本。

〔宋〕佚名：《翰苑新書》，清文淵閣四庫全書本。

〔宋〕張綱：《華陽集》，明萬曆二十五年金壇于文熙刻本。

〔宋〕張淏：《（寶慶）會稽續志》，民國十五年景嘉慶十三年刻本。

〔宋〕張擴：《東窗集》，清文淵閣四庫全書本。

〔宋〕鄭剛中：《北山集》，清康熙三十六年鄭世成刻本。

〔宋〕周必大：《文忠集》，清文淵閣四庫全書本。

〔元〕陳桱：《通鑑續編》，清文淵閣四庫全書本。

〔元〕方回：《桐江集》，清嘉慶宛委別藏本。

〔元〕金履祥：《仁山集》，清文淵閣四庫全書本。

〔元〕脫脫等：《金史》，中華書局1975年版。

〔元〕脫脫等：《宋史》，中華書局1977年版。

〔元〕吳師道:《敬鄉録》,清文淵閣四庫全書本。

〔元〕佚名:《群書通要》,清嘉慶宛委別藏本。

〔明〕陳邦瞻:《宋史紀事本末》,明萬曆間刻本。

〔明〕陳泗等:《(正德)永康縣志》,明嘉靖刻本。

〔明〕陳耀文:《天中記》,清文淵閣四庫全書本。

〔明〕陳元素:《古今名將傳》,明天啓三年刻本。

〔明〕戴日强等:《(萬曆)杭州府志》,明萬曆七年刻本。

〔明〕馮琦:《經濟類編》,明萬曆三十二年虎林周家棟刻本。

〔明〕胡楷等:《(嘉靖)永康縣志》,明嘉靖三年刻本。

〔明〕黃道周:《廣名將傳》,清道光二十九年刊《海山仙館叢書》本。

〔明〕柯維騏:《宋史新編》,明嘉靖四十三年杜晴江刻本。

〔明〕李賢等:《明一統志》,清文淵閣四庫全書本。

〔明〕彭大翼:《山堂肆考》,清文淵閣四庫全書本。

〔明〕瞿汝稷:《指月録》,卍續藏第一四三册。

〔明〕邵經邦:《弘簡録》,清康熙二十七年仁和邵氏刻本。

〔明〕宋濂:《宋學士文集》,明正德間刻本。

〔明〕湯日昭等:《(萬曆)温州府志》,明萬曆三十三年序刻本。

〔明〕唐順之:《武編》,明萬曆四十六年武林徐象標曼山館刻本。

〔明〕熊大木:《大宋中興通俗演義》,明嘉靖三十一年刻本。

〔明〕徐象梅:《兩浙名賢録》,明天啓間刻本。

〔明〕薛應旂:《宋元資治通鑒》,明萬曆間刻本。

〔明〕張元忭等:《(萬曆)紹興府志》,明萬曆十五年刻本。

〔明〕鄭岳:《莆陽文獻列傳》,明萬曆四十四年黃起龍刻本。

〔清〕畢沅:《續資治通鑒》,清嘉慶六年馮集梧等遞刻本。

〔清〕成瓘等:《(道光)濟南府志》,清道光二十年刻本。

〔清〕鄧廷羅:《兵鏡備考》,清康熙間刻本。

〔清〕丁丙:《善本書室藏書志》,清光緒二十七年錢塘丁氏刻本。

〔清〕顧炎武：《金石文字記》，清文淵閣四庫全書本。

〔清〕顧有孝：《明文英華》，清康熙二十六年刻本。

〔清〕何紹基等：《(光緒)重修安徽通志》，清光緒四年刻本。

〔清〕胡林翼：《讀史兵略續編》，清光緒二十六年上海圖書集成印書局鉛印本。

〔清〕嵇曾筠等：《(雍正)浙江通志》，清光緒二十五年浙江書局刻本。

〔清〕嵇璜等：《續文獻通考》，清文淵閣四庫全書本。

〔清〕紀昀等：《四庫全書總目》，清武英殿刻本。

〔清〕李汝爲等：《(光緒)永康縣志》，民國二十一年重排印本。

〔清〕李文藻等：《(乾隆)歷城縣志》，清乾隆三十六年刻本。

〔清〕李有棠：《金史紀事本末》，清光緒二十九年李杗鄂樓刻本。

〔清〕厲鶚：《宋詩紀事》，清乾隆十一年厲氏樊榭山房刻本。

〔清〕陸心源：《皕宋樓藏書志》，清光緒間刻潛園總集本。

〔清〕倪濤：《六藝之一録》，清文淵閣四庫全書本。

〔清〕錢保塘：《歷代名人生卒録》，民國間海寧錢氏清風室刻本。

〔清〕阮元等：《(道光)廣東通志》，清道光二年刻本。

〔清〕沈青崖等：《(雍正)陝西通志》，清文淵閣四庫全書本。

〔清〕譚吉璁等：《(康熙)延綏鎮志》，清康熙十二年鈔本。

〔清〕唐時：《如來香》，清康熙間孫丕璨刻本。

〔清〕王昶：《金石萃編》，清嘉慶十年經訓堂刻本。

〔清〕王崇炳：《金華徵獻略》，清雍正十年刻本。

〔清〕吳騫：《拜經樓詩話》，清嘉慶間愚谷叢書本。

〔清〕吳騫：《愚谷文存》，清嘉慶十二年刻本。

〔清〕徐乾學：《讀禮通考》，清文淵閣四庫全書本。

〔清〕徐松輯：《宋會要輯稿》，中華書局 1957 年影印本。

〔清〕徐松輯：《中興禮書》，清蔣氏寶彝堂鈔本。

〔清〕閻鎮珩：《六典通考》，清光緒二十九年北嶽山房刻本。

〔清〕于敏中等：《天禄琳琅書目》，清乾隆間内府寫本。

〔清〕張鑒：《西夏紀事本末》，清光緒間譚氏半厂叢書初編本。

〔清〕張英等：《淵鑒類函》，清文淵閣四庫全書本。

〔清〕鄭傑：《閩詩録》，清宣統三年刻本。

〔民國〕《東方金氏宗譜》，民國年木活字本。

〔民國〕樓祖禹等：《永康華溪樓氏宗譜》，民國三十四年木活字本。

〔民國〕周朝昌等：《申亭周氏宗譜》，民國三十七年木活字本。

樓明統：《宋重臣樓炤集》，永康樓氏宗譜編委會出版。